ullstein

»Habe ich zu schnell gesprochen?«, fragte Sonja. »Ich habe lange nicht mehr mit jemandem geredet.«
»Ich habe alles verstanden, was Sie gesagt haben«, sagte Gerit langsam. »Ich habe genug gehört. Wie kommen Sie hierher?«
»Ich hatte diese Adresse seit dem Lieferauftrag von damals im Kopf. Sie hat sich in mein Hirn zementiert wie Taubendreck auf einem Balkon, der sich immer mehr einfrisst, wenn man ihn nicht gleich entfernt. Ich wollte immer wissen, für wen er das Kleid bestellt hat.«
»Sie tauchen hier einfach so auf mit Ihrem dreckigen Schlafsack und wollen mich ausspionieren?« Gerit hatte Angst zu ersticken, sprang vom Stuhl hoch und riss das Küchenfenster auf. Regen knisterte gegen die Scheibe. Ihre Augen blickten kalt, und sie sprach mit kaum hörbarer Stimme, als sie sich zu Sonja umwandte. »Nehmen Sie das Kleid und verschwinden Sie!«
Mit einer zärtlichen Geste strich Sonja darüber. »Ich habe schöne Stoffe immer geliebt. Genau wie ihn.«
»Sie haben ihm nichts bedeutet. Er hat Ihnen seinen Körper gegeben, aber nicht sein Herz und seine Seele.«
»Aber Ihnen, wie?« Sonja starrte sie mit offenem Mund an, während das Kleid wieder vom Bügel rutschte und auf die Erde sackte. »Woher kannten Sie ihn überhaupt?«
»Wir waren zusammen«, sagte Gerit nach einer Weile im Flüsterton, und auch die nächsten beiden Wörter kamen auf Zehenspitzen. »Sechzehn Jahre.«

Ein bewegender und traurig-schöner Roman über zwei ganz unterschiedliche Frauen, die mehr gemeinsam haben, als sie denken.

Die Autorin

Renée Karthee war Redakteurin beim STERN und ist erfolgreiche Drehbuchautorin. Sie lebt zusammen mit Mann und Sohn in Hamburg

Von Renée Karthee sind in unserem Hause bereits erschienen:

Weiberfrühstück
Aller Anhang ist schwer

Renée Karthee

Fliegen lernen

Roman

Ullstein

Besuchen Sie uns im Internet:
www.ullstein-taschenbuch.de

MIX
Papier
FSC FSC® C083411

Originalausgabe im Ullstein Taschenbuch
1. Auflage Juni 2013

Umschlaggestaltung: ZERO Werbeagentur, München
Titelabbildung: Getty Images/© pasmal
Satz: Pinkuin Satz und Datentechnik, Berlin
Gesetzt aus der Apollo MT
Papier: Pamo Super von Arctic Paper Mochenwangen GmbH
Druck und Bindearbeiten: CPI – Clausen & Bosse, Leck
Printed in Germany
ISBN 978-3-548-28516-0

Für Joshua, meinen Lieblingsmenschen.
Danke für den einen Satz. Und reite durch die Wüste!

Kapitel 1

Gerit Liebke war wie immer früh auf den Beinen. Vielleicht wäre sie an diesem Montagmorgen ausnahmsweise etwas später losgegangen, wenn sie gewusst hätte, was sie erwartete. Aber davon hatte sie keine Ahnung. Wie auch? Man sah die Tage nicht voraus, an denen das Leben einen Schlenker machte, der einen von der Zielgeraden der täglichen Routine abbrachte. Als der Wecker um sechs Uhr klingelte, sprang sie aus dem Bett. Sie hielt nichts davon, noch einmal den Kopf ins Kissen zu wühlen und den Träumen zu gestatten, aus ihrem nächtlichen Schattenreich zurückzukehren.

Sie streifte den Pyjama ab, zog sich Sportsachen über, ging in die Küche, trank einen Schluck Wasser ohne Kohlensäure, kalziumreich, Zimmertemperatur, lief ins Bad und putzte Zähne und Zunge (vor einiger Zeit hatte sie ihren Zungenkratzer aus Plastik gegen einen aus Edelstahl ausgetauscht. Das Ding war perfekt. Man schabte damit die Bakterien der Nacht weg, und es löste noch nicht mal einen Würgereflex aus), schlüpfte in ihre Joggingschuhe und nahm den schwarzen Nylon-Rucksack, den sie immer schon am Vorabend für ihren nächsten Besuch im Fitnessstudio gepackt hatte. Um Viertel nach sechs verließ sie die Wohnung. Es wurde nicht so recht hell an diesem Morgen Ende März.

Gerit lebte im fünften Stock. Über ihr waren nur noch Speicher, Dach und Himmel. Wenn sie in ihrem Wohnzimmer stand, blickte sie auf zwei Kirchen, drei Hochhäuser, den Fernsehturm zu ihrer Linken, auf Baumwipfel und grüne Dächer. Grüne Dächer kamen sehr viel häufiger vor, als man gemeinhin dachte. Zu ihren Füßen lag eine sechsspurige Straße, und nach einer Viertelstunde Fußweg war sie an der Alster, die sie von ihrer Wohnung aus dummerweise nicht sehen konnte. Das schmälerte das Vergnügen ein wenig. Von ihrer Nachbarin gegenüber, die seit 1946 hier lebte und im Rollstuhl saß, bekam Gerit nur den Pflegedienst zu sehen. Neben Gerit lebte eine WG, zwei junge Paare, für die sie in Erzählungen gern das Wort »munter« benutzte, um zu verdeutlichen, dass man in der Wohnung neben der ihren gern feierte, mit Karaoke und deutschen Schlagern. Schlimmer noch war, dass sie nebenan rauchten und der Rauch durch schlecht gedämmte Wände in Gerits Schlafzimmer drang. Gerit hatte daraufhin die Miete gemindert. Mit so etwas kannte sie sich aus. Sie war Richterin.

Sie knipste das Treppenhauslicht an und schloss ihre Wohnung ab, wobei sie wie immer nach ein paar Metern noch einmal zurückging, um sich zu vergewissern, dass die Tür auch wirklich verriegelt war. Dann spürte sie es.

Sie war nicht allein.

Sie konnte niemanden sehen, und sie hörte nichts, aber sie fühlte es, wie man es manchmal fühlt, wenn einem jemand von hinten auf den Rücken starrt. Es war ungewöhnlich, dass sich um diese Zeit jemand im Treppenhaus aufhielt. Es gab nur etwas mehr als eine Handvoll privat vermieteter Wohnungen, die meisten der vierzehn im Haus wurden geschäftlich genutzt. Überwiegend hatten sich Kanzleien und Arztpraxen hier niedergelassen, die erst um neun Uhr ihren Betrieb aufnahmen. Außer der feierfreudigen WG und der Frau im Rollstuhl gab es noch eine Nagelstudiobesitzerin namens Isabella und zwei Familien mit kleinen Kindern, die um diese Uhrzeit noch nicht auf den Beinen waren. Außer sonntags, dachte Gerit, und hätte sie den Gedanken laut ausgesprochen, hätte er einen bitteren Klang gehabt. Das passierte häufiger in letzter Zeit, dass manche Sätze von Gerit einen Nachgeschmack wie Chicorée hatten. Sie musste aufpassen, dachte sie manchmal. Sie wurde wunderlich. Aber da sie alleine lebte, kein Mann, kein Kind, keine Katze, kein Goldfisch, fand sie das nicht weiter schlimm. Sie war zu alt, fand sie, um an gewissen Dingen noch etwas zu ändern.

Sie flitzte die Treppen hinunter. Gerit war kein Mensch, der die Langsamkeit schätzte. Das Gemächliche. Das Trödeln. Und Schläfrige. Langsame Leute machten sie nervös. Wer nicht ihr Tempo lief, musste damit rechnen, abgehängt zu werden.

Gerit roch die fremde Person, bevor sie sie sah. Man konnte nicht sagen, dass sie stank. Sie verströmte eher den Geruch, der Klamotten anhaftet, die zu lange getragen worden waren und nie die Gelegenheit hatten zu lüften. Oder in deren Fasern noch die Feuchtigkeit des letzten Regengusses moderte. Im nächsten Moment erblickte Gerit sie. Sie rannte praktisch in sie hinein. Hier im Korridor des ersten Stocks, wo es links zum Steuerberater ging und rechts zur Internistenpraxis. Die Person, die in diesem Haus nichts zu suchen hatte, krabbelte in Sekundenbruchteilen aus einem Schlafsack. Zu Gerits Überraschung war es eine Frau. Das kam ihr merkwürdig vor. Frauen drangen nicht irgendwo ein und machten sich breit an Orten, die ihnen nicht gehörten. Eindringen war Männersache. Frauen klingelten. Klopften an. Baten höflich um Einlass.

Gerit blickte in die Augen der Fremden. Sie waren blau – und sofort hellwach. Sie schaute wie ein Reh, das sich einem Jagdhund gegenübersieht, zog eine Wollmütze aus einer grünen Plastiktüte, die genauso mitgenommen aussah wie der Armee-Schlafsack und durch deren verkrumpeltes Muster Knitterfältchen zogen wie weiße Adern auf einem Eichenblatt. Sie stülpte sich die Mütze über, klemmte sich in aller Eile den nicht aufgerollten Schlafsack unter den Arm und rannte davon, ihn wie eine Decke hinter sich herschleifend und durch den Schmutz des Treppenhauses wischend, den die Mieter und Patienten mit ihren Profilsohlen hinterlassen hatten. Den Matsch vom Schnee und die Streusteinchen, die Gerit hasste, weil man sie in die Wohnung schleppte. Der Putzdienst kam viel zu selten, nur ein Mal die Woche, immer freitags, das war ein Witz. Gerit ging zum Treppenabsatz und schaute der Davonhetzenden nach. Sie sah das Wippen ihres dunklen Pferdeschwanzes und das Schlackern der beiden gestrickten Wollzöpfe, die links und rechts an der grauweißen Norwegermütze baumelten.

»So warten Sie doch!«, rief Gerit der Flüchtenden nach.

Warum die warten sollte, auf wen, auf was, hätte Gerit selbst nicht zu sagen vermocht. Die Fremde huschte aus der Haustür, die automatische Treppenhausbeleuchtung ging aus, und Gerit blieb zurück, während sie im Durchzug stand, mitten im eiskalten Märzwind, der an diesem Morgen, als es partout nicht Frühling werden wollte, durchs Haus fegte, bevor die Tür, gedämpft durch ein Scharnier, zögernd ins Schloss fiel.

Gerit dachte noch ein paar Sekunden lang über die Frau nach. Offensichtlich eine Obdachlose. Eine, die mit ihrem Schlafsack und prall gefüllter Plastiktüte Wärme vor der Winterkälte gesucht hatte – und ein Nachtlager auf hartem Linoleum. Sie wunderte sich kurz über die knallrote Farbe auf den Lippen der Fremden, die ihr sofort ins Auge gesprungen war. Das war ungewöhnlich für eine Frau ohne festen Wohnsitz. Das war wie ein frisch lackierter Fensterladen an einem heruntergekommenen Haus. Sie schaltete das Treppenlicht nicht ein und rannte die letzte Treppe im Dunkeln hinunter. Das war kein Problem. Sie wohnte hier seit gut einem Dutzend Jahren. Sie kannte jeden Winkel, jeden Meter, jede Stufe.

Als sie nach acht Minuten Fußweg das Fitnessstudio erreicht hatte, es war kurz vor halb sieben, konnte Gerit noch nicht ahnen, dass die Frau mit den roten Lippen niemals mehr aus ihrem Leben verschwinden sollte. Mehr noch: dass ihr Leben nie wieder so sein würde wie vorher.

Kapitel 2

Gerit war schon immer ein sportlicher Mensch gewesen. Dass sie jetzt aber seit einem Jahr regelmäßig in ein Fitnessstudio ging, wo man fremden Körpern und den Ausdünstungen anderer Menschen ausgesetzt war, sieben Tage die Woche, war dem Umstand zu verdanken, dass sie vor gut sechs Monaten fünfundvierzig geworden war. Sie hatte beschlossen, den Demütigungen des Alters dadurch zu begegnen, dass sie ihren Körper demütigte. Sie wog nur siebenundvierzig Kilo bei 1,60 Meter Größe, aber wenn sie sich nackt im Spiegel betrachtete, was sie ungern tat, glaubte sie, eine zunehmende Schlaffheit des Bindegewebes festzustellen. Besonders, wenn sie die Arme zum Winken hob, was nicht oft vorkam, bemerkte sie ein Nachwackeln der Haut, weshalb sie beschloss, auf derartige Gefühlsausbrüche und ärmellose Kleidung zu verzichten. Zuerst war sie mit anderen Methoden gegen den unweigerlichen Verfall vorgegangen, mit Zinnkrauttee und Goji-Beeren, mit Kokoswasser und Kaffeesatz-Peeling, mit Massagen mittels eines Luffa-Handschuhs. Es war alles für die Katz gewesen. Also hatte sie sich dafür entschieden, jeden Tag eine Dreiviertelstunde lang aufs Spinningrad zu klettern. Mittlerweile schaffte sie hundert Umdrehungen pro Minute, was nicht schlecht war. Währenddessen guckte sie die News, die ohne Ton im Nachrichtenkanal der flächendeckend platzierten Fernseher liefen.

Als sich neben ihr eine Frau in den Sattel schwang, blickte Gerit kurz auf. Es war Katja König, ihre Freundin. Sie kam ein, zwei Mal die Woche, immer mit gepolsterter Radlerhose, da sie angesichts des schmalen harten Sattels Angst hatte, ihr Hintern könne schmerzen. Katja König war etwas älter als Gerit, etwas größer und ungefähr doppelt so schwer. Man kannte sich seit zwanzig Jahren, das heißt, man kannte sich gut, sofern man jemanden wie Gerit Liebke überhaupt jemals gut kennen würde. Sie trug ihr Herz nicht auf der Zunge, ihren Gefühlen hatte sie Tarnkleidung angelegt, sie sorgte sich um ihre Ernährung und ihre Epidermis, und irgendwann war ihr das Lachen, das richtige Lachen, das aus vollem Halse, abhanden gekommen.

Während Katja im grünen Bereich radelte, schaffte Gerit es inzwischen, selbst gegen leichten Widerstand antretend, lässig in den blauen.

»Ein Franzbrötchen und ein Milchkaffee wären mir jetzt lieber«, schnaufte Katja nach zwei Minuten. Sie wirkte auf den ersten Blick mütterlich, obwohl sie keine Kinder hatte – und ein bisschen gewöhnlich. Wie eine Frau, die einem Suppe kochte, wenn man krank war, die Männer unter den Tisch saufen konnte und für die man nicht die Hausschlappen mit dem Hasenkopf ablegen musste, wenn sie zufällig zu Besuch kam.

»Bei uns im Treppenhaus hat heute Nacht eine Frau campiert«, sagte Gerit.

»Eine Pennerin?«

»Eine Person ohne festen Wohnsitz. So ist die offizielle Bezeichnung. Das solltest du als Journalistin wissen.«

»Immer fein die Juristin raushängen lassen. Hast du sie angesprochen?«

»Sie ist vor mir davongerannt.«

»Wäre ich an ihrer Stelle auch«, sagte Katja und grinste. »Sonst hättest du sie natürlich zum Frühstück eingeladen.«

»Bist du verrückt?«

»War ein Witz. Hast du Lust, am Samstag zum Essen zu uns zu kommen?«

»Ich wollte es mir zu Hause vor dem Fernseher gemütlich machen.«

»So viel Wildheit an einem Samstagabend! Pass auf, dass dir kein Leopardenfell wächst! Schwarze Flecken stehen dir nämlich nicht. Fred kocht. Es gibt etwas Fettfreies, Zuckerarmes, Eiweißreiches, zum Dessert bekommst du ein paar Rosinen, wir trinken einen vollmundigen Kamillentee, und wenn du willst, spielen wir ›Trivial Pursuit‹.«

Gerit seufzte und stieg in die Pedale. »Ihr verliert doch sowieso immer gegen mich. Könntest du mir ein Kilo von dem Bio-Espresso in dem kleinen italienischen Laden bei dir um die Ecke besorgen? Ich gebe dir am Samstag das Geld.«

Katja nickte und stieg ab. »Mir reicht's für heute.«

»Du hast doch noch gar nichts gemacht.«

»Woher nimmst du bloß deine Disziplin?«

»Disziplin ist die Kunst, so zu tun, als würde einem das, was man hasst, Spaß machen«, sagte Gerit.

Am nächsten Morgen war die Fremde wieder da – und auf der Hut. Noch ehe Gerit das erste Stockwerk erreicht hatte, war die Frau mit dem Pferdeschwanz davongestürzt. Es schien, als habe sie nur auf ein Geräusch von oben gewartet und die Flucht ergriffen, ehe sie Gefahr lief, jemandem zu begegnen. Gerit hörte, wie die Tür hinter ihr ins Schloss fiel. Zurück blieb dieser eigenartig muffige

Geruch wie von feuchter, in einer Plastiktüte vergessener Wäsche. Das Spiel wiederholte sich auch am Tag darauf. Die Sache entwickelte wie so vieles in Gerits Leben eine gewisse Gesetzmäßigkeit. Eine Dynamik, die gebunden war an bestimmte Zeiten und feste Abläufe. Am Donnerstag passierte das Gleiche. In Gerit tobten widerstreitende Gefühle. Zum einen verspürte sie Mitleid mit einer Frau, die nicht in der Lage war, sich eine Unterkunft zu leisten. Zum anderen meldete sich ihr berüchtigter Gerechtigkeitssinn, der wie ein Frettchen an ihr nagte und es nicht okay fand, dass manche Menschen irgendwo Quartier bezogen, ohne dafür zu bezahlen.

Am Freitag war der Spuk vorbei. Die Fremde hatte offensichtlich nicht mehr im Treppenhaus übernachtet, oder sie hatte es geschafft, lange vor Gerits Auftauchen zu verschwinden. Gerit war enttäuscht. Wieso, konnte sie nicht sagen. Sie hatten ja noch nicht einmal miteinander geredet. Aber es hatte ihren sportlichen Ehrgeiz angestachelt, die Fremde abzupassen, ehe sie die Möglichkeit haben würde, sich aus dem Haus zu stehlen. Sie war es gewohnt, die Regeln aufzustellen, welches Spiel es auch war. Gerit hatte eine Schlappe einstecken müssen, und das gefiel ihr nicht. Es war nicht ihr Stil. Genauso wenig wie alles Unaufgeräumte und Ungebügelte, alles Unpässliche und Unpünktliche, alles Lose und Schlampige.

Auch am Samstag war die Frau mit dem Schlafsack nicht aufgetaucht. Abends klingelte Gerit auf die Minute pünktlich um acht an der Tür ihrer Freundin Katja König am Lehmweg. Sie hatte einen Tulpenstrauß dabei, heute Morgen frisch auf dem Markt gekauft, groß und gelb, ein erster Gruß vom Frühling. Katjas Mann Fred öffnete. Katja lag auf der Couch und las. Sie hatte sich gerade in der Redaktion den »Spiegel« geholt, dessen Andruck sie als Ressortleiterin Lokales schon zwei Tage vorher lesen durfte. Wer schon samstags den »Spiegel« bekam und nicht erst montags, war keine ganz unwichtige Nummer im Journalismus. Katja war eine wichtige Nummer. Wie immer, wenn sie im Büro gewesen war, sei es auch nur kurz, trug sie einen Hosenanzug, bevorzugt in Grün oder Grau, dessen tailliertes Jäckchen über dem Busen spannte, weshalb die Ärmel ihr stets zu kurz waren. Diese Blöße versuchte Katja mit ihren durch die Jackenarme gezogenen und umgeschlagenen Blusenmanschetten (bevorzugt in Flieder oder Rosé) zu kaschieren. Die Manschetten waren ihr Markenzeichen. Genau wie ihre durch zu viel Haarspray fest zementierten hellblonden Haare und die staksigen Beine, die im Gegensatz zu ihren großen Brüsten und der etwas unförmigen Taille standen.

Während Gerit auf dem Lederzweisitzer Platz nahm, blickte sie auf das Durcheinander von zwei Menschen, die erst in zweiter Ehe zusammengekommen waren und ihrer beider Leben in einen Topf geworfen hatten. Er sammelte Modellautos, sie marokkanische Kissen. Sie liebte Stiefmütterchen auf dem Balkon; er hasste seine Schwiegermutter und ihren Kartoffelsalat mit Jagdwurst und Salzhering. Und wenn der eine beim Hürdenlauf durchs Leben stolperte und fiel, streckte der andere die Hand aus und zog ihn wieder hoch. Es war vielleicht nicht die ganz große Liebe, aber eine ziemlich gute Freundschaft, und das war mehr, als die meisten hatten.

Gerit drückte den Rücken durch. Die Wirbelsäule, da war sie sicher, dankte es einem, wenn man sich nicht zu sehr in die Kissen kuschelte. Fred servierte als Aperitif einen Cocktail mit Prosecco. Inmitten von weißgoldener Farbe eine Insel von Eis, um die ein paar Minzblätter schwammen.

»Denk dir einfach, es sei Kamillentee mit Kohlensäure«, sagte Fred und lachte, ehe er wieder in der Küche verschwand, rustikal im Holzfällerhemd, die Augen halb verdeckt durch lange dunkle Ponyfransen.

Gerit nahm einen Schluck. Er schmeckte. Das Zeug war gut! Man konnte sich glatt daran gewöhnen, dachte sie, und ließ die Eiswürfel kreisen.

»Da steht die Tüte mit deinem Espresso«, sagte Katja mit einer Kopfbewegung zur Sofaecke. »Ich muss dir was beichten.«

»Nur zu«, sagte Gerit, zog ihr Portemonnaie aus der Tasche und legte Katja einen Geldschein hin. »Ich bin relativ tiefenentspannt nach dem Drink. Ich weiß schon, was du mir mitteilen willst: Es kommt noch jemand.«

Katja zog die Füße in den schwarzen Nylonkniestrümpfen unter den Po und lachte.

»Ein Mann«, sagte Gerit und holte tief Luft. »Ich hab's geahnt. Dein zweiunddreißigster Versuch, mich zu verkuppeln. Vergiss es! Ich bin zu alt für diese Spielchen.«

»Bei diesem Thema bist du alles andere als entspannt.«

»Du kennst meine Meinung«, sagte Gerit. »Die Liebe ist nur in Schnulzen der Schlüssel zur Glückseligkeit. Wo man noch an Ritter und Retter, an Redford und Ramazotti glaubt. Warum sollte ich mich also wieder mal auf eines dieser Blind Dates einlassen, die jedes Mal in einem Desaster enden?«

»Gib ihr noch einen Drink, Schatz!«, sagte Katja Richtung Küche.

»Seitdem Simon mich vor drei Jahren verlassen hat, habe ich von Männern die Nase voll. Keine Beziehung würde bei mir länger halten als eine dieser Pfefferminzpastillen, die ich eben auf dem Weg zu euch gelutscht habe.«

»Lass den Schuss Mineralwasser in dem Drink weg!«, rief Katja ihrem Mann zu.

»Ich träume nicht von gemütlichen Abenden zu zweit am Kamin oder von kuscheligen Sonntagsfrühstücken im Bett. Du weißt ohnehin, wie sehr mich Brötchenkrümel an meinem Hintern stören würden. Ich träume auch nicht von Ausflügen ins Alte Land auf dem Tandem oder von gemeinsamen Wanderungen im praktischen Outdoor-Outfit, möglichst noch die Gummistiefel im Partnerlook. Und weißt du, wieso nicht? Ich habe keine Geduld mehr mit den Männern. Geduld ist die Tugend der Trottel.«

»Den Holunderblütensirup kannst du auch weglassen! Prosecco marsch!«

»Ich weiß, dass es bei mir einfach nicht funktioniert. Ich werde mich nicht mehr verlieben, weil ich nicht zu Kompromissen tauge. Ganz zu schweigen von den massenhaft schlechten Beispielen in meinem Job.«

»Das ist jetzt der Punkt, wo die Vorsicht endet und die Feigheit beginnt«, sagte Katja.

Fred kam mit frischen Drinks. Gerit schob das Glas mit ausgestreckter Hand zurück. »Für mich nichts mehr.«

»Für wen willst du nüchtern bleiben?«, fragte Katja, nickte Fred zu, Gerit zu ignorieren und wandte sich wieder an sie: »Kein Mann hält sich heute in dieser Wohnung auf außer meinem. Versprochen! Es geht um was anderes. Wir wollen eine Homestory über dich bringen.«

»Über mich?«

»Über dich! Über eine sehr angesehene Familienrichterin, bekannt für klare Worte und kluge Urteile in strittigen Fällen und komplizierten Scheidungsverfahren und zurzeit schwer im Gespräch als kommende Justizsenatorin der Hansestadt.«

»Das ist alles längst noch nicht in trockenen Tüchern.«

»Dann sollten wir den Schleudergang anwerfen und sehen, dass die Dinger trocken werden«, sagte Katja. »Wenn ich da mal unseren Ersten Bürgermeister zitieren darf: ›Frau Dr. Liebke bringt frische Ideen und alle fachlichen Kompetenzen mit, um in diesem Amt sehr erfolgreich zu sein‹. Aber wenn du mich fragst …«

»Tue ich das?«

»Solltest du! Oberstes Gebot: Verdirb es dir niemals mit der Presse. Du brauchst etwas Menschelndes.«

»Keine Homestory«, beharrte Gerit.

»Du sollst nichts anderes sein als der Star in deiner eigenen Geschichte.«

»Ich bin kein Star«, sagte Gerit und strich das Kissen neben sich glatt.

»Noch nicht«, sagte Fred.

»Nun hört schon auf damit!« Gerit fuhr mit den Handinnenflächen über ihr strandblondes Haar, das zu ihrem Verdruss an den Schläfen grau wurde, wie mit Asche eingerieben. Dann roch sie an den Tulpen vom Markt. War so eine Angewohnheit. Sie musste immer an allem riechen. An allem, was gut roch. An frischer Wäsche. An ihrem Kopfkissen. Ihrem Rollkragen. Und an den Dingen, die sie kurz darauf essen würde. Sie liebte den Geruch von Melone und Salatgurke. Und hasste den von Kohlrabi. Nein, sie war keine komische Person. Sie hatte vermutlich nur ein paar Macken mehr als andere.

Gerit war ein kleines bisschen benebelt von Freds Weltverschönerungsdrink, als sie kurz darauf beim Essen saßen. »Wir waren bei der Homestory …«, sagte Katja und prostete Gerit mit einem schweren Barolo zu, bevor sie sich um ihre Feldsalatblättchen in Honig-Senf-Vinaigrette kümmerten, die Fred ihnen als Vorspeise serviert hatte.

»Nun vergiss doch mal diese Story!«, sagte Gerit.

»Ich denke nicht daran! Du bist von Berufs wegen sozusagen Expertin für zwischenmenschliche Beziehungen. Es wäre einfach gut, wenn du zeigst, dass es in deinem Leben auch ein paar Menschen gibt. Menschen, die dir etwas bedeuten. Die dir wichtig sind. Dass du eben nicht die einsame Junggesellin bist, die abends allein auf dem Sofa hockt, eine Distel in der Vase, eine Tüte Studentenfutter im Schoß und einen Vibrator in der Nachttischschublade. Oder umgekehrt.«

Gerit blickte zu Fred, der ungerührt mit einem Stück Baguette die Salatsauce vom Teller wischte.

»Den Vibrator im Schoß und das Studentenfutter in der Schublade«, murmelte Katja etwas beschwipst vor sich hin und kicherte. »Du brauchst eine philanthropische Patina. Ein bisschen karitatives Engagement vielleicht, ein Herz für Kinder … irgendwas Nettes. Kinder machen sich immer gut auf Fotos. Hast du keine Cousine mit ›Hanni-und-Nanni‹-Zwillingen, denen du die Pinselohrschweine bei ›Hagenbeck‹ zeigen kannst?«

»Du weißt, dass ich mit Verwandtschaft nichts am Hut habe. ›Blut ist dicker als Wasser‹. Ich kann's nicht hören!«

»Und was macht man dann an Weihnachten?«, fragte Fred.

»Kanaren. Palmen. Siebenundzwanzig Grad«, sagte Gerit. »Und das Alleinsein genießen.« Sie legte die Hände in den Schoß, um nicht in Versuchung zu kommen, ein Stück von dem Brot zu essen.

»Schade! So eine attraktive Frau wie du.« Fred blickte sie an, während er einen Schluck aus seinem Weinglas nahm. »Mehr Eleganz als Wucht. Sinnlich. Vielschichtig. Herzerwärmend. Sympathisch. Perfekt. Ganz große Klasse.«

»Gib dir keine Mühe!«, sagte Katja. »So eine Charme-Offensive zieht bei Gerit nicht.«

»Er meint den Wein«, sagte Gerit, die spürte, wie der Alkohol seine Wirkung tat und rote Schatten auf ihren Hals malte.

Katja rollte mit den Augen. »Und wie immer hat sie in Drachenblut gebadet und ist unbesiegbar.« Sie rieb sich das Kinn, und ihre Augen begannen zu funkeln, weil ihr gerade eine Idee gekommen war. »Steht nicht dein Urlaub an?«

»Ja. Und? Ich fahre *mit* Freunden. Wie jedes Jahr. Ganz so unsozial scheine ich also nicht zu sein.«

»Freunde!«, schnaubte Katja. »Stinklangweilige Kollegen. Journalisten spielen Golf. Lehrer Tennis. Orthopäden segeln vor Sardinien. Und Juristen radeln durch Südfrankreich.«

»Am Canal du Midi entlang. Unter Platanen, Pappeln, Pinien und Zypressen. Frühling in Frankreich. Gibt es was Schöneres?«

Wenn sie nicht aufpasste, dachte, Gerit, würde ihr Gesicht noch stärker glühen als ohnehin schon, nur weil eine kleine Aufwallung von Sinnenfreude ihr gerade zu schaffen machte.

»Ich könnte einen freien Fotografen beauftragen, der vor Ort wohnt, damit er dich mit deiner Radlerclique ablichtet. Das ist schon mal ein Anfang.« Katja rang die Hände. »Tu mir den Gefallen! Eine Frau zum Anfassen. Eine, mit der man Spaß haben kann. Die mitten im Leben – und in Lavendelfeldern steht. Lila, so weit das Auge reicht.«

»Lavendel blüht im Sommer.«

»Auch gut. Sonnenblumen. Du als Hingucker in einem Van-Gogh-Motiv.«

»Blütezeit Juli, August, September. Wir fahren Anfang April.«

»Dann eben roten Landwein trinkend. Baguette mit Tapenade essend. Die pure Lebenslust. Und sag jetzt nicht, dass du schwarze Oliven und Anchovis hasst! Sie sind zu gesund, um von dir gehasst zu werden.«

Gerit drückte den Rücken durch, bis sie kerzengerade saß, und schenkte Katja einen durchdringenden Blick. »Mein Privatleben bleibt privat. Und findet nicht in der Presse statt. Egal, was ich esse, trinke, mit wem ich radle und reise.«

»An dir ist echt ein PR-Profi verloren gegangen.« Katja atmete einmal tief aus, um sich zu beruhigen. »So was von stur. Ist eigentlich diese Pennerin noch mal aufgetaucht?«

Gerit schüttelte den Kopf. »Nein. Solche Leute wechseln doch ständig ihren Schlafplatz. Wie Pollen, die sich vom Wind verwehen lassen.«

»Klingt romantischer, als es ist«, sagte Fred.

Es war an der Zeit. Der Prosecco und der Rotwein hatten ihre Wirkung getan. Gerits Kopf war benebelt, und ihre Zunge fühlte sich an wie ein kleiner Klumpen Hefeteig, der in ihrem Mund aufgegangen war.

Sie wollte heim.

Zehn Uhr war schon seit Stunden vorbei. Die Spinat-Lasagne zum Hauptgang lag ihr schwer im Magen (von wegen fettfrei!). Und »Trivial Pursuit« hatten sie auch nicht gespielt.

Der Taxifahrer setzte Gerit vor ihrem Haus mit dem sanftgelben Anstrich ab. Sie hatte während der nächtlichen Tour durch die Stadt die Augen geschlossen gehabt, damit er nicht auf die Idee kam, sie könne Lust auf eine Unterhaltung haben, die ihn wach gehalten und sie vermutlich gelangweilt hätte. Sie zahlte, sah auf der Uhr am Armaturenbrett, dass es bereits nach eins war, ließ sich eine Quittung geben, stieg aus, warf den Kopf in den Nacken und schaute nach oben. In keinem der Fenster brannte Licht. Aus keinem drang Lärm. Es war Ruhe. Tiefe Nacht. Winternacht.

Sie drehte den Schlüssel im Schloss, trat ein, tastete an der Wand nach dem Lichtschalter, der rechts von ihr in Höhe ihrer Schulter angebracht war. Nichts geschah. Es blieb dunkel.

Immer das Gleiche, dachte Gerit. Dieses Treppenhaus war eine Schande. Nicht umsonst witzelten die Patienten des Zahnarztes im zweiten Stock, dass das Schlimmste bereits hinter einem lag, wenn man diesen Treppenaufgang passiert hatte und die Praxis betrat.

Wie immer verzichtete sie auf den Fahrstuhl. Sie fühlte sich unwohl in engen, geschlossenen Räumen, in denen sie das Gefühl hatte, nicht flüchten zu können, und lief die Stufen hoch. Sie war kein besonders ängstlicher Mensch, aber sie verspürte ein leichtes Gefühl des Unbehagens, als kein Licht die Schwärze durchdrang. Es war viel angenehmer, dachte Gerit, zu einer Uhrzeit nach Hause zu kommen, wenn sich noch irgendwo Türen öffneten und Telefone klingelten und man gedämpftes Stimmengewirr vernahm.

Auf dem Treppenabsatz im ersten Stock stieß sie mit der Spitze ihrer schwarzen Stiefeletten gegen etwas Hartes, verlor das Gleichgewicht und knallte der Länge nach hin. Sie fiel auf etwas, das weich und fest zugleich war. Etwas, das sich den knabenhaften Formen ihres Körpers anpasste und ihn sofort danach abzuschütteln versuchte. Einen Augenblick lang hatte Gerit ein Stück Pullover im Mund. Zurück blieben kratzige Wollflusen auf ihrer

Zunge. Sie fasste sie mit spitzen Fingern an, zog sie heraus wie tote Spinnenbeine und hätte sich um ein Haar übergeben.

»Hey!«, fauchte eine brüchige Stimme. »Was soll das?«

»Was das soll?«, sagte Gerit, die einen Moment lang orientierungslos war. Aber der Geruch in ihrer Nase holte sie schnell zurück in die Realität und gab ihr Bescheid. Es war der Schlafsack. Und in ihm lag die Frau. »Wer auch immer Sie sind, Sie liegen im Weg.« Sie rappelte sich auf, hatte Mühe damit, nahm einen zweiten Anlauf und verzog schmerzhaft das Gesicht, als sie endlich stand, sich gegen die Wand lehnte, die den hässlichen Farbton von lackiertem Hansaplast hatte, und einen leichten Stich im Knöchel ihres rechten Fußes verspürte.

»Wer sind Sie überhaupt?«, stieß sie hervor.

Allmählich gewöhnten sich Gerits Augen an die Dunkelheit. Sie konnte jetzt Umrisse ausmachen. Sie sah, wie die Fremde den Reißverschluss ihres Schlafsacks aufzog.

»Ich bin schon weg«, sagte sie mit gehetzter Stimme, sich aus dem Sack pellend, aufstehend. »Bitte, verraten Sie mich nicht!«

»Sie waren doch neulich schon mal da.«

»Verraten Sie mich nicht! Bitte!«

»Für wen halten Sie mich? Für eine Denunziantin?«

»Es kommt nicht wieder vor«, sagte die Frau, während sie in die Knie ging, um ihren Schlafsack aufzurollen.

»Wo wollen Sie denn jetzt hin?«, sagt Gerit. »Mitten in der Nacht.«

»Mir wird schon was einfallen.« Sie klemmte sich den Schlafsack unter den Arm und wollte verschwinden, so wie sie die letzten Male verschwunden war: lautlos, mit gesenktem Kopf und eiligen Schritten.

Gerit wusste nicht, was sie dagegen hätte tun können.

Wollte sie überhaupt etwas dagegen tun? Wenn sie ehrlich war, was interessierte sie diese Fremde? Nicht die Bohne. Sie war nicht versessen darauf, auch nur irgendein Detail über das Schicksal dieser Frau zu erfahren. Sie war nur eine von vielen streunenden Katzen im Dschungel der Stadt.

Gerit war müde. So müde, als hätte ihr jemand sämtlichen Treibstoff abgezapft. Sie wollte nach oben, in ihre Wohnung. Wollte die Tür hinter sich zu machen, sich einen Moment dagegenlehnen, wie sie es immer tat, wenn sie nach Hause kam, aufatmend, erleichtert, wieder daheim zu sein, in ihrem kleinen Reich, gut duftend, überschaubar, fleckenlos, fettfrei, zuckerarm, sauber. Sie wollte ins Bett. Aber mit dem Fuß kam sie unmöglich bis in den fünften Stock. Sie humpelte auf die Fahrstuhltür zu, drückte den Knopf, hörte, wie sich der alte Lift geräuschvoll in Bewegung setzte und in gemächlichem Tempo von oben nach unten geschnurrt kam. Mit ihm kam das Licht. Der Fahrstuhl war beleuchtet. Das war immerhin etwas in dieser misslichen Situation. Gerit zog die Tür auf, setzte widerstrebend einen Fuß hinein, sie hasste diese Dinger, betätigte den Etagenknopf, spürte, wie sich eine Hand unter ihren Arm schob und sie bis zur Rückwand des Lifts geleitete. Erstaunt blickte sie auf und sah in das erschöpfte Gesicht der fremden Frau.

Was für eine vertrackte Lage, dachte Gerit. Da kam sie von einem Abendessen, nicht mehr ganz nüchtern, brach sich fast das Genick, als sie über eine Pennerin in ihrem Hausflur stolperte, und war nun auch noch auf deren Hilfe angewiesen.

War sie natürlich nicht.

Sie war auf niemanden angewiesen. Sie konnte auf sich allein aufpassen, und sie war keine Heulsuse, was Schmerzen anging. Vielleicht wäre es manchmal einfacher, wenn jemand da wäre, der einen in den Arm nahm, der einem eine Tasse Tee kochte oder ein Glas Wein reichte, den Kopf weich bettete, ein Pflaster holte, die Füße wärmte und nach einem heißen Bad den Nacken massierte. Der Interesse daran hatte zu erfahren, wie das Leben einen an diesem Tag behandelt hatte. Aber so jemanden gab es nicht, und deshalb hatte sie sich ihr Dasein allein eingerichtet. Schöne Wohnung, guter Job, Tip-Top-Figürchen. Es ging ihr prima damit.

Die Frau sollte verschwinden. Sie wollte die Peinlichkeit dieses Augenblicks nicht länger hinauszögern. Nicht die ganze Zeit durch den Mund atmen müssen und sich zur Konversation gezwungen fühlen. Aber ehe die Fremde noch die Fahrstuhlkabine verlassen konnte, klappte die Tür zu, und der Lift setzte sich in Bewegung. Sie ruckelten nach oben.

Gerit wusste nicht, was sie sagen sollte.

– Schlechtes Wetter, wie?

– Und? Was machen Sie sonst so?

– Netten Abend gehabt?

Sie sagte nichts von alledem. Die Fremde vermied es, sie anzusehen. Ihr Gesicht war verschlossen, sie hielt den Kopf gesenkt und starrte auf den Fußboden, während Gerit erst an die Decke guckte und später auf ihre Nägel, die perlmuttfarben glänzten und ihren Händen etwas Schimmerndes gaben. Schließlich entschied sie sich doch dafür, das Schweigen zu brechen, und seufzte: »Dieser Fahrstuhl ist häufiger kaputt als ganz.«

»Genau diesen Eindruck macht er.«

»Die Ärzte aus den Praxen beschweren sich regelmäßig bei der Hausverwaltung, weil ständig die Patienten stecken bleiben.«

»Kann ich mir denken.«

Plötzlich gab es einen Ruck, der Lift blieb stehen, und sie hingen irgendwo fest zwischen dem dritten und dem vierten Stock.

»Oh, nein! Was war das?«

»Wonach sieht's aus?«, sagte die Fremde. »Wie Sie gesagt haben. Häufiger im Arsch als ganz.«

»So drastisch habe ich es nicht formuliert.«

»Kommt aufs Gleiche raus.«

»Es gibt eine Notruftaste zu einem Aufzugswärter«, sagte Gerit und drückte auf den roten Knopf. Ein schriller Ton erfüllte die Kabine, den Aufzugsschacht, das ganze Treppenhaus.

»Und jetzt?«, sagte die Fremde.

»Hoffen wir, dass sich jemand rührt.«

»Um die Zeit?«

»Seien Sie nicht so pessimistisch«, sagte Gerit. »Ich will auch ins Bett.«

»Im Gegensatz zu meinem wird Ihr Bett noch da sein, wenn Sie nach oben kommen.«

Gerit schenkte ihr einen Blick, den sie für Menschen reserviert hatte, die ihr eine traurige Geschichte zu erzählen hatten. Sie hörte zu, stellte sich ein paar Sachen bildlich vor, was selten angenehm war, und dann kam etwas ins Spiel, das sie Selbstschutz nannte. Sie nickte oder schüttelte den Kopf, je nach Bedarf, und streute hin und wieder eine wohlmeinende Floskel ein, ein paar Regentropfen aufmunternden Geplauders in einem Meer von Gejammer.

»Was ist denn mit Ihrem Bett passiert?«, fragte Gerit.

»Dass gleich jemand meinen Schlafsack klaut, das wird passieren. Ich habe ihn unten liegen lassen.«

Gerit stieß ein unfrohes Lachen aus. »Das meinen Sie

mit Bett? Nein, Ihren Schlafsack wird niemand klauen. Da kann ich Sie beruhigen.«

»Sie müssen es ja wissen«, sagte die Fremde, zog die Nase hoch, glitt an der Kabinenwand hinunter und kauerte sich in die rechte Ecke.

Hektisch drückte Gerit auf den roten Knopf. »Verflucht noch mal, wieso meldet sich denn niemand?«

»Weil um diese Uhrzeit alle schlafen.«

»Der Job eines Aufzugswärters ist es, da zu sein, wenn der Aufzug streikt, weil die Menschen, die stecken geblieben sind, sich in der Regel selten selbst aus einem Fahrstuhl befreien können.« Gerit japste nach Luft. In ihr machte sich Panik breit. Ihre Brust wurde eng, ihr Blut kochte, ihr Herz raste, und sie hatte das Gefühl, auf der Stelle ohnmächtig zu werden.

»Sie mögen es nicht, wenn etwas nicht nach Plan läuft, was? Nach *Ihrem* Plan?«

Gerit klopfte sich mit der flachen rechten Hand auf die Brust, am liebsten hätte sie ihre sandfarbene Seidenbluse aus der schwarzen Hose mit dem schmalen Ledergürtel gerupft und alle Blusenknöpfe aufgerissen, um Luft zu kriegen.

Luft.

Sie keuchte. Sie hatte Angst. Angst vor dem endlosen Warten auf Hilfe. Angst vor dem Verlangen nach Wasser, das zweifellos einsetzen würde über kurz oder lang. Angst vor der Nacht. »Ich muss hier raus!« Sie blitzte die Unbekannte an. Sie musste die Angst irgendwie loswerden. Sie loslassen und auf jemanden hetzen wie einen bissigen Hund. »Woher nehmen Sie Ihre gottverdammte Ruhe?«

Die Frau legte ihre Stirn in Falten und betrachtete Gerit einen Moment lang. Ihr Blick war traurig und amüsiert zugleich, und ihre Lider über den Augenringen, zwei dunkle Halbmonde in dem blassen Gesicht, waren schwer. »Ich hatte es lange nicht mehr so bequem«, sagte sie. »Es ist warm. Es ist ruhig. Jedenfalls dann, wenn Sie nicht gerade Theater machen. Keiner jagt mich davon.«

»Hier! Halten Sie!« Gerit drückte der Fremden ihre Tasche vor die Brust und haute auf die Notruftaste. Wieder und immer wieder. Wie von Sinnen. »Was ist, wenn wir hier nicht mehr rauskommen?« Ihre Stimme kippte, wurde hoch und hell.

Die Frau nagte an ihrer Unterlippe. »Wir werden rauskommen«, sagte sie. »Eher als mir lieb ist. Sind Sie immer so hysterisch?«

Gerit beschloss, sich zu beherrschen, und straffte die Schultern. »Bitte, stellen Sie sich gegen die Rückwand der Kabine und hopsen Sie!«

»Sehe ich aus, als hätte ich keine Hobbys?«

Gerit lag ein spitze Bemerkung auf der Zunge, aber sie verkniff sie sich, wie sie gerade dabei war, sich gewisse andere Dinge ebenfalls zu verkneifen: ihren Harndrang zum Beispiel.

»Bitte«, sagte sie. »Das ist ein hier im Haus verbreiteter Trick. Vielleicht setzt sich der Lift dann wieder in Bewegung. Wie dumm von mir, dass ich erst jetzt darauf komme.«

»Wie Sie meinen«, sagte die Fremde, erhob sich aus der Hocke, stellte sich rücklings gegen die graue Resopal-Wand und wippte mehrmals auf und ab, wobei ihr verfilzter Pferdeschwanz, gehalten durch ein rotes Gummiband, mit hüpfte. »Man kommt sich ziemlich dämlich vor.« Nichts tat sich. »Scheiß-Idee!«

»Brauchen Sie Hilfe?«, erklang die schläfrige Stimme eines Mannes aus der Notrufanlage.

»Glauben Sie etwa, mir ist langweilig, und ich möchte mich unterhalten?«, knurrte Gerit und blickte auf ihre Armbanduhr. »Nachts um halb zwei?«

Sie sah, wie die Fremde sie kurz ansah und dann den Kopf schüttelte. Der Blick wie ein kalter Luftschwall. War es nicht völlig unbedeutend, was diese Frau von ihr dachte? Sie musste nicht geliebt werden. Die Erde würde sich auch so weiterdrehen.

Kaum hatte Gerit begonnen, dem Mann beim Notdienst ihre Lage zu schildern, setzte sich der Lift in Bewegung.

»Wir haben es selbst hingekriegt«, sagte Gerit kurz angebunden in die Sprechanlage. Sie nickte der Frau zu. »Manchmal sind die einfachsten Kniffe die besten.«

»Sie scheinen der geborene Problemlöser zu sein.«

Als der Fahrstuhl im fünften Stock hielt, machte die Fremde keine Anstalten mehr, Gerit aus dem Lift zu helfen. Ihr war das nur recht. »Gute Nacht!«, sagte sie und hinkte hinaus. Hinter ihr fiel die Lifttür zu. Sie hörte, wie die Frau auf den Etagenknopf drückte, der sie zurückbringen würde zu ihrem Nachtlager im ersten Stock.

Eine Frau im freien Fall.

Der Gedanke beschäftigte Gerit einen Moment lang.

»Dass du eben nicht die einsame Junggesellin bist, die abends allein auf dem Sofa hockt, eine Distel in der Vase und eine Tüte Studentenfutter im Schoß«, zogen Katjas Worte wie Wolkenschlieren durch ihr Hirn. Blödsinn! Sie hatte die Contenance verloren, und das war ihr peinlich. Das war alles. Sie hatte ein mieses Bild von sich gemalt. Das wollte sie korrigieren. Retuschieren. Den grauen Schleier der Hilflosigkeit wegziehen. Die Unmutsfalten auf der Stirn glätten. Den panischen Ausdruck in den Augen tilgen. Die strenge Linie des Mundes weich zeichnen und in einem lockeren Lächeln auflösen.

Gerit streckte ihre Hand nach der Lifttür aus, eine Sekunde, bevor der durch ein leises Klicken seine Abfahrt anzeigen konnte. Sie zögerte. Dann tat sie es doch. Sie zog die Tür auf.

»Wie sind Sie hier heute Abend überhaupt reingekommen?«

Die Fremde stand in eine Ecke des Fahrstuhls gedrängt, eine Strähne ihres dunklen Haares fiel ihr in die Stirn, sie wirkte ausgelaugt und schlecht gelaunt.

»Hinter einem Paar hergeschlichen, das spät nach Hause kam.«

»Und wenn keiner nach Hause gekommen wäre?«

»Hätte ich auf einer Bank an der U-Bahn-Station geschlafen. Da, wo die U1 abfährt, Richtung Norderstedt Mitte. Da kann man sich gut verstecken zwischen dem Snackautomaten und der Plakatwand. In meiner Situation lernt man, sich unsichtbar zu machen.«

»Das ist Ihre Bleibe?«

»Eine von mehreren. Manchmal gehe ich in eine Notunterkunft. Und man kann es ganz gut aushalten auf den Lüftungsschächten der U-Bahn. Da kommt viel heiße Luft nach oben.«

»Das ist doch kein Leben.«

»Nicht Ihr Problem.«

Gerit hörte, wie jemand die Eingangstür öffnete. Wie Leute lachten, wie einer von ihnen angetrunken fluchte, als er merkte, dass das Treppenhauslicht nicht funktionierte, und wie mehrmals in einem wilden Tremolo auf den Liftknopf gedrückt wurde. Die Mädchen kicherten. Es waren die zwei Pärchen der WG von nebenan.

»Wir müssen den Fahrstuhl freigeben«, sagte Gerit.

Die Fremde sah sie missmutig an, aber sie tat, was man ihr sagte, und trat aus der Kabine.

»Wann kommt denn dieses Scheiß-Ding?«, schimpfte einer der Jungs, dessen aufgedrehte Stimme hochschallte bis zu ihnen.

Schließlich hörte Gerit sie den Fahrstuhl besteigen. Ein Mädchen sagte: »Hier stinkt's!«

Der Mann sagte: »Wir lassen es jetzt krachen! Soll sich die Eis-Ente von nebenan doch beschweren, wie sie will.«

Gerit zuckte zusammen. Eis-Ente.

Wie uncharmant.

Es war dieses Wort, das Gerit dazu brachte, die Frau zu sich hereinzubitten. Auf eine Tasse Tee. Um diese Zeit, da fast die ganze Stadt im Tiefschlaf lag und sich der Mond wie ein silberner Ball im Wasser der Alster spiegelte. Sie würde heute Nacht noch ein Besserungsprogramm für Eis-Enten starten. Eines im Schnelldurchlauf. Man musste nicht übertreiben. Eine Viertelstunde reichte für den Anfang. Eine Teetassenlänge. Und morgen hatte das Leben sie wieder, ihr altes Leben, denn das, was hier heute Nacht ablief, war ja nicht ihres, das war nur ein kleiner Ausrutscher, eine Gefühlsduselei, eine Sentimentalität, weil sie zu viel getrunken und klaustrophobische Anwandlungen im Fahrstuhl gehabt und Dinge über sich gehört hatte, die ihr nicht gefielen. Sie war eben schwach geworden. Na, und? Das kam vor. Es war ein kleines Abenteuer, einer Frau Asyl zu gewähren, wenn auch nur kurz, die ihrem alten Leben die Brocken hingeworfen hatte – oder das Leben ihr, wer wusste das schon?

»Möchten Sie noch auf einen Tee hereinkommen?«, fragte Gerit.

Die Frau starrte auf das Namensschild an der Klingel. »Sind Sie Gerit Liebke?«

Gerit nickte. »Ja, warum?«

»Nur so.«

»Kennen Sie meinen Namen irgendwoher?«

»Nein! Natürlich nicht!«, sagte die Frau hastig. »Woher sollte ich ihn kennen?«

Gerit wurde das Gefühl nicht los, dass sie nicht die Wahrheit sagte. Sie hatte ein Gespür dafür, wann Menschen lügen. Das brachte ihr Job mit sich. Sie sah es ihnen quasi an der Nasenspitze an.

»Ich gehe jetzt besser.«

Gerit war erstaunt. Und erleichtert zugleich. Blieb sie eben, was sie war. Eine Eins-A-Eis-Ente.

Nur wenige Minuten später stand sie im Bad und schminkte sich ab. Vielleicht hatte sie es heute mit der Wimperntusche etwas übertrieben. War eigentlich nicht ihre Art. Hatte sie gar nicht nötig. Sie war der Typ klassische Schönheit, der keine Verzierungen braucht. Ihr Gesicht war fein gezeichnet, alles war da, wo es hingehörte, wie in einem penibel aufgeräumten Zimmer. Die Augen waren durchsichtig wie Bergseen, die Brauen hatten den perfekten Schwung, hoch angesetzt, dünn gestrichelt, was ihrer Miene immer einen leicht erstaunten Ausdruck gab. Die Nase war zierlich, die Stirn glatt, der Mund sah aus wie ein kleines Herz. Sie schminkte ihn gewöhnlich in einem Karamellbonbonton, der nicht weiter auffiel. Die Haare trug sie stets straff nach hinten gekämmt und festgesteckt. Eine silberne Kette ohne Anhänger schmückte ihren Hals, in den Ohrläppchen schimmerten Perlen.

Sie wusch ihr Gesicht mit einem Reinigungsschaum, der teuer war und nach Orchideen duftete. Es war ein Komfort, auf den sie niemals verzichtet hätte. Genauso wenig wie auf ihre weiße Bettwäsche aus Bielefelder Leinen. Die meisten anderen Dinge waren entbehrlich, fand Gerit, die für sich schon vor längerer Zeit den Luxus des

Weglassens entdeckt hatte. Das Wenige, mit dem sie sich umgeben wollte, sollte gut sein.

Das galt auch für Menschen. Sie hätte ruhig etwas freundlicher sein können, diese verstockte Person mit dem verfilzten Haar, dachte Gerit, wenn sie schon mal auf einen Tee eingeladen wurde. War doch selbst schuld, dass sie in der Gosse gelandet war!

Sie ging zu Bett, legte sich einen Eispack auf den Knöchel, löschte das Licht und versuchte zu schlafen. Es sollte ihr nicht gelingen. Sie wälzte sich hin und her, zu viele Gedanken in ihrem Kopf, eine Resterampe an Erinnerungsfetzen aus dieser Nacht, und als sie überlegte, ob sie es mit Schäfchenzählen probieren sollte (oder von ihr aus auch mit dem Zählen von Fischen, Flöhen, Flughunden; wer sagte, dass es immer Schafe sein mussten), wusste sie, dass sie verloren hatte. Noch so eine Sache, die mit dem Schäfchenzählen, der sie immer mit Skepsis begegnet war.

Kapitel 3

Sonja schlief tief und fest. Die Müdigkeit hatte sie übermannt, kaum dass sie in der U-Bahn saß, und sie hatte die Hände gehoben und sich wehrlos ergeben. Sonst hielt sie sich streng an ihre eigenen Regeln, von denen eine lautete: Man schlief nicht dort ein, wo man jederzeit davongejagt werden konnte. In einem dunklen Treppenhaus, tief in der Nacht, da durfte man schon mal eine Stunde lang unvorsichtig sein und sich dem Schlaf überlassen, der einen einhüllte und einem weismachen konnte, dass er einen vor der Welt da draußen beschützte. Das ging im Allgemeinen gut, war immer gut gegangen, bis auf heute, bis diese Frau aufgetaucht war, mit ihrem Parfüm, das nach Blumen und Gras und sonnengetrocknetem Leinen duftete. Sie hatte einen auf widerstandsfähige kleine Lady gemacht, und dann hatte der Fahrstuhl gestreikt, und die Schreckschraube in ihr war zum Vorschein gekommen. Samt Hitzewallungen, wenn sie dafür vermutlich auch noch zu jung war. Oder auch nicht. Schwer zu sagen. Es gab kaum eine Falte in ihrem Gesicht, an der man die Jahre hätte ablesen können.

Sie kannte diese Frauen nur zu gut. Kannte sie aus ihrem eigenen Leben, bevor das bei einem Zusammenstoß aus unglücklichen Ereignissen, dummen Entscheidungen und mangelnder Disziplin in Trümmer zerfallen war. Wenn sie mal einen schlechten Tag hatten, diese Frauen, dann war immer noch ihre Handtasche perfekt.

Die U-Bahn klapperte die vierundzwanzig Stationen bis zum Endziel Norderstedt Mitte ab. Das war der Vorteil der Wochenendnächte. Es fuhr immer was. Partyvolk war unterwegs. Betrunkene, Touristen, die auf Schienen durch den schwarzen Bauch der Großstadt schlingerten, um müde in ihre angemieteten Betten zu fallen. Sonja war noch nie in der U-Bahn eingeschlafen, dort musste man auf der Hut sein, nicht vor den Kontrolleuren, die waren nachts nicht das Problem. Das Problem waren die jungen Männer, die auf die Hilflosigkeit anderer mit Bösartigkeit reagierten. Und doch, jetzt war passiert, was nicht hätte passieren dürfen.

Es war fünf Minuten vor drei. Eine knappe Dreiviertelstunde hatte die Fahrt von der Station gedauert, an der Sonja eingestiegen war. Sie war sofort eingenickt, den Schlafsack zwischen ihre Füße geklemmt, die Plastiktüte mit ihren Habseligkeiten auf dem Schoß umklammert. Nicht auffallen. Normal aussehen, so gut es ging. Mit dem Plastikschalensitz verschmelzen. Die Leute starrten sie trotzdem an, oder sie schauten mit übermüdeten Augen durch sie hindurch. An der Endstation schrak Sonja hoch, als drei Männer vor ihr standen. Junge Männer in Schwarz. Sie hatten sich vor ihr aufgebaut, und einer rotzte ihr die Worte vor die Füße: »Fick dich!«

Sonja erschrak. Es war so viel Verachtung in ihren Blicken. So viel Hass. In Panik sah sie sich um. Sie war allein im Waggon. Ihr Herz begann zu rasen. Sie verfluchte sich dafür, eingeschlafen und nicht rechtzeitig ausgestiegen zu sein. Ihr Alarmsystem hatte versagt. Es war das Einzige, auf das sie sich verlassen konnte, seitdem sie auf der Straße lebte. Sie zwang sich dazu, einen kühlen Kopf zu bewahren. Den Blicken der Männer nicht auszuweichen. Und all das in ihren zu legen, was sie einst an Selbstbewusstsein besessen hatte. Manchmal blitzte noch etwas davon auf wie ein glänzender Splitter im Schlamm eines Goldgräbersiebes. Die Männer sahen sie einen Moment lang an, sie verloren das Interesse, da die verbale Wucht ihres Satzes nicht die gewünschte Schlagkraft gehabt zu haben schien. Der eine spie vor ihr aus, und sie gingen davon.

»Die Schlampe will doch eh niemand mehr anfassen«, sagte der, der gespuckt hatte.

Er hat noch nicht mal Unrecht, dachte sie, und hätte beinahe gelacht. Wie oft hatte sie solche Bemerkungen schon geschluckt?

Schlampe. Fotze. Wrack.

Sonja ließ sich erschöpft im Sitz zurückfallen, bevor sie sich wieder vorbeugte, so weit, dass ihre Augen der Fensterscheibe ganz nahe kamen und sie sich darin spiegeln konnte. Sie betrachtete sich. Graue Strähnen durchzogen ihr dunkles Haar; ihre einst vollen Wangen waren knochig geworden, die Nase stach hervor und wirkte größer als sie war. Das Grübchen am Kinn, das ihr vorher etwas Herziges verliehen hatte, schien jetzt so scharf in die Haut gekerbt, als wolle es ihr Gesicht in zwei Hälften teilen. Ihre Augen, leuchtend blau, himmelblau, gletscherblau, vergissmeinnichtblau, wirkten betrübt, *getrübt* wie von einem Schleier, erschlagen von dichten, dunklen Brauen. Früher ein rassiger Kontrast zu dem Blau und dem breit lächelnden Julia-Roberts-Mund, heute nur noch ein struppiger Fremdkörper in einem blassen Gesicht, in dem die vollen Lippen so scharf gezeichnet waren wie gesteppte Nähte.

In ihrem rechten Ohr steckte ein kleiner silberner Ring, den im linken hatte sie vor Monaten verloren. Ihr Hals war verhüllt vom Stehkragen eines dunkelroten Fleece-Pullovers mit Reißverschluss bis zum Kinn, an dem sich

Knötchen und Flusen gebildet hatten, die sie nicht so sehr störten, dass sie das Bedürfnis gehabt hätte, sie abzupflücken. Sie hatte ihn aus einer Kleiderkammer für Obdachlose, genau wie die schwarze Daunenweste und die olivgrüne Haremshose in Dreiviertellänge mit tief hängendem Schritt, die von weitem wie ein Rock wirkte. Auch die Springerstiefel hatte sie von dort. Die steinharten Kappen hatten sich schon am ersten Tag in ihre Fersen gegraben und zwickten an der Achillessehne.

Sie riss sich zusammen, erhob sich und machte, dass sie aus dem Zug kam. Auf dem gegenüberliegenden Gleis fuhr die Bahn ab, die sie zurück zu ihrem Ausgangspunkt bringen würde. Und diesmal durfte sie nicht einschlafen, darauf musste sie achten. Wer in ihrer Situation schlief, war wehrlos. Leichte Beute. So ging es den Rest der Nacht. Sie hielt sich wach mit dem Gedanken an Gerit Liebke. Sie hatte sie angeschwindelt. Ja, sie kannte sie. Obwohl sie sie nie vorher gesehen hatte. Ihr nie begegnet war. Doch sie hatte von ihr gehört.

Als der Morgen anbrach, beschloss sie, auszusteigen und auf einer Bank an der Bahnstation unter der Erde zu sitzen und auf den Tag zu warten, bis die Uhr am Gleisanzeiger auf acht vorrückte. Eigentlich, so hatte Sonja immer gedacht, konnte es Leuten wie ihr doch völlig egal sein, wie spät es war. Niemand wartete. Die Tage flossen dahin. Nur wenn sie sich im Spiegel betrachtete, konnte sie an ihrem Gesicht die Zeit ablesen, die vergangen war. Es gab keinen Arbeitsbeginn, keinen Feierabend, keinen Termindruck, keine Kundengespräche, keine Lieferantenbesprechungen, keine Messen, keine Einladungen, keine Partys, keine Verabredungen für Restaurantbesuche, Kinoabende, Theatervorstellungen, Konzerte, Vernissagen.

Wozu also eine Uhr? Sie war entbehrlich geworden. Und doch war Sonjas Tag streng in Zeitabschnitte eingeteilt. Sie drehte morgens um acht ihre erste Runde, mittags um zwei die nächste, abends um acht die letzte. Manchmal im Sommer drehte sie sogar noch eine vierte, allerletzte, gegen Mitternacht. Wenn es heiß war, wenn die Menschen Shorts und Shirts trugen und schwitzten, dann hatten sie Durst. Das war gut für Sonja. Denn sie warfen die leeren Flaschen achtlos weg, und davon lebte sie.

Mit dem Flaschensammeln hatte sie vor einem halben Jahr begonnen. Sie hatte sich dafür dieses Viertel in der Mitte Hamburgs ausgesucht, in dem rund zehntausend Menschen lebten. Es war eine gute Gegend ohne überkandidelte Leute. Es gab Schulen, ein Krankenhaus, ein paar Handwerksbetriebe und Behörden, ein Hallenbad, einen kleinen Park. Das Beste aber waren die vier großen Hotels, denn die Touristen, die dort wohnten, gaben ihre Flaschen selten zurück. Touristen waren Wegwerfer. Sonja fischte ihre Flaschen aus dem Müll und tauschte sie gegen Geld ein. Das war nicht immer angenehm, wenn man in angebissene Sandwiches fasste, aus denen Mayonnaise quoll, in benutzte Papiertaschentücher, an denen Schnupfen und Kaugummis klebten, in Apfelgriebsche und Bananenschalen. Aber Sonja betrachtete es inzwischen als Job. Ihren Job. Und der war so gut wie jeder andere, redete sie sich ein.

Es war Zeit. Sie musste zu ihrer ersten Runde aufbrechen, bevor die anderen kamen. Es gab schon viel zu viele von ihnen. Es war die Pest. Sie stand auf, klemmte sich den Schlafsack unter den linken Arm, nahm ihre Plastiktüte, hatte wie so oft in letzter Zeit Schmerzen im Rücken, der Hüfte, den Knien. Verdammt, sie war erst fünfunddreißig und wurde alt, früher als gedacht, eher als erwartet, schneller als normal. Sie schaute dem einfahrenden Zug entgegen, dessen Lichter aus dem Dunkeln aufblendeten, da tippte ihr jemand auf die Schulter. Sonja fuhr herum. Und blickte in blassblaue Augen mit einem Grauschimmer.

»Was machen Sie denn hier?«

»Ich wollte nur fragen, wie es Ihnen geht nach dem kleinen Intermezzo letzte Nacht«, sagte Gerit, Haare zurückgebunden, linke Hand am Hüftknochen im schwarzen Sportdress, Schlüssel und Telefon in der rechten, Rucksack über der Schulter.

»Gut. Danke. Und Ihrem Fuß?«

»Besser. Ich habe gutes Heilfleisch. Alles eine Frage der Selbstdisziplin.«

»Logo. Woher wussten Sie, wo Sie mich finden?«

»Sie haben gesagt, dass Sie sich häufiger hierher zurückziehen.«

»Zurückziehen!«, äffte Sonja sie nach. »Sie meinen, wenn es mir in meiner Eppendorfer Wohnung und meinem Domizil auf Sylt zu langweilig geworden ist?«

»Ich hatte Ihnen heute Nacht meine Handtasche gegeben, im Fahrstuhl, vielleicht erinnern Sie sich.«

»Ja, und?«

»Mir fehlen fünfzig Euro.«

»Hey, so läuft das nicht!« Sonja schleuderte Gerit die Worte mit so unerwarteter Heftigkeit an den Kopf, dass einige Touristen, die der einfahrenden U-Bahn entstiegen, mit Tüten voller Topfpflanzen, Aalen und Bananen vom frühmorgendlichen Besuch des Fischmarktes, sie verwundert ansahen. »Ich habe Ihr Scheiß-Geld nicht. Falls es das ist, was Sie meinen. Natürlich meinen Sie das. Ich bin nicht angewiesen auf Ihre Scheiß-fucking-Kohle! Verschwinden Sie!«

Gerits Handy klingelte. Sie ignorierte es. »Ich würde Sie niemals des Diebstahls beschuldigen. Das wäre ungeheuerlich. Grob fahrlässig. Ich dachte nur, vielleicht habe ich das Geld nach der Taxifahrt einfach so in meine Tasche gestopft, und es ist rausgefallen. Und ich ... ich habe es nicht gesehen ... hab's übersehen ... Herrgott, so was passiert!«

»Holen Sie Luft!«, sagte Sonja. »Sonst gehen Sie noch hops. Und ich habe keine Lust, Sie durch Mund-zu-Mund-Beatmung wiederzubeleben.«

»Darauf kann ich ebenfalls verzichten. Besten Dank. Nur dass Sie's wissen! Ich bin Richterin. Und auch wenn es die meisten Menschen nicht wahrhaben wollen ... Man ist keine Maschine. Man hat Verständnis. Nicht für alles. Aber für vieles.«

Sonja wippte gereizt mit dem Fuß. »Was soll das jetzt?« Sie bedauerte kein bisschen ihren Ton.

»Ich könnte es verstehen, wenn jemand aus der Not heraus etwas Unüberlegtes tut ... wenn er moralisch ein wenig verwahrlost ist, aber doch nur, um seiner Verzweiflung Herr zu werden. Es gibt so viele Verlierer heutzutage.«

»Amen!«

Gerits Handy klingelte erneut. Widerwillig nahm sie ab. »Hallo, Katja! Ich? ... Ich bin auf dem Weg zum Sport. Oh ... wirklich?«, begann sie zu stammeln. »Wie nachlässig von mir.«

Sonja hörte, wie Gerit sich räusperte und zu fauchen begann: »Du wirst mir keinen Fotografen zum Fitnessstudio schicken! Vergiss diese kreuzblöde Idee! Ich warne dich! Auch nicht als Wiedergutmachung für die entgangene Homestory. Das ist mein letztes Wort!«

Wütend schaltete sie ihr Handy aus. »Sie sind wieder aufgetaucht.«

»Wer?«

»Die fünfzig Euro.«

Sonja blitzte sie mit funkelnden Augen an. »Ach, nee!«

»Waren unters Sofakissen gerutscht.« Gerit stieß ein leises Lachen aus, das von ihren Lippen perlte wie Mundwasserblasen beim Gurgeln.

Sonja sagte nichts und ging davon.

»Kann ich Ihnen etwas Gutes tun?«, hörte sie Gerit rufen, während sie auf die Treppe zulief, die sie nach oben führte, ans Licht, an diesem Sonntagmorgen gegen acht.

»Warum laufen Sie eigentlich immer vor mir davon?«, erklang hinter ihr Gerits Stimme.

»Warum laufen *Sie* mir nach?«

Kapitel 4

Im Tageslicht angekommen, machte sich Sonja an die Arbeit. Sie spähte in die beiden Abfalleimer, die im Eingangsbereich der U-Bahn-Station standen, einer direkt vor dem Kiosk, unten ein Loch für Müll, oben eine Sandmulde für Kippen, einer links vor der hellgelb gefliesten Wand, unter einem Plakat mit Frühjahrsmode von H&M. Sonja hatte inzwischen Routine im Scannen des Unrats. Nach zwei, drei Sekunden wusste sie, ob es sich für sie lohnen würde. Eine Bierflasche war alles, was sie fand. Bierflaschen waren das Hauptgeschäft bei ihrer ersten Runde am Morgen, vor allem am Wochenende. Mittags und abends waren es meist die Plastikflaschen der Softdrinks, die sie herauszog.

»Was machen Sie denn da, um Himmels willen?«, schreckte sie Gerits Stimme auf, als sie gerade ihren Fund in einem schwarzen Müllbeutel verstaute, den sie immer bei sich trug.

»Ich arbeite.« Sonja beachtete Gerit nicht und ging weiter, die Straße hinunter, vorbei an den roten Abfalleimern, die mit launigen Sprechblasensprüchen wie »Schlag mir den Bauch voll« oder »Bitte füttern!« an Laternenpfählen, Verkehrsschilderstangen und Bushaltestellen hingen. Sonja lugte in den Schlund, in dem der Müll verschwunden war, griff hinein, zog eine weitere Bierflasche heraus und warf sie in den schwarzen Sack.

Gerit kam näher.

»Sie nerven mich!«, sagte Sonja und blickte kurz hoch, während ihr rechter Arm bis zum Ellbogen im Abfalleimer verschwand, in dem sie noch eine Flasche entdeckt hatte. Ihr Gesicht war hart und verschlossen, aber Gerit wich keinen Zentimeter zurück.

»Wie kommt eine Frau wie Sie dazu, so etwas zu tun?«

»Eine Frau wie ich? Wer bin ich denn?«

»Jemand, der offensichtlich bessere Tage gesehen hat.«

»Woher wollen Sie das wissen?«

»Das sieht man. Was verdient man damit?«

»Plastik Einweg fünfundzwanzig Cent«, leierte Sonja herunter, »Plastik oder Glas Mehrweg fünfzehn, Bierflasche acht, Bier mit Bügel fünfzehn.«

»Macht wie viel pro Tag?«

»Es soll Zeiten gegeben haben, da waren es zwischen zwanzig und dreißig Euro. Das ist lange her. Heute komme ich mit Glück auf fünf bis acht an guten Tagen. An normalen auf zwei bis drei. Leider sind die normalen Tage die Regel. Zu viel Konkurrenz.« Sonja hielt einen Moment inne und blickte in den milchig weißen Winterhimmel, an dem sich ein paar graue Wolken wie Inseln zusammengeballt hatten. Sie hoffte auf etwas Sonne, denn wo Sonne war, gab es Durstige, und wo Durstige waren, gab es Flaschen. »Manche reden sogar von fünfzig Euro am Tag. Das muss ewig her sein. Stellen Sie sich die Alsterwiesen vor, am frühen Morgen, wenn der Tau noch auf den Gräsern liegt, es ist Sommer in der Stadt, und alle Menschen sind auf den Beinen und feiern. Grillen, trinken, essen, sonnen sich und lachen. Und dann gehen sie nach Hause und lassen all die ausgetrunkenen Flaschen stehen, und keinen kümmert das, und dann stopft man die Tüten und Müllsäcke und diese riesigen blauen ›Ikea‹-Taschen voll, die ausgesprochen praktisch sind, und trägt das ganze schöne Leergut in die Supermärkte. Das ist wie Weihnachten mit dem Sack von Knecht Ruprecht.«

»Könnten wir diese ›Arbeit‹, wie Sie es nennen, dieses Wühlen im Dreck anderer Leute, als das sehen, was es ist?«, fragte Gerit. »Eine Tätigkeit, so angenehm wie Kopfhautjucken. Sie wissen, dass Sie Hilfe von staatlicher Seite in Anspruch nehmen können. Unser System bietet genügend Möglichkeiten, damit niemand auf der Straße leben muss. Das Sozialgesetzbuch XII kennt mehrere Hilfen für Obdachlose. Gesetzlich normiert ist dies in den Paragraphen 67, 68 und in Paragraph 69 SBG XII.«

»Sie haben wohl immer auf alles eine Antwort?«

»Sagen wir: Ich kenne für ziemlich viele Sackgassen einen Ausweg. Das bringt der Beruf so mit sich. Ihnen steht Sozialhilfe zu. Und Sie können einen Wohnberechtigungsschein beantragen und in eine vom Staat teilfinanzierte Sozialwohnung ziehen.«

»Ach, ja? Und vorher ziehen diese Beamten einen aus mit ihren Fragen, bis man splitternackt vor ihnen steht. Ich will nicht! Verstehen Sie?« Sonja starrte Gerit mit leeren Augen an. »Ich will keine Hilfe. Für mich muss niemand aufkommen.«

Gerit hörte sich den Zornesausbruch ungerührt an. In der Beziehung hatte sie die Unerschütterlichkeit einer Kaimauer, die sich nicht von einer auf sie prallenden Welle aus der Ruhe bringen lässt. Sie hatte es in ihrem Beruf immer wieder mit verzweifelten Menschen zu tun, die ihre Wut herausschreien. Sie hatte genug Dunkles gesehen. Sie hatte die grauenvollsten Geschichten gehört. Sie wusste, dass das Leben nicht ohne Verletzungen abging. Das härtete ab.

»Ich hasse es, wenn Leute es gut meinen«, schimpfte

Sonja. »Was gut gemeint ist, endet in der Regel schlecht. Mit ausrangierten Frotteesocken und Pullis, in denen die Motten gewohnt haben, mit Ratschlägen, die kein Mensch braucht, und mit Lebensmitteltüten, die einem in die Hand gedrückt werden. Nette Geste, werden Sie denken.«

»Ja.« Gerit zuckte die Schultern. »Das finde ich durchaus.«

»Das finden Sie nicht mehr, wenn das Verfallsdatum auf der ›Prinzenrolle‹ aus dem Jahr 2003 und die Tafel Schokolade so alt ist, dass weißer Belag auf ihr liegt wie Raureif da vorne auf der Wiese.«

»Hören Sie auf zu jammern!«, entfuhr es Gerit. »Seien Sie froh, dass Menschen da sind, die sich kümmern. Es gibt die ›Hamburger Tafel‹ mit Essen, das unsere Gesellschaft überproduziert und das noch wunderbar verwertbar ist, bevor es in den Abfall wandert. Ein hervorragendes Konzept für die tausenddreihundert Obdachlosen und einhundertneunzigtausend Sozialhilfeempfänger unserer Stadt.«

»Und was essen Sie? Kalbsfilet?«

»Ich hasse Fleisch. Und Menschen, die in Selbstmitleid baden. Es gibt Übernachtungsstätten für Wohnungslose, wenn Sie schon zu bequem sind, sich eine feste Unterkunft zu suchen, und es gibt Winternotprogramme. Sie könnten es besser haben. Dinge, die einem nicht passen, muss man ändern.«

»Menschen, die einem nicht liegen, muss man abschütteln«, sagte Sonja und ging weiter.

Sie stellte den schwarzen Sack neben einen Laternenpfahl und taxierte den Müll. Einen Moment lang war die Wut auf diese Frau vergessen, die vermutlich niemals einen Krümel im Mundwinkel und niemals eine Falte im

Kleid haben würde, bei der die Haut und das Leben perfekt gebügelt waren.

Vier Plastikflaschen lagen in dem halbleeren Behälter. Machte einen Euro. Sonja jubelte innerlich.

Bevor sie dazu kam, in den Schlund des Abfalleimers zu fassen, rauschte etwas von der Seite auf sie zu, packte sie an der Schulter, drängte sie weg, eine Hand schoss an ihr vorbei, schnell und bissig wie eine Viper, zog eine Flasche heraus, noch eine und noch eine, bis alle vier im Besitz der Schlange und in einer Aldi-Tüte verschwunden waren. Zu der Schlangenhand gehörte ein alt gewordenes Jungengesicht. Rötliche Haare, die Brillenbügel mit Hansaplast verklebt, hinter den Gläsern triefende Augen in einem verschlissenen Grün, fleckiger Trainingsanzug, die Füße in Wollsocken und ausgetretenen »Birkenstock«-Latschen, die nur unzureichenden Schutz gegen Nässe und Kälte boten.

Sonja war zu perplex, um zu reagieren. Sie hatte zwar eine große Klappe. Welchen Schutz hätte sie auch sonst gehabt? Es gab nur den. Denn eigentlich war sie zu weich für die Straße, da musste sie sich nichts vormachen. Sie hielt nichts davon, sich mit einem Schwein im Dreck zu wälzen. Man wurde nur selbst schmutzig davon. Sollte der Typ, dessen Namen sie nicht kannte, obwohl er ihr schärfster Konkurrent im Viertel war, diesen kleinen kalten Applaus einpacken – und mit einem Triumph davongehen. Sollte er. Genau das dachte sie, als etwas noch Überraschenderes geschah.

Sie beobachtete, wie Gerit den Müllsack von der Erde nahm, hinter dem Mann her jagte und mit den leeren Bierflaschen auf ihn eindrosch.

»Das sind *unsere* Flaschen, Sie Mistkerl!«

Aus Sonjas Kehle drangen prustende Laute, ihre Augen

füllten sich mit Tränen, und ihr Atem entwich in kurzen Stößen. Sie konnte sich nicht daran erinnern, wann sie das letzte Mal so gelacht hatte. Es war Millionen Jahre her. Und es tat richtig gut.

Der Mann mit der Hansaplastbrille fluchte, stoppte, holte die vier Flaschen aus seiner Tüte und schmiss sie den Frauen vor die Füße, bevor er endgültig davonrannte.

Sonja schaute Gerit an, die einmal tief Luft holte und noch verblüffter wirkte als sie selbst.

»Donnerwetter!«, schallte es ihnen entgegen.

Sie mussten ihn beide in derselben Sekunde entdeckt haben. Ganz in ihrer Nähe stand ein Mann mit einer Kamera und knipste. »Richterin verprügelt Penner«, sagte er und stieß ein dröhnendes Lachen aus. »Wenn das keine Schlagzeile ist!« Er wollte gerade gehen, da knallte Gerits Stimme wie ein Peitschenhieb durch die Luft. »Bleiben Sie stehen! Wer, verdammt noch mal, sind Sie?«

»Mein Name ist André Anson.«

Sonja interessierte es nicht, wie er hieß. Sie fand ihn attraktiv. Das war einer der Restposten aus ihrer Vergangenheit, dass ihr die körperlichen Vorzüge sowie die Makel eines Menschen sofort ins Auge sprangen. Früher hatte sie mit diesen Vorzügen gespielt und gegen die Makel angearbeitet. Sie wusste mehr über das Thema »Schönheit« als die meisten. Aber das war lange her. Das war vorbei.

Er hatte was, dieser Kerl mit dem kantigen stoppeligen Gesicht. Groß. Schlank. Muskulös. Lässige Haltung. Eine Stimme wie herannahendes Gewittergrollen, sexy. Das ganze knackige Paket betont durch Jeans, Lederjacke, darunter ein schwarzes Shirt, zwei Nummern zu klein wie aus der Kinderabteilung. Bikerboots. Ein Blick aus

Bernsteinaugen, der eine Frechheit war. Auf so einen wie ihn standen die Frauen. So einen wie ihn lächelten sie an. Leider hatte er die dunkelblonden Haare zu einem Prinz-Eisenherz-Schnitt gestutzt. Das stand keinem Mann, fand Sonja. Man müsste es ihm sagen. War aber nicht ihre Aufgabe. Sie war schon lange nicht mehr die Fee, bei der jeder, der es sich leisten konnte, den Wunsch frei hatte, das Beste aus sich herauszuholen.

Hastig bückte sie sich und sammelte die Flaschen ein, während Gerits Zischen an ihr Ohr drang: »Was soll das? Warum fotografieren Sie *uns*?«

»Ich habe *Sie* fotografiert.«

»Sie können nicht einfach Leute auf der Straße abschießen wie mit einer Kalaschnikow. Noch nie was gehört vom ›Recht am eigenen Bild‹?«

»Sie sind eine Person der Zeitgeschichte. Da gilt dieses Recht nur eingeschränkt. Sollten Sie wissen als Juristin.« Er zuckte mit den Schultern. »Manche Dinge tut man nicht gern. Aber sie müssen getan werden. Ist nun mal mein Job. Auftrag von Katja König. Ich arbeite für ihr Ressort beim ›Alster-Kurier‹. Freiberuflich. Heutzutage muss man um Aufträge kämpfen wie ein Löwe. Muss sich anpreisen wie einen Teppich auf dem Basar und wird auch noch beschissen bezahlt. Im Gegensatz zu den meisten Sesselfurzern muss ich mir den Arsch aufreißen, um mein Geld zu verdienen. Das ist ein zynisches, brutales Gewerbe.«

»Ich heule gleich.«

»Bitte! Tun Sie sich keinen Zwang an.«

»Ich bringe sie um.«

»Alle, die Sie kennen, beschreiben Sie als nüchtern, kühl, sachlich, reserviert, humorlos. Als so eine Art unentspannte Gouvernante. Aber in Wirklichkeit scheinen

Sie eine ziemlich gefährliche Frau zu sein. Verprügeln Männer auf offener Straße und drohen Fotografen mit Mord. Ihnen darf man sich nur mit einer Gefahrenzulage nähern.«

»Ich habe nicht Sie gemeint, sondern Frau König. Woher wussten Sie überhaupt, wo Sie mich finden und wie ich aussehe?«

»Zu Frage eins: Frau König hat mich zu diesem Fitnessstudio bestellt.« Er deutete auf ein kastenförmiges weißes Gebäude auf der gegenüberliegenden Seite der Straße. »Ich wollte gerade hinüber, da habe ich Sie entdeckt. Sie haben ja ordentlich Lärm gemacht. Zu Frage zwei: Ich kannte Sie von diversen Fotos. Die gibt es nun mal von einer angehenden Justizsenatorin.«

»So schnell schießen die Preußen nicht«, sagte Gerit.

»Aber ich«, sagte André. »Danke für das tolle Motiv. Reporterglück. Viel besser als so ein langweiliger Shot auf dem Laufband.« Er boxte mit der rechten Faust in die linke geöffnete Hand, schnalzte mit der Zunge und machte sich auf den Rückweg.

»Warten Sie!«, brüllte ihm Gerit nach. »Sie sind …«, sie machte eine Pause und suchte nach dem richtigen Wort, »… unmöglich. Kein Wunder, dass alle die Presse hassen! Wegelagerer. Parasiten.«

»Vergessen Sie nicht Witwenschütteler und Sargdeckelöffner«, rief er ihr zu.

»Ich werde Frau König verbieten, dieses Foto zu veröffentlichen!«

André Anson drehte sich zu ihr um und lachte sie an. »Nur zu!«

»Ich sitze am längeren Hebel.«

»Ich ziehe gern in die Schlacht. Als kleiner Junge wollte ich Kriegsreporter werden.«

»Unverschämtheit!«, schnappte Gerit und wandte sich an Sonja. »Was für ein arroganter Idiot, wie?«

»Ich hab's gehört«, sagte André, winkte mit den Fingerspitzen, wandte sich um und ging davon.

Sonja rannte ein paar Schritte hinter ihm her. »Meine Bekannte hat mir lediglich dabei geholfen, etwas wiederzubekommen, das mir gehört.«

Plötzlich bemerkte sie den Blick von Gerit, die jetzt auf ihrer Höhe war.

»Hat nichts zu bedeuten«, sagte Sonja.

»Was?«

»Das mit der Bekannten.«

»Es hat Sie wahrscheinlich selbst überrascht, dass das aus Ihrem Mund gekommen ist.«

»Nichts hat mich heute überrascht, nur Sie. Ich heiße übrigens Sonja. Sonja Wirsching.«

Sie überquerten gemeinsam die Straße. Gerit wollte Richtung Fitnessstudio; Sonja trieb es zur Tankstelle neben dem Sportcenter. Dort gab es an der Außenseite neben der Glastür einen Automaten für Leergut. Das war praktisch an einem Sonntag, an dem die Läden zu hatten, wenn man das Geld brauchte. Das Ding war oft kaputt, manchmal weigerte es sich, den Strichcode auf der Flasche zu lesen, und spuckte sie wieder aus. Sonja schaute an den Zapfsäulen vorbei durch die Scheibe des Tankstellenshops und fluchte vor sich hin. »Ich mag den Typen an der Kasse nicht.«

Gerit nahm ihr den fast leeren Sack mit den Flaschen ab und schlang sich dessen langes, zu einer Plastikwurst gedrehtes Ende kordelförmig um die Hand. Sonja stutzte. Sie beobachtete, wie Gerit zu dem Automaten ging, wie sie die Flaschen in die offene Mündung legte, wie die Dinger klackernd nach unten fielen, wo sie von einem

Metallcontainer in Empfang genommen wurden, wie sie den Bon aus dem Schlitz zog und hocherhobenen Hauptes hineinspazierte in den Laden, wie sie auf den Wuschelhaarigen an der Kasse zulief, wie er ihr freundlich zunickte und ihr das Geld auszahlte.

Fast verlegen streckte Sonja die Hand aus, als Gerit zurückkam. Gerit ließ die wenigen Münzen hineinrieseln. Ein Euro vierundzwanzig.

Sonja hatte es gewusst: zu wenig Sonne für Müll. Sie war zu ermattet, um zu lächeln.

Ein Mann mit einer Backwarentüte im Arm kam an ihnen vorbei aus dem Tankstellenshop geschlendert. Zwei Kinder hüpften hinter ihm her. Und während der Mann seinen Kindern davon erzählte, wie behaglich ihr Sonntagsfrühstück gleich sein werde, streichelte der warme zuckersüße Zimtbrötchenduft aus seiner Tüte Sonjas Gesicht. Ihre Nasenflügel bebten. Ihr Magen zog sich fast schmerzhaft zusammen, und in ihrem Mund sammelte sich Speichel. Es musste ewig her sein, dass sie etwas gegessen hatte. Sie hatte Hunger.

Sie wusste nicht, woran es lag. Hatte ihr Magen verräterisch geknurrt? Hatte sie dem Duft nachgeschnuppert und verlangend geseufzt? Oder hatte sie sehnsüchtig auf die Brötchentüte gestarrt? Was es auch gewesen sein mochte, es musste wohl durch Gerits Augen und Ohren in ihren Körper, ihr Herz gedrungen sein, denn sie sagte: »Wie wär's mit Frühstück?«

Verdammt, dachte Sonja. Jetzt fand sie sie auch noch nett.

Kapitel 5

Gerit schloss die Wohnungstür auf und ließ Sonja den Vortritt. Kaum hatte die den ersten Schritt auf den glänzenden Parkettboden im Flur gemacht, hielt Gerit sie am Arm zurück. »Die Schuhe«, sagte sie leise.

Vielleicht hätte sie sich das verkniffen, wenn ihre Putzfrau wie immer montags und donnerstags gekommen wäre, aber die war gerade Großmutter geworden und hatte vier Wochen Urlaub genommen, um bei Tochter und Enkelin zu sein.

Gerit streifte ihre eigenen weißen »Nike« noch draußen auf der Kokosmatte ab und betrat den Korridor, während Sonja einen Schritt zurückwich, Schlafsack und Tüte ablegte, sich bückte, ihre Springerstiefel auszog und hineinhuschte. Gerit schloss die Tür.

Sie verfluchte ihre gute Kinderstube und ihre Sentimentalität. Sie hatte geglaubt, über solchen Dingen zu stehen. Sie hatte sich Mitleid verboten, weil in ihrem Job eine Kruste ums Herz ratsam war. Und doch. Manchmal bekam die Kruste einen Riss. Wenn auch nur einen haarfeinen.

Bloß weil ihr diese Vorzeigefamilie mit Brötchentüte durchs Bild gelaufen war, hatte sie sich dazu hinreißen lassen, eine Ramasonntagmorgenfrühstücksidylle mit einer Wildfremden zu inszenieren, hatte auf ihren Sport verzichtet, unverzeihlich eigentlich. Vielleicht war sie auch etwas leichtsinniger als sonst, weil ihr Urlaub so kurz bevorstand, und weil aus einer winzigen Nebenecke ihres in Routine erstarrten Kosmos schon das Blau des französischen Himmels lockte. Jedenfalls hatte sie jetzt diese Person am Hals, die sich an ihr vorbei an der Wand entlang in die Wohnung drückte und die Lider zu Boden schlug, als habe sie Angst, Dinge durch ihren Blick zu zerstören. Gerit deutete auf eine Stelle neben einer Konsole, auf der eine schmale weiße Vase mit einer einzigen Strelitzie in leuchtendem Orange stand.

»Stellen Sie Ihre Sachen hier ab! Und machen Sie es sich bequem!« Sie versuchte, ihrer Stimme einen zwanglosen Klang zu geben, so als würde sie ihrem Besuch zum Empfang mit leichter Hand ein paar Rosenblätter hinstreuen.

Gerit wusste, dass ihre Wohnung Eindruck machte. Sie befasste sich mit Dingen wie Architektur, Design, Kunst, Fotografie. Schönen Dingen. Sie hatte ein Faible für Weiß. Alles war weiß in ihrer Wohnung, von leuchtenden Blüten, bunten Buchrücken und ein paar Kissen mal abgesehen. Sie hasste Rot (puffig), sie hasste Pink (was für Fußballerbräute mit Plastiknägeln), sie hasste Gelb (machte sich nur gut an Zitronen). Weiß war eine klare Ansage, fand Gerit. Zeitlos. Dezent. Elegant. Ohne Schnörkel. Es passte zu ihr.

Als Sonja keine Anstalten unternahm, sich auch nur einen Meter weiter in das Innere der Wohnung zu bewegen, bat Gerit sie in die Küche. Wie schüchtern die Besucherin auf einmal war, dachte sie. Wie ein Straßenköter, der draußen noch laut gekläfft hatte und jetzt in einem von ihm nicht markierten Revier gelandet war und vor Scheu erstarrte. Gerit ging voran, die Brötchentüte im Arm.

»Toll!«, hörte sie Sonja in ihrem Rücken sagen, wandte

sich um und beobachtete, wie ihr Gast die Umgebung in sich aufnahm: die mattweiße Einbaufront, den Kühlschrank in Chrom, den runden Glastisch mit den vier Freischwingern aus weißem Leder, die silberfarbene Pendelleuchte, den Fußboden mit den Fliesen in Schwarz und Weiß.

»Kaffee oder Tee?«

»Was Sie mögen.«

»Ich trinke Kamillentee. Aber wenn Sie lieber Kaffee wollen …«

»Ich will Ihnen keine Mühe machen.«

»Tut es nicht.«

»Dann Kaffee, bitte.«

Sie war bekloppt, beschloss Gerit. Was tat sie hier? Sie hatte noch nicht mal was Anständiges für Gäste da. Sojamilch. Ingwergelee. Ein paar Scheiben Ziegengouda. Margarine mit Olivenöl. Eier. Immerhin.

Ihre Freundin Katja lästerte gern, sie habe einen Nicht-Esser-Haushalt, im Kühlschrank so sexy Lebensmittel wie einen halben Apfel und eine Tüte mit Mandeln (ungesalzen) und Trockenobst. Dazu ein paar Tupperware-Behälter von der Größe einer Walnuss, mit einem Löffel Miso-Suppe vom Vorabend, beim Japaner bestellt – aufgehoben statt aufgegessen.

»Möchten Sie ein Ei?«

Über Sonjas Gesicht zog ein Strahlen. »Eier sind für mich das Größte.«

Gerit deutete mit einer auffordernden Geste auf einen der Freischwinger. »Nun nehmen Sie schon Platz!«

Sie beobachtete, wie sich Sonja ganz vorne auf die Kante setzte, die Hände auf den Tisch legte, sie gleich wieder wegzog, als habe sie Angst, eine feuchte Schweißspur auf der Glasplatte zu hinterlassen, und stattdessen mit der rechten Hand die linke im Schoß umklammert hielt, so dass die ungepflegten Nägel nicht zu sehen waren.

Als alles bereitet war, Kaffee, Tee, Eier, als Brötchen und Croissants in einem silbernen Korb lagen, setzte sich Gerit zu ihr, reichte die Backwaren über den Tisch und flehte die Stille an, ihr möge ein Gesprächsthema einfallen. Irgendwas, das nach Lachen, Leichtigkeit und Unbekümmertheit klang. Aber es fiel ihr nichts ein. Also redete sie über das Wetter. Das Wetter war immer eine sichere Bank. Sie redete davon, dass sie lange nicht mehr einen solch kalten Winter gehabt hatten.

Sie butterte die untere Brötchenhälfte hauchdünn mit Margarine, piekte mit der Gabel die obere Scheibe vom Käse, stand auf, warf sie weg. Als sie Sonjas erstaunten Blick registrierte, zuckte sie die Achseln und sagte: »Ich esse nie die erste Scheibe.« Da sie immer noch nicht wusste, was sie sagen sollte, sprach sie über Cholesterin, während Sonja ein Croissant in kleine Fetzen zupfte. »Man dachte bisher ja immer, dass Eier die Blutfettwerte erhöhen. Dabei sollte man eher bei Fleisch und Gebäck vorsichtig sein. Wussten Sie das? Wollen Sie Ihr Ei nicht lieber pulen, statt es mit dem Messer zu köpfen?«

Ihr Gast sah das Ei an und sagte: »Wenn du nichts dagegen hast, machen wir den harten Schnitt.«

Gerit legte die Stirn in Falten.

»Ich rede mit meinem Essen.«

»Wie Sie meinen.« Gerit zuckte mit den Achseln. »Jeder hat so seine Angewohnheiten. Seit wann sind Sie ohne festen Wohnsitz?«

»Seit Juli letzten Jahres.«

»Wie kam es dazu?« Gerit fixierte ihr Gegenüber. Sie bewegte sich jetzt wieder auf vertrautem Terrain. Sie hatte schon oft mittendrin gestanden in den Lebensscherben anderer Menschen. Es war ihr täglich Brot.

»Das Leben hat nichts Besonderes mit mir getan. Es hat mich nicht gemein behandelt oder so. Es hat mich nur irgendwann nicht mehr mitspielen lassen.« Sonja schien weit weg zu sein mit ihren Gedanken. Gerit nutzte die Gelegenheit, um ihr Gesicht zu studieren, während sie einen Schluck von ihrem Tee nahm. Ein schönes Gesicht war es, immer noch. Als Gerits Handy bimmelte, tupfte sie sich die Lippen ab, knüllte die Serviette zusammen und legte den Papierball auf den Teller. Sie entschuldigte sich, lief hinaus, dankbar für die Unterbrechung, und zog die Tür hinter sich zu.

Im Flur atmete Gerit einmal tief durch, bevor sie sich meldete.

»Ich habe gedacht, ich traue meinen Augen nicht«, sagte Katja König statt einer Begrüßung und prustete Gerit lachend ins Ohr. »Du verprügelst einen Penner auf der Straße? Macht sich nicht gut für eine angehende Justizsenatorin der Sozialdemokraten.«

»Das ist nicht so, wie es scheint.«

»Das sagen sie alle. Das sagen die Ehemänner, deren Frauen Lippenstift am Hemdkragen entdecken. Und die, die heimlich ihr Weinglas hinter dem Basilikum auf der Küchenfensterbank verstecken.«

»Das Foto darfst du auf keinen Fall veröffentlichen! Hörst du?«

»Tue ich schon nicht. Ich schneide mir doch nicht ins eigene Fleisch. Ich hätte absolut nichts gegen eine Freundin, die eine wichtige Rolle in der Hamburger Politik spielt.«

»Opportunistin!«

»Zum Dank kannst du mich wenigstens auf einen Kaffee einladen. Dann bringe ich dir dein Geld mit.«

»Geht nicht. Ich habe Besuch.«

»Am Sonntag um kurz nach neun?«

Gerit senkte die Stimme zu einem Flüstern. »Die Obdachlose ist hier.«

Vom anderen Ende war nur ein ungläubiges Zischen zu hören, dann Stille.

»Bist du noch da?«, hakte Gerit nach. Eine Haarsträhne löste sich und fiel ihr in die Stirn. Sie schob die Unterlippe vor und blies sie weg.

»Was so anfängt«, sagte Katja, »endet leicht mal unter einer Brücke bei einem gemeinsamen Liter Landwein aus dem Tetrapak mit dem klingenden Namen ›Rebenschoppen‹ für neunundneunzig Cent. Oder unter einer kuscheligen Decke aus Pappkartons.«

»Hör auf mit dem Unsinn! Ich muss zurück in die Küche.«

Gerit hielt sich nicht lange mit Verabschieden auf, legte das Handy auf die Konsole im Flur und ging zurück.

Als sie die Küche betrat, hob Sonja den Kopf von ihren Unterarmen und starrte Gerit wie benommen an.

»Ich muss wohl eingepennt sein.«

»Sie haben vermutlich nächtelang nicht mehr richtig geschlafen.«

»Möglich.«

»Wenn Sie wollen«, sagte Gerit zögernd, »beziehe ich Ihnen die Bettcouch in meinem Arbeitszimmer. Die ist für den Notfall … für Gäste.«

Sonja lachte kurz auf. »Gäste sind bei Ihnen ein Notfall? Nein, nein. Ich gehe jetzt besser.«

»Keine Widerrede! Sie bleiben hier und ruhen sich ein bisschen aus!«

Gerit verstummte mit einem Schlag, erschrocken über sich selbst.

Was war nur los mit ihr? Hatte sie Gesellschaft so nötig? Sie liebte doch diese einsamen Sonntage, ein heißes Bad, ein Nickerchen, eine gute Lektüre auf der Couch. Wie hieß das Zeug, von dem Katja gesprochen hatte?

Rebenschoppen?

Sehr zum Wohl!

Sie hatte für ihren Gast Decke und Kissen bezogen und ein Laken über das Polster gespannt, Sonja angeboten, ein Bad zu nehmen, und nun suchte sie im Kleiderschrank nach etwas, das sie ihr geben konnte. Etwas, das sie nicht mehr brauchte. Es war nicht schwierig. Sie hatte genug. Sie entschied sich für ein weißes langärmeliges T-Shirt. Für einen dieser unförmigen »Omen«-Pullover, die sie vor Jahren mal geliebt hatte, die Farbe mochte sie noch immer, ein dunkles Blaugrün, nur die Form behagte ihr nicht mehr. Und für eine schwarze Hose, die sie nicht mehr trug, weil sie ihr zu weit geworden war. Sie kramte Slip und Sport-BH aus weißer Baumwolle hervor, nie getragen, noch in Plastik verpackt, ein paar neue Socken fanden sich ebenfalls. Sie wollte gerade den Schrank wieder schließen, da berührten ihre Finger einen weichen Stoff.

Sie zog eine Bluse hervor, die sie schon längst vergessen hatte. Die Farbe ein cremiges Weiß, die Ärmel leicht gebauscht, die Knöpfe in der Form von Perlen. Es war ein Stück ihrer Lieblingsdesignerin Flora Paradies. So stand es in schwungvoller Schrift auf dem Etikett neben der kleinen Zeichnung einer Schlange, die aus einem Apfel kroch. Sie würde diese Bluse nicht mehr brauchen, beschloss Gerit und legte sie auf den kleinen Stapel mit den anderen Kleidungsstücken. Während sie kramte, rutschte ihr Lieblingskleid vom Bügel und sackte auf die Kartons mit Sommerschuhen auf dem Boden des Schranks. Es war ebenfalls von Flora Paradies. Auf schwarzem Stoff tanzten elfenbeinfarbene Mädchen Ballett. Sie hob es auf und schmiegte ihre Wange daran. Flora Paradies hatte ein Händchen fürs Material, dachte Gerit. Immer schon gehabt. Es saß wie eine zweite Haut.

Plötzlich merkte sie, dass sie nicht länger allein war. In der offenen Tür zum Schlafzimmer stand Sonja. Sie hatte einen Fuß auf den anderen gestellt und sagte leise: »Ich gehe dann ins Bad.«

Doch bevor sie das tat, wurde Sonjas Blick angezogen von einer Richterrobe, die frisch aus der Reinigung an einem Wandhaken hing. Sie ging darauf zu. »Darf ich sie mal anfassen?«

Gerit nickte, und fast ehrfürchtig streichelten Sonjas Finger den schwarzen Stoff.

»Sie fühlt sich schön an«, sagte sie. »Merino-Schurwolle. Hoher Tragekomfort. Atmungsaktiv. Knitterarm und trotz seiner Feinheit sehr strapazierfähig. Sechshundert Gramm Gewicht, maximal siebenhundert.«

»Woher kennen Sie sich so gut mit Stoffen aus?«

»Ich berühre sie gern. Das ist alles.«

Gerit hängte das Kleid zurück, ging aufs Bett zu und überreichte Sonja die Sachen, die sie für sie rausgesucht hatte. »Hier bitte, nehmen Sie!«

»Es wird eine Weile dauern, bis ich Ihnen das gewaschen zurückgeben kann.«

»Ich brauche es nicht mehr. Behalten Sie's!«

Sonjas Blick fiel auf die Bluse. Gerit beobachtete, wie es um ihre Mundwinkel zuckte. »Sie ist nichts für mich.« Sonja rangierte sie aus und legte sie wieder aufs Bett.

»Sie ist kaum getragen und von allerbester Qualität«, sagte Gerit. »Aber man soll niemanden zu seinem Glück zwingen.«

Als Sonja nach einer halben Stunde aus dem Bad kam, glänzte ihr Gesicht, und ihre Haare kringelten sich feucht. Auf ihren Wangen hatten sich Flecken gebildet, keine Apfelbäckchen, eher eine tulpenförmige Röte. Blutblumen, hatte ihre Großmutter die genannt. Alle Frauen in Sonjas Familie neigten dazu. Sie trug das T-Shirt und die schwarze Hose. Es passte ihr beides, obwohl sie größer und kräftiger war als Gerit. Unter dem Arm klemmte das Bündel ihrer Klamotten, die sie in ihre Plastiktüte stopfte.

»Ihr Bett ist fertig.« Gerit deutete auf die Tür ihres Arbeitszimmers. »Angenehme Ruhe.«

Sonja hörte Gerit in der Küche rumoren. Sie versuchte, sich aufs Einschlafen zu konzentrieren. Aber es gelang ihr nicht. Man schlief nicht ein, nur weil man müde war. Sie würde wieder gehen, beschloss Sonja. Sie erhob sich, legte die Decke zusammen, schüttelte das Kissen auf, schlug einen Knick hinein. Sie kannte den Stoff.

Seersucker.

Das Material konnte einiges vertragen. Es war pflegeleicht. Im Gegensatz zu dieser Richterin. Sonja merkte ihr die Anspannung an. Den Anschein von Lockerheit, der nicht echt war. Diese Frau spielte sich sogar zur Anwältin einer verdammten Bluse auf, für die sie ein Plädoyer hielt. Gerit Liebke war ihr nicht unsympathisch, das nicht, aber sie fühlte sich in ihrer Gegenwart unwohl. Sie passte nicht mehr in solch ein Leben. Es war ihr zu groß geworden. Wie dieser kastenförmige Pullover, der mal in Mode gewesen war und den sie gerade geschenkt bekommen hatte. Sie wollte raus aus dieser Wohnung. Sie hatte genug gesehen. Diese Frau und alles, was damit zusammenhing, gehörten der Vergangenheit an, genau wie ihr eigenes früheres Dasein inklusive gesunder Ernährung, regelmäßiger Maniküre und all den Momenten, die sich als Kopie auf ihrer inneren Festplatte eingebrannt hatten. Sie musste das alles endgültig löschen.

Sie suchte auf dem Schreibtisch nach Zettel und Stift. Sie fand einen gelben Post-it-Block und schrieb ein paar Zeilen auf das obere Blatt. *Ich bin Ihnen wirklich sehr dankbar. Beste Grüße, Sonja Wirsching.*

Ja, das war gut! Nicht zu devot und nicht um den Versuch einer Erklärung ringend, die es ohnehin nicht gab, wenn man auf eine feine Bluse verzichtete und freiwillig früher als nötig wieder hinauszog in die Kälte.

Sie tupfte etwas Rot auf die Lippen. Viel war nicht mehr dran an dem Stift. Nur noch ein Rest, den sie mit dem kleinen Finger aus der Mulde kratzte. Sie verteilte die Farbe routiniert, darin hatte sie Übung, dazu brauchte sie noch nicht mal einen Spiegel. Dann schlich sie auf Zehenspitzen in den Flur. Die Tür zum Bad stand einen Spaltbreit offen. Sonjas Blick fiel auf den Rücken von Gerit, die sich über die Wanne beugte. Mit der rechten Hand schrubbte sie die Kacheln, mit links hielt sie sich am Wannenrand fest.

Geräuschlos musste ihr Aufbruch sein, beschloss Sonja. Sie wollte kein Aufsehen erregen, keine Begründung für ihren übereilten Abgang liefern, sich nicht rechtfertigen, nicht entschuldigen, nicht bedanken, einfach gehen.

Sie war leise. Der Lärm kam aus dem Bad.

Ein Poltern, ein Aufschrei.

Sonja lief hin, um zu sehen, was passiert war. Der Anblick, der sich ihr bot, war so komisch, dass sie am liebsten laut gelacht hätte. Sie schlug sich die Hand vor den Mund. Gerits Beine ragten in die Luft, während der Oberkörper in der leeren Wanne steckte. Man mag sich einen Seelöwen vorstellen, wenn auch keinen ausgewachsenen von Gestalt und Größe her, der sich mit den Flossen abstützt, während das Hinterteil in den Himmel ragt.

»Ich weiß, dass Sie da stehen«, kam Gerits Stimme aus den Tiefen der Keramik. »Und ich kann mir lebhaft vorstellen, wie Sie gerade heroisch versuchen, einen Lachkrampf zu unterdrücken. Glauben Sie mir, an Ihrer Stelle ginge mir das genauso, aber wären Sie bitte so freundlich, mir aus dieser misslichen Lage zu helfen?«

Sonja trat hinter Gerit und schlang ihre Arme um deren Taille, über der das T-Shirt hochgerutscht war, das sie heute Morgen zum Sport angezogen hatte und immer noch trug.

Gerit stützte sich auf die rechte Hand, um sich aus der Wanne zu hieven – und stöhnte auf. »Verflucht, tut das weh!«

»Unfälle im Haushalt sind die gefährlichsten«, sagte Sonja, weil sie etwas sagen wollte, um ihre Verlegenheit zu überspielen. Sie war peinlich berührt von Gerits nackter Taille an ihrem Arm.

»Da erzählen Sie mir ja mal was.«

Sonja hörte, wie Gerit nach Luft schnappte.

»Ich bin mir selten blöder vorgekommen.« Gerit betrachtete ihre Hand, die augenblicklich anschwoll wie nach einem Wespenstich.

»Sieht aus, als wäre sie gebrochen«, sagte Sonja. »Ich bringe Sie in die Notaufnahme.«

»Ich kann allein hin.«

»Ich bestehe darauf. Ich bin schließlich schuld an Ihrem Unfall.«

»Wie kommen Sie denn darauf?«

»Meinetwegen haben Sie doch die Wanne geputzt.«

»Aber nein!«

»Sie müssen sich doch nicht dafür entschuldigen, dass Sie keinen Schmutz in der Badewanne haben wollen.«

»Das verstehen Sie völlig falsch. Es war nur wegen des Fettrands vom Badeöl.«

»Wir sollten jetzt wirklich in die Klinik.«

Anderthalb Stunden später sah Sonja Gerit aus dem Gipsraum des Marienkrankenhauses kommen, das bei ihr um die Ecke lag. Gerit war in Begleitung eines jungen Arztes. Er redete in schnellen Sätzen und mit lauter Stimme.

»Mit einem Mittelhandknochenbruch ist nicht zu spaßen. Ganz typische Geschichte bei Stürzen. Sehr schmerzhaft. Man sollte nie ohne rutschfeste Matte in die Wanne steigen. Es ist doch beim Baden passiert?«

»Beim Baden. Natürlich.«

»Durch die zwei Röntgenaufnahmen aus unterschiedlichen Richtungen konnten wir feststellen, dass die Bruch-Enden nicht gegeneinander verschoben sind und eine Operation deshalb nicht erforderlich ist.« Er lächelte Gerit an. »Glück im Unglück. Nach Beendigung der Ruhigstellung von drei bis vier Wochen, wenn also der Gips ab ist, trainieren Sie mit leichten krankengymnastischen Übungen die Beweglichkeit Ihrer Finger. Das wird schon wieder.«

»Ich wollte nächstes Wochenende in den Urlaub«, sagte Gerit.

»Wohin soll es denn gehen?«

»*Sollte*. Die Sache ist passé. Zum Radfahren nach Frankreich.«

»Fahren Sie halt ohne Rad.«

Sonja merkte an der Querfalte über Gerits Nase, die sich bis zur Stirn hochzog, dass sie ungehalten war. Vermutlich hatte sie nicht die geringste Lust, ihre Urlaubspläne mit einem Unbekannten zu diskutieren.

»Richterin sind Sie?«, fuhr er fort.

Sie nickte. »Familiengericht am Sievekingplatz.«

»Ich habe mich gerade von meiner Frau getrennt. Haben Sie einen Tipp, wie man eine Scheidung sauber hinkriegt?«

»Nicht heiraten«, sagte Gerit. »Am Anfang redet man noch über den Sinn des Lebens und die Schönheit der Schöpfung. Am Ende über Flatulenzen unter der Bettdecke, bröckelnde Zehennägel und Kefirbecher in der Hausmülltonne. Und wer Omas altes Silber, das Heringskochbuch und den Hamster kriegt.«

»Warum so verbittert?«, fragte der Arzt.

»Berufskrankheit.«

»Sind Sie sicher, dass bei Ihnen nur die Hand gebrochen ist?«

»Es gibt da durchaus Parallelen. Bei einer kaputten Beziehung sind die Brüche in der Regel selten einfach und gerade. Da muss man schneiden, und das tut weh.«

»Sie sind eine Freundin offener Worte.«

»Dafür bin ich bekannt. Alles andere bringt nichts. Das müssten Sie als Arzt doch wissen. Den Menschen ist mit der Wahrheit am besten gedient.«

»Falls Ihr Arm heute Nacht unter dem Gips anschwellen sollte, müssen Sie sofort kommen. Dann machen wir ihn auf.«

»Den Arm?«

»Den Gips. Sonst kann es zu Druckstellen, irreversiblen Schäden an Gewebe, Nerven und Muskeln und venösen Thrombosen kommen.«

»Heißt?«

»Eine Frau wie Sie wird doch wohl wissen, was eine

Thrombose ist. Gefäßverstopfung durch geronnene Blutpfropfen. Falls das Gerinnsel sich losreißt und in Lunge oder Herz gelangt, kann eine lebensbedrohliche Embolie die Folge sein.«

»Dann hat mein letztes Stündchen geschlagen?« Sonja beobachtete Gerit, die stehen geblieben war und den Arzt mit offenem Mund anstarrte. »Und das sagen Sie mir einfach so? Ganz unverblümt?«

»Wenn ich Sie zitieren darf: Alles andere bringt nichts.«

Sonja beobachtete, wie Gerit ihre Augen leicht zusammenkniff und den Nacken anspannte.

»Sind Sie ein Mensch, der leicht in Panik gerät?«, fragte der Arzt.

»Wie kommen Sie denn darauf?«, sagte Gerit und kräuselte ihre Lippen. »Der Gedanke, dass nach einem Mittelhandknochenbruch nun auch noch ein Blutgerinnsel fröhlich durch meinen Körper saust, macht mir viel Freude und lässt mich wunderbar schlafen. Leider gehöre ich zu den Menschen, die sich sofort alles bildlich vorstellen müssen, und das ist nicht immer schön, glauben Sie mir.«

»Dann sollten Sie heute Nacht nicht allein bleiben und jemanden in der Nähe haben, der nach Ihnen sieht und Sie im Notfall hierher begleiten kann. Reine Vorsichtsmaßnahme.«

Was sie in dem Moment geritten hat, wusste Sonja nicht. Vielleicht war es ein Funken Mitleid mit dieser Frau, der gerade die knöcherne Grundlage ihrer Mittelhand sowie ihr Frankreich-Urlaub zusammengekracht waren. Sie tat einen Schritt auf die beiden zu.

»Sie hat *mich*.«

Einen Moment lang genoss Sonja das Bewusstsein der Überlegenheit. Das Wissen darum, gebraucht zu werden.

Für diesen kleinen Zeitraum war sie kein lästiger Sozialfall mehr. Zu verlieren hatte sie nichts. Sie musste nur aufpassen, dass sie sich nicht an die neue Situation gewöhnte.

Gerits Mundwinkel deuteten ein Lächeln an, das ihre Augen nicht erreichte. Die schimmerten kühl in dem grellen Krankenhauslicht.

»Sie haben eine Freundin dabei?«, sagte der Arzt und streckte Sonja die Hand entgegen. »Dr. Stampf. Freut mich!«

»Angenehm«, sagte sie. »Sonja Wirsching.« Ihr Händedruck war fest und ihr Lächeln einnehmend. Sie hatte sie noch drauf, die Spielregeln. Sie konnte immer noch so tun, als hätte sie die Dinge im Griff, obwohl sie ihr längst entglitten waren.

»Dann sind Sie ja bestens versorgt«, sagte Dr. Stampf, gab Gerit die Hand, die seinen Abschiedsgruß mit links erwiderte, nickte Sonja zu und ging davon. Er drehte sich noch einmal um und lächelte Gerit aufmunternd zu. »Danke für den Tipp mit dem Nicht-Heiraten! Beim nächsten Mal werde ich daran denken. Gute Besserung!«

»Ich weiß Ihr Angebot zu schätzen«, sagte Gerit, als sie kurz darauf an Sonjas Seite die Notfallambulanz verließ. »Aber ich brauche keinen Babysitter. Ich denke, wir sollten unsere kleine Bekanntschaft an diesem Punkt beenden.«

»Ganz wie Sie wollen. Aber nur damit Sie Bescheid wissen: Es fängt an mit Halskrämpfen und Schmerzen neben der Halsschlagader. Dann geht es in die Schläfen. Der Schmerz ist nur kurzzeitig, dafür aber recht stark. Ihnen wird schwindlig. Sie werden benommen. Sie haben das Gefühl, dass ein Stein auf Ihrer Brust lastet. Das Atmen fällt schwer. Und schwerer. Ihre gebrochene Hand wird kalt und weiß und taub.« Sonja seufzte. »Das sind die typischen Anzeichen einer Embolie. Wir Menschen sind nun mal prädestiniert dazu, jederzeit tot umzufallen. Leider gern, wenn keiner in der Nähe ist.«

Sonja hatte gewusst, dass es sich irgendwann auszahlen würde, in guten Zeiten regelmäßig »Grey's Anatomy« und in jungen Jahren »Emergency Room« geguckt zu haben. Vielleicht hatte sie da gerade etwas durcheinandergebracht und aus mehreren Erscheinungsformen der Embolie ein Paket geschnürt. So genau wusste sie das nicht mehr. Sei's drum! Von Medizin schien Frau Richterin keinen blassen Schimmer zu haben. Der war noch blasser, als ihre Hand sein würde, wenn's hart auf hart kam.

»Das Bett ist ja noch bezogen«, sagte Gerit, die einen Augenblick lang innehielt, bevor sie ihre Schritte beschleunigte. Die Sonne kämpfte sich längst nicht mehr durch den grauen Himmel. Durch die Bäume pfiff ein kalter Wind. Es konnte ohne weiteres schneien.

Sonja lächelte in sich hinein. Die Wettervorhersage im Fahrgastfernsehen der U-Bahn letzte Nacht hatte einen erneuten heftigen Wintereinbruch angekündigt. Ja, sicher, es gab Obdachlosenbusse, wo man heiße Getränke, belegte Brötchen und einen warmen Pullover bekam. Notunterkünfte für die Nacht. Tagesaufenthaltsstätten zum Aufwärmen, Duschen und Wäsche waschen.

Was man dort aber nicht bekam, war die Illusion vierundzwanzig Stunden normalen Lebens.

Gemeinsam gingen sie nach Hause.

Kapitel 6

Was Gerit am meisten auf die Nerven ging, war die Lautlosigkeit, mit der Sonja sich bemühte, ihre Anwesenheit vergessen zu machen. Das steigerte ihre Gereiztheit. Sie schaltete den Fernseher an und landete bei einer dieser Klatschsendungen, in denen zwitschernde Journalistinnen Prominente und solche, die sich dafür hielten, zu ihren Fummeln auf dem roten Teppich befragten, als wäre das Leben nichts weiter als eine Ansammlung unkomplizierter Momente in Samt und Seide, Chiffon und Tüll.

»Ich habe uns Kamillentee gemacht«, flüsterte plötzlich eine Stimme hinter ihr.

Gerit fuhr hoch. »Mein Gott, haben Sie mich erschreckt!«

»Das tut mir leid.«

Gerit beobachtete Sonja, wie sie ein weißes Lacktablett auf den Couchtisch stellte, zwei dampfende Tassen herunternahm und ihr eine davon reichte.

»Ich hoffe, Sie haben nichts dagegen, dass ich mich in Ihrer Küche ein wenig umgesehen habe.«

Gerit schüttelte den Kopf, aber es konnte Sonja nicht verborgen bleiben, dass ihr Mund spitz geworden war. Und *ob* sie was dagegen hatte, dachte Gerit. Fremde in der Küche schnitten Brot und stellten das Messer ungespült zurück in den Holzblock, wo man Tage später die klebrige Klinge entdeckte, die sich vor kurzem durch die

Teigkruste gewühlt hatte. Sie säbelten das Brot vielleicht sogar mit dem schmalen biegsamen Lachsmesser, das für hauchdünne Scheibchen Fisch vorgesehen war und nicht für dicke Bemmen. Wer wusste das schon? Oder sie tauchten das Buttermesser ins Marmeladenglas und das mit der Camembertschicht in den Senf und hielten auch nichts von der Rangordnung bei Joghurtbechern, die dem Verfallsdatum nach im Kühlschrank aufgereiht waren. Hinten die frischen, und die, die nicht mehr lange hatten, vorne. Im Leben war es leider umgekehrt, überlegte Gerit, die sich gerade vorkam, als sei ihr Haltbarkeitsdatum schon abgelaufen.

»Möchten Sie etwas Obst?«, fuhr Sonja fort und hielt ihr einen Teller entgegen mit akkurat drapierten Apfel- und Orangenschnitzen sowie ein Schälchen mit Walnusskernen und Pistazien. »Ein paar Nüsse habe ich auch gefunden. Soll ich die Kerzen auf dem Couchtisch anzünden?«

Gerit bejahte und erklärte, wo die Streichhölzer waren.

»Möchten Sie, dass ich einen Moment lang durchlüfte?«

Gerit verneinte und erklärte, dass sie es sehr angenehm fände so, wie es sei.

»Wenn Sie es wärmer wünschen, ich kann die Heizung höher drehen.«

Gerit runzelte die Stirn und erklärte erneut, dass sie die Temperatur perfekt fände, und außerdem wisse sie sehr wohl, mit den Gerätschaften bei sich daheim umzugehen. »Wir sollten diese ganze Betüdelei nicht kultivieren. Sie sind nicht meine Hausangestellte, und ich bin nicht die Herzogin von Windsor.«

»Ich bin Ihnen was schuldig. Lassen Sie mich wenigstens kochen!«

»Wenn Sie etwas für mich tun, fühle ich mich nur verpflichtet, auch etwas für Sie zu tun. Setzen Sie sich und entspannen Sie sich.«

Sonja ließ sich auf der Kante des Sessels nieder, um nach und nach immer mehr Richtung Rückenlehne zu rutschen. Das matte Licht einer hinter dem Sessel stehenden Leuchte schmeichelte ihr. Man konnte an diesem Nachmittag gar nicht früh genug damit anfangen, eine Lampe anzuknipsen.

Gerit verzog das Gesicht. Sie hatte Schmerzen, und schon jetzt quälte sie der Gips, der ihren rechten Arm bis zum Ellbogen lahmlegte. Sie hatte sich immer für unverwundbar gehalten. Wie hatte Katja gesagt? In Drachenblut gebadet. War das wirklich erst gestern Abend gewesen? Es schien Jahre her zu sein. Das letzte Mal hatte sie sich im Alter von elf was gebrochen. Genau diese Hand. War aufs Glatteis geknallt, als sie aus dem Gartentor ihrer Eltern auf die Straße getreten war, in diesem Randbezirk von Hamburg, in dem ihr Haus gestanden hatte, zwischen Teichwiese und Wald.

Sie hasste es, wenn sie sich hilflos fühlte und keine Kontrolle über ihr Leben hatte. Wenn ihre Pläne durchkreuzt wurden. Wenn eine ungehobelte Macht namens Schicksal den Ablauf ihres perfekt komponierten Alltags störte.

Sie betrachtete Sonja, die sich in die Zeitung vom Samstag vertieft hatte. Es war beinahe idyllisch. Fast hätte man auf Vertrautheit zwischen ihnen schließen können.

Zwei Frauen an einem Winternachmittag.

Wie in einem Werbespot für Teebeutel. Ein warmes Zimmer. Geborgenheit. Ein paar Kerzen. Und für später eine Flasche Sekt im Kühlschrank, etwas Schokolade vielleicht, während die Stimmung stieg und ein paar Männer auf sie warteten.

Aber so war es nicht.

Sie kannten sich kaum. Und das sollte auch so bleiben. Keine Fragen mehr, kein Verhör, keine Gespräche über die Vergangenheit. Keine gefährliche Nostalgie. Wer zu viel vom anderen wusste, musste damit rechnen, auf Frust, Langeweile und Depressionen zu stoßen, auf Trauer und Schmerz, Enttäuschungen und Erwartungen, die schlimmer waren als alles andere. Es verband sie nichts. Gar nichts. Diese Frau war nur hier bei ihr, weil sie Panik bekommen hatte, dass in dieser Stunde am Sonntagmittag der Tod kommen würde. Ihr Tod.

Irgendwie würden sie die Stunden schon rumkriegen, und da half es am besten, wenn jeder in seiner Ecke blieb, in Deckung, denn kaum gab man die auf, wurde man verwundbar.

»Wollen wir ›Trivial Pursuit‹ spielen?«, schlug Gerit vor.

»Ich bin nicht gut in so was«, sagte Sonja. »Ich verliere immer. Das war schon beim Federball so und bei ›Mensch ärgere dich nicht‹.«

Gerit wischte Sonjas Bedenken mit der gesunden Hand beiseite. »Seien Sie kein Spielverderber!« Sie deutete auf das unterste Fach ihres weißen Bücherregals und bat ihren Gast, den Karton zu holen. »Ich habe noch eine alte Ausgabe. Die mit braunen Steinchen. In den neuen hat man die braunen durch lila Kuchenstück-Klötzchen ersetzt.«

»Ich will mich nicht blamieren.«

»Wir können einen kleinen Probelauf machen. Ich stelle Ihnen einfach ein paar Fragen.«

Gerit nahm wahllos ein paar Kärtchen zur Hand und

las vor. Sonja wusste die Hauptstadt von Mosambik (Maputo). Sie wusste, welches Land Albert Einstein die Präsidentschaft angeboten hatte (Israel). Sie kannte Ligusterschwärmer (Schmetterlinge). Sie rechnete blitzschnell aus, dass anderthalb Drittel von einhundert fünfzig waren, und auch der Stoßseufzer des Zauberlehrlings: »Die ich rief, die Geister, werd' ich nun nicht los«, war ihr durchaus bekannt. Sie konnte sogar beantworten, was die weiblichen von den männlichen Glühwürmchen unterschied. »Nur die männlichen haben Flügel und können fliegen«, sagte Sonja, die immer mehr Spaß an der Sache fand. »Die weiblichen hocken stumm im Gras und himmeln sie an.«

Sie lachte und schien sich wohl zu fühlen, immer sicherer mit sich und den Fragen, mit der Umgebung und auch mit Gerit, bis diese beschloss, dass man ein Spiel auch beenden konnte, bevor der Schiedsrichter abgepfiffen hat. Sie musste sich nicht besonders anstrengen, um sich in Erinnerung zu rufen, wie es war zu verlieren. Darauf hatte sie keine Lust. Schon wieder etwas, das nicht mehr in ihrer Macht lag.

Gerit sagte, sei sie müde. Kurz darauf schlief sie ein.

Als sie aus ihrem Schlummer hochschreckte, war es dunkel. Sie musste mehrere Stunden geschlafen haben. Die Kerzen waren ausgeblasen. Nur die Stehlampe brannte noch. Der Sessel davor war leer. Auf dem Tisch lag wieder sauber zusammengefaltet die Zeitung vom Vortag. Teetassen und Obstteller waren abgeräumt. Über ihre Füße war eine Kaschmirdecke gebreitet. Gerit warf einen Blick auf ihre Armbanduhr. Es war kurz nach sieben am Abend. In der Wohnung war es mucksmäuschenstill. Über den Fernsehschirm flimmerten tonlos die Bilder der Abendnachrichten.

Wo war Sonja?

War sie gegangen? Zurück auf die Straße, von wo sie gekommen war?

Gerit strampelte die Decke weg, erhob sich von der Couch und ging zu der angelehnten Tür. Die Wohnung war dunkel.

Ja, sie war weg.

Ein Song kam ihr in den Sinn, den sie eine Zeitlang jeden Morgen auf der Fahrt ins Gericht im Autoradio gehört hatte. »Nur noch kurz die Welt retten.«

Ihre Mission war beendet. Gerit vergaß die Panik der Mittagsstunde und atmete auf.

Als unter der Schlafzimmertür ein Lichtschein hinaus auf den Flur drang, schüttelte sie verwundert den Kopf. Sie war sich sicher, das Licht heute Morgen ausgemacht zu haben, nachdem sie die Kleidungsstücke für Sonja rausgesucht hatte. Sie ging auf die Tür zu und drückte die Klinke hinunter. Und dann war ihr, als würde sich eine kalte Hand um ihren Hals legen.

Vor dem Spiegel stand Sonja. Sie trug das Kleid mit den Ballettmädchen. Es war ihr zu kurz und zu eng. Sie setzte gerade zu einer anmutigen Drehung an, wie es die Models auf dem Laufsteg zu tun pflegen. Ihre Lippen leuchteten kirschrot wie immer. Sie hatte die Haare hochgesteckt – und die Wimpern getuscht. Beine und Füße waren nackt.

Gerit musste sich räuspern, ehe sie etwas sagen konnte, denn sie hatte Angst, dass ihre Stimme ihr nicht gehorchen würde. »Gehen Sie!«

Kapitel 7

Am nächsten Tag war alles wie immer. So als habe es die Episode Sonja nie gegeben. Das Kleid allerdings würde sie nie mehr anziehen. Sie hasste es, Sachen zu tragen, in denen die Ausdünstungen eines anderen Menschen steckten. So wie sie auch niemals die Wäsche eines anderen gemeinsam mit ihrer in die Waschmaschine gelegt hätte. Lediglich der Gips erinnerte sie beim Aufwachen an das, was am Tag zuvor geschehen war. Es hatte etwas gedauert, bis sie in ihre schwarze Nadelstreifenhose geschlüpft war (sie bevorzugte diese Art Kleidung im Dienst, konservativ-klassisch, man konnte nichts falsch machen). Sie hatte sich dazu auf einen Stuhl gesetzt, mit der gesunden Hand die Hosenbeine übergestreift, erst das eine, dann das andere. Danach war sie aufgestanden, komplett in die Hose hineingerutscht, hatte – ebenfalls mit links – eine weiße Seidenbluse mit Trompetenärmeln in den Hosenbund gestopft und beim Jackett mit den eng geschnittenen Ärmeln kapituliert und eine weite Cardigan übergeworfen. Zum Schluss griff sie sich ihren Staubmantel in Steingrau, schlüpfte in ihre Stiefeletten mit den soliden Absätzen und stülpte sich eine schwarze Baskenmütze auf. Mit der Aktentasche unterm Arm schickte sie dem lieben Gott ein Dankesgebet, dass sie in dem Zustand keinen hungrigen Schulkindern und pubertierenden Monstern Pausenbrote schmieren musste. Sie hatte mit Kindern zu wenig Erfahrung, um zu wissen, dass Teenager eher mit einem Spazierstock aus Südtiroler Wurzelholz in die Schule wandern würden als mit einem Leberwurstbrot von daheim.

Dass sie mit der U-Bahn kam und nicht mit dem eigenen Auto, war ungewöhnlich für sie. Die endlose Rolltreppe, die von der Plattform hinauffuhr, zeigte ihr an, wie tief sie gerade im Inneren der Stadt gewesen war. Die nächste Rolltreppe, die ans Tageslicht führte, kürzer als die erste, war defekt, wie meistens, wenn sie mal mit der Bahn unterwegs war. Als sie kurz vor neun auf den Sievekingplatz in der Hamburger Neustadt zuging, eine Fläche mit einem Ensemble aus drei u-förmig angeordneten Gerichtsgebäuden, begann es zu regnen. Sie ging etwas schneller und passierte linker Hand zwei Gruppen mit steinernen Figuren unter einer Raureifschicht, rechter Hand eine berühmte Installation aus neunzig Eisenstelen, aus denen Pflanzen wuchsen. Der Rosenstock neben der Brennnessel. Die Kartoffel neben dem Lavendel. Der Kaktus neben dem Stiefmütterchen. Sie sollten die Menschen symbolisieren, die in Hamburg lebten: die fremden und die einheimischen. Die dornigen und die mimosenhaften. Die heilenden und die giftigen. Menschen, die alle zu ihrem Recht kommen wollten. Und wozu zählte Sonja?, fragte sich Gerit und ärgerte sich über sich selbst, dass sie sich immer noch mit dieser Frau beschäftigte. Aber jede Frage verlangte nach einer Antwort, und so entschied sie, dass diese Streunerin eine Pflanze ohne Wurzeln war, ein fast schon unheimliches Gestrüpp, das vielleicht umso mehr Pflege brauchte. Aber das war nicht ihr Job. Jetzt wollte sie diese Eskapade vergessen und das tun, was sie immer tat. Sich mit all den Unarten der menschlichen Psyche und des komplizierten Miteinanders befassen. Mit Hass, Denunziation, Feigheit, Grausamkeit. Sich kümmern um die üblichen Ehesachen, um Scheidungen, um Unterhaltsfragen und Zugewinnausgleich, um Sorgerecht und Umgangsrecht, um all den unangenehmen Kram, dem mal ein starkes Gefühl vorausgegangen war: Liebe.

Sie wartete an der Fußgängerampel der nur schwach befahrenen Straße auf Grün, grüßte den Büroboten, der von der Bushaltestelle kam, und ging auf das Klinkergebäude mit der kleinen grünen Kupferkuppel zu, in dem sich das Familiengericht befand. Wie immer bewegte sie sich mit flinken, kleinen Schritten, nickte im Vorübergehen Herrn Marx zu, dem Mann hinter der Glasscheibe an der Information, und lief die Treppe hoch. Tausend Mal war sie diesen Weg schon gegangen, die Halle unter sich zurücklassend, diesen typischen Geruch von Akten, Putzmitteln und Kaffee in der Nase, der um diese Stunde überall in den Büros gekocht wurde.

Als sie die Geschäftsstelle im ersten Stock betrat, um die Akten für diesen Verhandlungstag herauszuholen und im mittleren der drei ineinander übergehenden Räume eine kleine Traube von Menschen sah, dachte sie sich nichts dabei. An einem der beiden Schreibtische lehnte die Gerichtspräsidentin Konstanze von Cramm, eine schöne Frau in mittleren Jahren mit halblangen glatten blonden Haaren und auffallend sinnlichen Lippen.

Alle starrten sie an, als sie durch die Tür trat. Nur der junge Techniker, der den wieder einmal defekten Kopierer reparierte, ließ sich nicht stören. Das Interesse an ihr, befand Gerit, war nicht weiter verwunderlich. Man erschien nicht jeden Tag mit Gips zum Dienst. Ihre weiß verschalte Hand schaute aus dem Mantel hervor. Ihre

Haare hatte sie mit links gebürstet und nicht so akkurat hochgesteckt wie sonst. Das würde sie besser hinkriegen mit der Zeit. Auch das Duschen mit einer Plastiktüte über dem Arm war noch gewöhnungsbedürftig. Gerit sah, dass eine der Sekretärinnen eine Zeitung in Händen hielt, während sie ihrer Kollegin zuzischte: »Auf dem Foto hat sie keinen Gips.«

»Mal was anderes als immer nur Ehe-*Bruch*«, sagte Gerit, um Munterkeit bemüht, zu den zehn Augenpaaren, die ihr entgegenblickten. »Sollte ein Witz sein«, fuhr sie fort, als niemand lachte, während sie versuchte, die Akten aus ihrem Fach im Verteilerregal zu ziehen und sich unter den Arm zu klemmen. Sie gab es auf. Das mit den Kladden – und dem Klamauk. »Okay, *ich* und Witze! Entweder vergesse ich die Pointe, oder ich bin die Einzige, die lacht. Welches Foto?«

»Das in der Zeitung«, sagte Konstanze, strich mit flachen Fingern über ihren eleganten, schwarzen Bleistiftrock sowie das fliederfarbene Kaschmir-Twinset und schüttelte den Kopf über so viel Ahnungslosigkeit.

Gerit hatte nicht den Hauch einer Idee, wovon sie sprach. Sie bahnte sich einen Weg durch die kleine Gruppe, warf einen Blick in die Zeitung, klappte den Mund auf und kriegte ihn nicht mehr zu.

Da war sie.

SIE.

Gerit Liebke, wie sie mit einem schwarzen Müllsack auf einen Mann in einem Freizeitdress aus Fallschirmseide eindrosch.

»Ach, das«, sagte sie nur, während sie sich betont lässig abwandte und erneut probierte, die Akten aus dem Fach zu nehmen. Sie klatschten auf den Boden. Sie bückte sich und wollte sie aufsammeln. Doch der Mann am Kopierer kam ihr zuvor und sagte, sie solle sich nicht weiter darum kümmern, man werde sie ihr bringen. Gerit bedankte sich und verließ hoch erhobenen Hauptes den Raum.

»Was ist mit deiner Hand?«, rief Konstanze ihr nach.

»Gebrochen«, fauchte Gerit, kein bisschen mehr um Freundlichkeit bemüht.

»Du scheinst ein aufregendes Wochenende hinter dir zu haben. Wie ist denn das passiert?«

»Nicht der Rede wert. Eine kaputte Hand ist im Augenblick das Geringste meiner Probleme.«

Sie schloss die Tür, nachdem sie ihr Büro erreicht hatte, nahm den Hörer vom Telefon und tippte eine Nummer ein, die sie auswendig kannte.

»Es geht doch nichts über eine gute Freundin«, sagte Gerit statt einer Begrüßung.

»Ich wünsche dir auch einen wunderschönen Guten Morgen, mein Herz. Entschuldige mal! Du wolltest nicht, dass ich dir dein Geld vorbeibringe«, war Katjas Stimme vom anderen Ende der Leitung zu hören.

»Du hast was *gebracht*, was du nicht *bringen* solltest. Das Foto.«

»Habe ich nicht. Ich halte meine Versprechen. Ich bin eine seriöse Journalistin.«

»Dann hast du heute anscheinend noch nicht in deine eigene Zeitung geguckt. Schau mal bei ›Vermischtes‹!«

Während Gerit wartete, legte sie den Hörer kurz hin und zog den Mantel aus, was wegen ihres Gipsarmes eher ein ungeduldiges Abschütteln als ein elegantes Herausschlüpfen war. Sie ließ den Mantel auf den Schreibtischstuhl gleiten und nahm in der Sekunde den Hörer wieder auf, als Katja »Scheiße!« rief.

»Kannst du laut sagen!«

»Dieser Kerl muss die Bilder an ein anderes Ressort

gegeben haben. Dort hat man sie natürlich mit Kusshand gedruckt.«

»Verdammter Mistkerl!«

»Hast du das jetzt gerade wirklich gesagt?«

»Ich glaube, das habe ich gesagt.«

»Sei tolerant. Freie müssen auch leben. Und so ein Foto ist schnell vergessen. Darin wickeln die Leute morgen ihre Kartoffelschalen ein. Nichts ist so alt wie die Zeitung von gestern.«

»Gib mir seine Nummer!«

»Ich darf keine Mitarbeiternummern rausgeben.«

»Gib. Mir. Seine. Nummer!«

»Sei nicht so penetrant! Ich darf nicht.«

»In eurer Redaktion weiß die eine Hand nicht, was die andere tut, und du spielst dich hier als Moralapostel auf. Apropos Hand: Meine ist gebrochen.«

»Wie das?«

»Sturz in der Wanne.«

»Was ist nur los mit dir? Für jemanden, der davon lebt, Probleme zu lösen, hast du im Augenblick selbst ziemlich viele.«

Vorgestellt hatte sich Gerit diesen Montag kurz vor ihrem Urlaub ganz anders: das Stöckchen aufnehmen, das ihr das Leben jeden Morgen hinwarf, damit durch den Tag rennen, wie immer mit perfektem Timing, die Guten gewinnen lassen, die Bösen bestrafen, obwohl es in Familienstreitigkeiten selten gut und böse gab, was es so schwierig machte. Mal ein Machtwort sprechen. Mal in Geduldsarbeit Puzzleteile zusammenfügen, um zu einem Urteil zu kommen, das möglichst gerecht war. Manchmal sogar die Wahrheit finden. Falls es sie überhaupt gab, die *eine* Wahrheit. Nach Hause gehen, die Tage bis zum

Urlaub weniger werden lassen, sich auf ein Frühlingsmärchen freuen, auf die Sonne über dem Canal du Midi, den Schatten der Platanen, den Harzgeruch der Pinien, das Flüstern des Wassers, die Reben der Weinberge, die monotonen Bewegungen der Angler, die Brücken, die Schleusen, den Rosé-Wein aus dem Languedoc. Die Boulangerien, Boucherien und die Café-Tabacs. Ja, so sollten die nächsten Tage und Wochen aussehen. Auch das Schöne geplant, wie alles in ihrem Leben.

Und jetzt? Jetzt war alles anders gekommen.

Sie war die Lachnummer des Tages. Ihre Kollegen warfen ihr hämische Blicke zu. Und der Urlaub war dank Gipsarm ins modrige Wasser des Canal du Midi gefallen. *Merde!*

Gerit griff gerade zum läutenden Telefon, als nach kurzem Klopfen Konstanze von Cramm eintrat, den Aktenstapel aus Gerits Regal in Händen.

»Hier! Deine Fälle! Was ist mit unserer Radtour?«

Gerit drückte den Hörer einen Moment lang gegen die Schulter, während sie mit ihrem Gipsarm wedelte: »Gestrichen. Für mich jedenfalls.« Dann konzentrierte sie sich auf den Anrufer. »Ja, Herr Marx? Eine Frau Wirsching möchte mich sprechen? In welcher Angelegenheit? Privat? Wimmeln Sie sie bitte ab! Ich bin in einer Besprechung. Danke.« Gerit legte auf.

»Wie ist das mit deiner Hand passiert?«, bohrte Konstanze.

»Ich bin in der Wanne ausgerutscht.«

»Zehn Jahre älter«, sagte Konstanze, nur unwesentlich jünger als Gerit, »und statt der Hand wäre der Oberschenkelhals dran gewesen.«

»Wie immer bist du aufbauend. Mut machend. Trost spendend.«

Konstanze lachte mit ihrer tiefen Stimme. »Brauchst du Trost? Bist doch ein großes Mädchen. Trotzdem jammerschade. Der Urlaub hätte dir gutgetan. Du bist gereizt und überarbeitet. Komm trotzdem mit! Wer sein Rad liebt, der schiebt.«

»Nächstes Jahr wieder. Was haben wir denn hier?« Gerit vertiefte sich in die oberste Akte auf ihrem Stapel. »Eine alleinerziehende Mutter will verhindern, dass ihr Ex-Mann unbegleiteten Umgang mit dem vierjährigen Sohn hat. Der steht ihm ab jetzt zu. Aber sie befürchtet, ohne Therapie hat er seine Aggressionen nicht im Griff und ist mit dem Kind überfordert. Und da denkt der gefühlsduselige Teil der Menschheit immer, wenn man Familie hat, bekäme man einen Garantieschein für Glück.«

»Familie ist der Vorhof zur Hölle«, sagte Konstanze. »Das wissen wir doch alle. Sieh mich an! Zweimal geschieden. Was eigentlich ein Segen ist, denn eine geschiedene Frau lässt sich nicht so gehen wie eine verheiratete und kann ihre Vita mit Affären schmücken wie ein Jäger seine Jagdhütte mit Geweihen.«

Gerit hatte nur mit halbem Ohr zugehört, seufzte, klappte die Akte zu und wollte soeben die nächste aufschlagen, da klingelte das Telefon erneut. Sie meldete sich und lauschte dem Anrufer, bevor ihr der Unterkiefer runterfiel, sie zu viel Luft einatmete, sich verschluckte und husten musste. Es dauerte einen Moment, bis sie wieder sprechen konnte.

»Alles, was ich dazu sagen kann, ist: Wir haben unser Ziel für eine soziale Politik in unserer Stadt noch längst nicht erreicht, solange unsere Mitbürger unter menschenunwürdigen Bedingungen leben. Und ich werde alles in meiner Macht Stehende dafür tun, um diesen Anspruch mit zu verwirklichen. Es tut mir leid, dass das Foto einen falschen Eindruck vermittelt hat.« Sie verabschiedete sich und legte auf.

»Blablabla. Was war denn das?«, fragte Konstanze.

»Eine Organisation namens ›Arme auf für Arme‹, die mir unterstellen will, einen Hass auf sozial Benachteiligte zu haben, die sich zum Beispiel als Leergutsammler betätigen. Ich? Lächerlich!«

Das Telefon schreckte sie erneut auf. Gerit schnitt eine Grimasse, nahm ab – und war erneut sprachlos.

»Nein«, sagte sie schließlich, »es mag ein Versäumnis meinerseits sein, dass es mir bisher noch nicht in den Sinn gekommen ist, bei Ihnen einen Kurs zum Thema ›Aggressionsabbau durch Boxen‹ zu belegen. Ich leide weder unter psychischen Konflikten, noch bedarf es bei mir einer sozialen Katharsis, falls Sie das beruhigt. Auf Wiederhören!«

Kopfschüttelnd vertiefte sie sich in die nächste Mappe. »Na, das ist mal ein außergewöhnlicher Sorgerechtsfall! Der Kleine heißt Basti.«

»Klingt nach einem süßen Jungen«, sagte Konstanze.

»Zum Knuddeln«, sagte Gerit. »Wolligweiße Körperbehaarung.«

»Eine Pigmentstörung?«

»Ein Pudel.«

»Es geht um das Umgangsrecht mit einem Hund?«, sagte Konstanze fassungslos. »Das hatten wir auch noch nicht. Wow!«

»Wau«, sagte Gerit. »Der Antragsteller kämpft um das Alleineigentum an dem Hund, nachdem dieser bei der Scheidung der Antragsgegnerin zugewiesen wurde. Leider können wir Basti nicht zur Anhörung bitten.«

Sie erhob sich und versuchte, mit der intakten Hand ihre schwarze Robe vom Bügel zu streifen, was nicht recht funktionieren wollte, woraufhin Konstanze sich erbarmte und ihr zu Hilfe kam. Bis Gerit in ihrer Robe den Raum verlassen konnte, schellte das Telefon noch fünf Mal. Eine Typberaterin bot ihre Dienste an (zehn Prozent Rabatt für Neukunden), das Stadtmagazin eines Hamburger Fernsehsenders wollte ein Porträt über sie, eine Psychologie-Zeitschrift fragte an wegen eines Statements zum Thema ›Wenn Frauen aus der Rolle fallen‹, der Mitarbeiter einer Männerberatungsstelle beschimpfte sie wegen ihrer Prügelattacke, und Herr Marx vom Empfang sagte, diese Frau Wirsching gebe einfach keine Ruhe.

»Man sollte ihr den Hals umdrehen«, sagte Gerit, während sie auflegte. »Und diesem Fotografen gleich mit!«

»Vielleicht solltest du doch mal über das Antiaggressionstraining nachdenken«, sagte Konstanze und grinste, während Gerit das große Bedürfnis hatte, so schnell wie möglich in ihren Stammraum zu kommen, den schmucklosen Gerichtssaal mit viel Holz, weißen Wänden und schwarz gepolsterten Stühlen, wo sie es war, die Fragen stellte. »Typberatung!«, knurrte sie, als sie in ihrer Robe hinauswehte. »Ich trage nicht gerade Leoparden-Leggins und Gürteltäschchen auf dem Foto.«

Als sie am späten Vormittag aus dem Fenster ihres Büros sah, traute sie ihren Augen nicht. Auf der gegenüberliegenden Straßenseite stand Sonja, geschützt unter dem Plexiglasdach der Bushaltestelle. Sie trug den petrolfarbenen Pullover und die schwarze Hose, ihre Daunenweste und die klobigen Stiefel. Auf der Bank der Haltestelle lagerten ihr Schlafsack und die Plastiktüte. Sie hatte die Arme zum Schutz gegen die Kälte um ihren Oberkörper geschlungen. Vielleicht sah Gerit eine Sekunde zu lang hinaus, denn genau in dem Moment schaute Sonja zu ihr hoch. Gerit vollführte eine kreisende Bewegung mit dem Zeigefinger an ihrer rechten Schläfe, um Sonja als Spinnerin abzustempeln und sie zum Gehen zu bewegen, und mied das Fenster bis zum Feierabend. Nicht ignorieren konnte sie das Flüstern und Tuscheln hinter ihrem Rücken, die Lästereien und kleinen Spitzen, die Anspielungen, ob sie einer schlagenden Verbindung angehöre, und in welchem Verhältnis sie zu dem »Prügelknaben« stehe. Selbst im Gerichtssaal, wo sie Respekt genoss, wo man sie als Autorität schätzte, konnten sich manche ein vielsagendes Lächeln nicht verkneifen. Auch in der Gerichtskantine, die sie wie immer um 13:30 Uhr aufsuchte, war die Schadenfreude manches Küchenangestellten zu spüren. Zu oft hatte sie gemäkelt, hatte eine leichte Joghurtsauce angefordert, wenn es einen satten, fetten Kräuterschmand zum vegetarischen Couscous gab oder den mediterranen Kartoffelsalat mit der Gabel seziert – und einzelne Bestandteile bei Nichtgefallen aussortiert. Das hatte sie jetzt davon! Sie stocherte appetitlos in ihren mit Schafskäse gefüllten Zucchini, ließ es irgendwann ganz sein, legte das Besteck beiseite, gab einen Moment der Versuchung nach, sich mit durchgedrücktem Rücken gegen die rötlichbraune Holzlehne des Stuhls zu lümmeln und den Kopf in den Nacken zu werfen, bevor sie nachdenklich aus einem der großen Fenster blickte. Sie sollte sich auf ihren nächsten Fall konzentrieren, beschloss sie, einen 14-jährigen Jungen, der von ihr angehört werden musste in der Klage des Kindsvaters auf Umgangsrecht mit seinem Sohn. Doch ihre Gedanken schweiften ab. Sie verfluchte den Tag, an dem sie Sonja Wirsching kennengelernt hatte. Es war ein schmaler Grat, dachte Gerit, sich mit einer solchen Person einzulassen. Man konnte abrutschen. Man musste mit unliebsamen Dingen rechnen wie der Belagerung vor dem Gerichtsgebäude. Gar nicht zu reden von dem Knochenbruch, der gestrigen dreisten Anprobe ihres Kleides und dem Foto in der Zeitung, das ihr den Tag gründlich verdorben hatte – und vermutlich das Gleiche mit ihrer Karriere tun würde. Das Leben bestand an diesem Montag aus Ärger und ungewollter Publicity und Schmerzen. Ihre Seele, sonst robust wie ein Holzfäller, begann, sich wund zu scheuern.

Ihre letzte Verhandlung für heute war der Fall des Pudels. Gerit ließ ihren Blick über die paar Menschen im Gerichtssaal schweifen, den Antragsteller, die Antragsgegnerin, die Anwälte, die Protokollführerin, bevor sie mit ihren Ausführungen begann.

»Vielleicht ist sie deshalb so«, sagte Gerit. »So launisch. So dominant. So bissig. So unzufrieden mit sich und der Welt. Wer weiß, was sie schon alles durchgemacht hat. Von welchen Männchen sie enttäuscht worden ist.«

Einer der Anwälte korrigierte sie behutsam: »Basti *ist* ein Männchen.«

Einen Moment lang schaute Gerit ihn perplex an. »Natürlich«, sagte sie. »Ich meinte: Menschen. Schließlich kommt der Hund ursprünglich aus dem Tierheim.« Als sie sich wieder gefangen hatte, fuhr sie fort: »Die Frage bleibt doch: Woran liegt es, was aus einem wird? An den Genen? Der Erziehung? Der Umwelt? Oder stehen wir uns einfach manchmal selbst im Weg?«

Gerit gab dem Gerichtsdiener ein Zeichen. »Bringen Sie ihn bitte herein!« Basti sprintete durch den Saal, entdeckte sein Frauchen und leckte ihm übers Gesicht. Erspähte sein Herrchen und fuhr mit feuchter Zunge über dessen Wange. Gerit nickte zufrieden, da sie jetzt wusste, was zu tun war, und sagte: »Der Antragsteller hat das Recht, Basti jeden Tag drei Stunden zu sehen, auch wenn der Hund in seiner angestammten Umgebung bei der Antragsgegnerin bleibt. Außerdem mache ich zur Auflage, dass einmal die Woche ein gemeinsamer Spaziergang beider Parteien mit ihm von jeweils mindestens zwei Stunden Dauer stattfinden wird. Denn auch ein Hund braucht manchmal das Gefühl, dass alles gut werden könnte. An Tagen wie diesen, an denen plötzlich das ganze Leben durcheinandergewirbelt wird wie Asche von einem Windhauch.«

Erst als sie alle im Raum so merkwürdig ansahen, kam Gerit der Verdacht, sie könnte vielleicht etwas zu weit gegangen sein.

Als sie kurz nach siebzehn Uhr den Heimweg antreten wollte und die Treppe hinunterlief, schallten Töne durch das Gerichtsfoyer, die hier nichts zu suchen hatten. Töne, die so noch nie an diesem Ort zu hören waren, gespielt von einem Saxophon. Gerit kannte den Song, und sie liebte ihn. ›Baker Street‹. Es war Musik, die einen in Watte packte. Bei der sich die Nackenhärchen aufstellten und sich der Oberkörper automatisch hin- und herwiegte, ohne dass man etwas dagegen hätte tun können. Musik, die man an die Haut ließ, die die Tür zur Seele öffnete, die sogar noch durchs Schlüsselloch passte. Sie hatte ein gutes Menschengedächtnis, und sie erkannte den Mann sofort, der einen eincremte mit diesem Song. André Anson. Der Fotograf. Als sie die letzten Treppenstufen nahm, war sie froh über die Anti-Rutsch-Klebeleisten aus grauem Gummi auf den Kanten, die sie davor bewahrten, ins Trudeln zu kommen.

Ein paar Menschen waren stehen geblieben. Erfreut über die Abwechslung. Ein Saxophon-Solo im Gericht war wie ein Sandstrand neben der Autobahn.

Als er geendet hatte, kam er auf sie zu. Mit einem Kopfnicken deutete er auf ihren Gips. »Wen haben Sie denn diesmal verprügelt?«

Sie ignorierte seine Frage und sagte stattdessen: »Haben Sie eigentlich nichts Besseres in Ihrem Leben zu tun, als unschuldigen Menschen aufzulauern?«

»Niemand ist unschuldig«, sagte er. »Kein Mensch ist naturrein. Sonst gäbe es nicht Gebäude wie dieses.«

»Jetzt bitte keine Küchen-Philosophie! Warum verfolgen Sie mich? Ich habe einen jämmerlichen Tag hinter mir. Ihretwegen.«

»Katja König hat mir erzählt, dass Sie stinksauer auf mich sind. Ich wollte etwas tun, das Sie versöhnt.« Er berührte sie behutsam mit der Hand. »Ein Ständchen als Entschuldigung. Ich habe auch keine Kamera dabei. Ich bin ja ungern das kapitalistische Schlitzohr, aber bei Ihnen würde ich ab sofort Schmerzensgeld verlangen.«

»Bitte, entfernen Sie Ihre Hand von meiner Schulter!«, zischte sie.

»Wie wäre es mit ›Lily Was Here‹ von Candy Dulfer. Kennen Sie's?« Er summte die ersten Takte. »Natürlich kennen Sie's. Vielleicht kann ich Sie damit milder stimmen.«

Er begann wieder zu spielen.

»Kennst du den?«, kam von hinten eine Stimme.

Sie drehte sich um und blickte in die Augen von Konstanze von Cramm.

»Natürlich nicht.«

»Du hast mit ihm geredet.«

»Ein verrückter Vogel, der an ungewöhnlichen Orten Musik macht. Er hat mich gefragt, ob ich etwas dabei habe, worin er seine Münzen sammeln kann.«

Gerit riss sich ihre Baskenmütze vom Kopf und warf sie

ihm direkt vor seine speckigen schwarzen Stiefel. Dann ging sie davon.

Ein paar Sekunden lang gestattete sie sich ein Lächeln. Plötzlich war da dieser Funken Unvernunft, der zum Feldzug blies gegen die Kälte in ihr. Sie musste dazwischengrätschen. Sich selbst schützen. Sich zur Räson rufen. Es waren nur Töne, die man erlernen konnte. Nichts weiter. Eine Art Lieferservice für Emotionen. Mit ein bisschen Übung fix zubereitet, schnell gebracht und aufgetischt für heißhungrige Herzen. Der gleiche Kitsch wie rote Rosen und Liebesschokolade zum Valentinstag.

Das Stakkato ihrer halbhohen Absätze auf dem Asphalt spiegelte ihre Ungeduld mit sich selbst wider. Als sie zur Bushaltestelle blickte und Sonja nirgendwo entdecken konnte, war sie erleichtert. Die hätte ihr noch gefehlt!

Der nächste Tag unterschied sich kaum von dem vorherigen. Inzwischen hatte auch der letzte Kollege bei Gericht das Zeitungsfoto gesehen und sparte nicht mit hämischen Kommentaren. Der Landesvorsitzende der SPD Hamburg wünschte sie zu sehen. Es gab Interviewanfragen. Eine »Facebook«-Gruppe (»Wir lieben den Pfandmann – und hassen die größte Flasche Hamburgs«) hatte sich gegründet, die binnen kürzester Zeit neunhundertsechs Mitglieder verzeichnete. Die »größte Flasche« war sie. Empörte Briefe landeten in der Poststelle, E-Mails gingen bei Gericht ein. »Wie schade, dass man Sie als Richterin nicht entlassen kann«, schrieb einer. »Sie gehören gefeuert. Sie sind eine Schade für den ganzen Berufsstand und für unsere schöne Hansestadt dazu. Sie sind selbstherrlich, unkontrolliert, egozentrisch, hysterisch und haben ein Herz aus Stein. So ein widerlicher Mensch wird man wohl, wenn man nur das Gesetz als Instanz über sich hat. Man kann nur hoffen, dass Sie niemals Justizsenatorin werden.«

Als sie an diesem Abend aus dem Gerichtsgebäude trat, um zur U-Bahn-Station zu gehen, stand Sonja wieder unter dem Dach der Bushaltestelle. Gerit hatte mehrmals aus dem Fenster ihres Büros geschaut, doch den ganzen Tag über hatte sich Sonja nicht blicken lassen. Vielleicht hatte sie Angst davor, Gerit könne einen Hinterausgang nehmen, um ihr zu entfliehen. Ihre Beinhaltung war die gleiche wie gestern. Sie hatte sich noch tiefer in ihre Weste gegraben und die Norwegermütze mit den Strickzöpfen aufgesetzt, die ihr etwas Mädchenhaftes gaben. Es war kurz nach sechs, der Himmel war wie Beton, und es war einer jener Tage, an denen man sich fragt, was eigentlich mit den Tagen passiert.

Gerit verdrehte die Augen, als sie Sonja erspähte. Am liebsten wäre sie weitergegangen, doch während sie diese Möglichkeit in Betracht zog, eilte Sonja schon auf sie zu, zog etwas aus der Innentasche ihrer Weste und hielt es Gerit hin. »Sie sind in der Zeitung.«

»Ach, nee! Da erzählen Sie mir ja was ganz Neues.«

»Das ist das Gute an einem Leben auf der Straße. Man kommt immer an frische Zeitungen, weil die Leute sie nach der Lektüre in den Müll werfen.«

»Klingt fast wie das Schlaraffenland«, sagte Gerit, einen spöttischen Zug um den Mund. »Pfandflaschen, so viel man will und druckfrische Zeitungen bis zum Abwinken. Vielleicht gar keine schlechte Option, wenn man keine Lust mehr hat auf schmutzige Scheidungen und dreckige Wäsche.«

Sie schenkte Sonja ein dünnes Lächeln. Es wurde noch schmallippiger, als die sagte: »Ich muss Sie sprechen.«

»Worum geht's?«

»Ich will Ihnen die Sache mit Ihrem Kleid erklären.«

Was zählte das schon, dachte Gerit. Was machte das jetzt noch?

»Sie wollten eben mal sehen, wie Sie darin ausschauen. Dazu muss nichts mehr gesagt werden.«

»Das ist es nicht. Bitte!«

»Ich hatte keinen besonders guten Tag, wissen Sie.«

»Bitte!« Sonja stand stocksteif da und guckte sie unsicher an. Eine Zeitlang herrschte Schweigen. Gerit versuchte, durch Sonja hindurchzusehen, aber schließlich brachte sie es nicht übers Herz, ihr ihren Wunsch abzuschlagen. Vielleicht wäre es ihr leichter gefallen, hätte sie nicht in den letzten beiden Tagen so viele unschöne Dinge über sich erfahren müssen. Plötzlich bekam sie Panik, dass eine gewisse Schrulligkeit für immer ihr Lebensbegleiter sein würde.

»Wenn's denn sein muss«, sagte sie. »Habe eh nichts Besseres vor. Kommen Sie mit! Bei mir um die Ecke ist ein Supermarkt. Da holen wir uns was zum Abendessen. Was mögen Sie?«

»Ofenkäse mit Baguette«, schlug Sonja nach kurzer Bedenkzeit vor.

Es war nicht unbedingt das Essen, das Gerit mochte. Zu viel. Zu fett.

Na, egal, dachte sie. Machen wir's.

Es war nur ein Weichkäse mit Rinde. Nichts, was einen wirklich aus der Bahn werfen würde.

Als sie kurz darauf bei ihr in der Küche saßen und sie den Käse samt Holzschachtel in den Ofen geschoben, Wassergläser hingestellt und Besteck bereitgelegt hatte, nickte sie Sonja aufmunternd zu. »Legen Sie los!«, sagte Gerit. »Das Kleid. *Mein* Kleid.«

Sonja hatte unaufgefordert ihre Schuhe vor der Wohnungstür ausgezogen. Ihre Zehen und Ballen in Gerits weißen Socken verkrampften sich und stemmten sich gegen die Bodenfliesen der Küche. Sonja starrte auf die Erde. Wo sollte sie anfangen? Es fiel ihr schwer. Viel schwerer als gedacht.

»Es ist *mein* Kleid«, sagte sie dann. »Eigentlich.«

Kapitel 8

Niemals würde Sonja die Luft an jenem Tag im Mai vergessen, die die Stadt umhüllte wie ein Chiffonschal. Sie stand vor einem Laden am Schulterblatt im Hamburger Schanzenviertel. Es war das Jahr 2009. Es war Mittagszeit. Vom Portugiesen auf der anderen Straßenseite wehte der Duft gegrillten Tintenfisches zu ihr herüber. Die Menschen drängten sich an den Tischen auf dem Gehsteig. Das Essen hier war günstig, und weil keine Wolke am Himmel war und das Leben leicht, bestellte man um diese Uhrzeit schon Karaffen mit Wein. Jedes Mal, wenn sie morgens hierherkam, aus ihrer Wohnung, die in einem anderen Stadtteil lag, hatte Sonja das Gefühl, nach Hause zu kommen. In diesem Viertel, in dem früher Walfänger gelebt und Boxer gekämpft hatten und Rinder geschlachtet worden waren. Und auch wenn heute schicke Medienleute hier ihre Büros hatten, die Wohnungen teurer wurden und immer mehr Touristen kamen, angelockt von all den Restaurants, Kneipen, Cafés, Bistros und Boutiquen, hatte sich die »Schanze«, wie man sie nannte, ihre Ursprünglichkeit bewahrt. Wie eine blauschwarzhaarige Frau, inzwischen für viel Geld blond gefärbt und mit Designerklamotten ausgestattet, deren Tätowierung zwischen den Schulterblättern aber noch da war und die immer noch fluchen konnte wie einer dieser Schlachter von früher mit den blutigen Schürzen.

Wie jeden Tag hatte Sonja roten Lippenstift aufgelegt, der heute, passend zu ihrem eng anliegenden lila Catsuit, ein dunkles Fuchsia war. Als sie sich von außen in der Schaufensterscheibe spiegelte, gefiel ihr, was sie sah. Sie gefiel sich. Und auch das, was hinter der Scheibe ausgestellt war. Hier ging keiner achtlos vorüber.

Sie sollte recht behalten.

»Was für Sie dabei?«, hörte sie eine tiefe Stimme fragen.

Sie wandte sich mit einer halben Drehung um und blickte in das Gesicht eines Mannes, dem der liebe Gott einen großen Nachschlag an Attraktivität serviert hatte. Er mochte Ende vierzig sein. In seinen dunkelblonden, zurückgekämmten Haaren gab es den ersten Anflug von Grau, seine Augen waren Grünblau und hatten den ironischen Ausdruck jener Männer, deren erotische Abenteuerlust kaum Widerworte erfährt.

Blaue Jeans, schwarzes Sakko, blauweiß gestreiftes Hemd, die ersten beiden Knöpfe offen. Alles in bester Qualität. Das sah sie sofort. Dafür hatte sie ein Auge. Seine Haut war leicht gebräunt. Seine Drei-Tage-Stoppeln hatten einen eisgrauen Schimmer. Er roch gut. Wie eine frische Meeresbrise. Ein angenehmer Geruch bei Männern war das Wichtigste überhaupt, fand Sonja. Und in diesem Fall kompensierte der ein wenig seinen Mangel an intelligenten Sprüchen. Quatschte er jede Frau so an? Musste man nur einen Ring in der Auslage eines Juweliers bewundern, und schon kam so ein Blödmann mit seinem Raubtierlachen und schmiss sich hemmungslos ran – und zwar mit Anlauf?

»Andere Leute nehmen die zum Essen«, sagte er und grinste in ihr Haar.

Sie wusste, was er meinte. Sie hatte die Angewohnheit, ihre langen naturgewellten Haare, strohig und widerspenstig und somit ein ständiges Ärgernis, mit den Dingen hochzustecken, die ihr gerade in die Quere kamen. Das konnten chinesische Essstäbchen sein wie heute, Bleistifte, zurechtgebogene XXL-Büroklammern. Eine ihrer Marotten. »Man nennt es Chop-Suey-Style«, sagte sie kühl.

Er deutete auf die schwarze Schaufensterpuppe in der Mitte, die ein Kleid aus silbernen, aneinandergeschweißten Kämmen trug.

»Würden Sie so etwas anziehen? Oder ist das Kunst?«

»Marketing.«

Er lachte laut und zeigt dabei so blendend weiße Zähne, dass Sonja kurz überlegte, ob sie echt waren oder eines dieser künstlichen Porzellangebisse. Sie kam zu dem Schluss, dass sie echt zu sein schienen.

»Wenn man Marketing als kundenorientierte Perspektive sieht, ist das hier kontraproduktiv«, sagte der Mann. »Keine Kundin kann sich mit einem Kleid aus Kämmen identifizieren. Und keine nimmt die Kleider an den anderen Puppen wahr, weil dieses hier so dominiert. Immerhin passt es zu Ihren silbernen Schuhen.«

»Dass Sie stehen geblieben sind, ist ein Zeichen dafür, dass die Strategie sehr wohl funktioniert.«

»Ich bin Ihretwegen stehen geblieben. Und ich habe ein Gesprächsthema gesucht.«

»Gescheitert.«

»Ich dachte, das Kleid kommt wie gerufen.«

»Mich *ruft* meine Arbeit«, sagte Sonja und folgte einer jungen Frau, die das Geschäft betrat, auf den drei Stufen nach oben, wo auf der obersten das Öffnen der Tür wie stets von munterem Glöckchenklingeln begleitet wurde.

»Sie arbeiten hier?«, rief er ihr nach.

»Mir gehört der Laden.«

Als die Kundin in der Umkleidekabine war, entdeckte Sonja den Mann im schwarzen Sakko beim Portugiesen gegenüber. Er saß an einem der Tische draußen, und egal, was er tat, ob er einen Schluck Wasser trank oder am Espresso nippte, ob er telefonierte oder mit dem Kellner sprach – er ließ sie nicht aus den Augen. Er war ihr unheimlich. Sie zwang sich, eine Weile nicht mehr hinzusehen, und als sie wieder rüberschaute, war er weg. Sie atmete auf.

Wie schnell so ein Tag verging! War nicht eben noch Mittag gewesen? Gerade erst vor fünf Minuten? Und jetzt war es schon kurz vor sieben Uhr am Abend. Sie hatte den Nachmittag über hinten in ihrem Atelier gearbeitet, das sich an den Laden anschloss, hatte ein paar Entwürfe gezeichnet und sie wieder verworfen, hatte in Stoffballen gewühlt, hatte es vermieden, die heute eingegangenen Briefumschläge aufzuschlitzen, weil sie überwiegend Rechnungen enthielten, die schlechte Laune machten, hatte ein paar Kundinnen bedient – und nicht damit gerechnet, dass um diese Uhrzeit noch einmal die Türschelle ging und jemand kam.

Er kam.

»Wir haben geschlossen«, sagte sie.

»Die Tür war offen.«

»Ich wollte gerade schließen. Feierabend! Bedauere!«

»Ich *bedauere*! Ich wollte Sie vorhin nicht verletzen.«

»Schönheit liegt immer im Auge des Betrachters.«

Bewundernd blickte er sie an. »Mein Auge würde Ihnen da bedingungslos recht geben.«

Sonja wurde rot und verlegte sich auf Smalltalk. »Das Kleid war meine Abschlussarbeit an der Modeakademie.«

»Sie entwerfen die Sachen selbst, die Sie hier verkaufen?«

»Alles.«

»Und der Laden läuft?«

»Manchmal hat man Null-Tage, da passiert gar nichts. Dann hat man noch einen Null-Tag und denkt, jetzt kann man gleich aufhören. Und dann wieder rennen sie einem die Bude ein, und man macht in einem Monat mehr Umsatz als in den letzten vier Monaten zusammen.« Sie verzahnte ihre Finger, hob die Hände vor die Brust und lachte. »Nichts für schwache Nerven und für Menschen mit Existenzangst.«

»Beides scheinen Sie nicht zu haben. Ich mag Frauen, die sich nicht geschlagen geben. Darf ich mich ein wenig umschauen?«

Sonja zögerte einen Moment. Eigentlich wollte sie los, wollte mit einer Freundin ins Kino. Vorher noch unter die Dusche, nach dem Film was essen. Einen Wein. Das Übliche. Schließlich zuckte sie mit den Schultern und willigte ein. Warum nicht? Sollte er gucken. Zur Not konnte sie auf die Dusche verzichten. Man würde sehen.

Sie mochte es, wenn Leute sich für ihre Arbeit interessierten. Sie fand ihre Kundinnen anziehend, sie waren stark und sexy, und es war ihr Job, ihre Lebensaufgabe sozusagen, diese Zauberwesen durch ihre Kleider noch schöner zu machen. Aber manchmal war es spannend, wenn sich ein Mann in diese Räumlichkeiten verirrte. Es kam selten vor, und es reizte sie zu erfahren, was Männer zu ihrer Mode sagten. Solange sie sie mochten. Wenn sie ehrlich war, musste sie zugeben, dass sie mit Kritik nicht souverän umgehen konnte. Nicht wirklich. Sie war eine scharfe Frau, die tolle Mode machte. Sie hatte etwas gefunden, worin sie gut war. Und genau das wollte sie hören. Gegenwind formt den Charakter? Mochte sein. Sie brauchte keinen.

Sie zeigte ihm ihre Kreationen. Sie arbeitete bevorzugt mit den frischen Farben des Meeres und den weichen Tönen von Eiscreme. Sie entwarf Röcke, Blusen, einteilige Anzüge. Aber am aufregendsten waren ihre Kleider. Mal ärmellos mit Neckholder, mal im Hemdstil mit Kragen und Knopfleiste, dann wieder mit viereckigem Ausschnitt, zum Wickeln. Sie schmeichelten jeder Frau, die sie trug, machten aus Körpern Figuren. Auf den Stoffen wuchsen die apartesten Blumen, sangen Vögel, spien Drachen Feuer. Für ihre aktuelle Kollektion hatte sie Korallen gewählt, in leuchtendem Rot auf blauem Grund. Das Thema Wasser hatte es ihr angetan. Es verkörperte für sie Schwerelosigkeit. Sinnlichkeit. Und wenn es als Meer daherkam, Sehnsucht und Fernweh. Als er sie bat, ihm ein paar Modelle vorzuführen, zauderte sie kurz. Es war nicht ihr Job. Sie war eine Macherin, kein Model. Aber am Ende war sie einfach zu neugierig, um Nein zu sagen, griff sich ein paar Bügel und zog sich in die Umkleidekabine zurück.

Sie wusste, wie fabelhaft sie in ihren Kleidern aussah, auch wenn sie für sich lieber auf Muster verzichtete und in der Regel etwas Einfarbiges wählte wie den violettfarbenen Catsuit heute.

Am Ende dieser kleinen Modenschau orderte er sechs Kleider. Darunter ein flaschengrünes mit Efeu-Ranken und ein zimtfarbenes mit Sternanis-Knospen. Sie erfuhr ein paar Dinge über ihn. Er hieß Simon Pinter, war achtundvierzig, wohnte in einer Altbauwohnung in der City und arbeitete als Produzent für Kino und Fernsehen. Die Kleider, so sagte er, seien für den Star seines nächsten Films, eine kurvige Blondine.

Das fand sie merkwürdig. Wozu gab es Kostümbildner? Doch der Verkauf dieser sechs Kleider sicherte die Ladenmiete für den nächsten Monat, und es machte sie stolz, eines Tages etwas aus ihrem Atelier auf der Leinwand zu sehen.

An dem Abend sagte sie die Verabredung mit ihrer Freundin ab und ging mit ihm hinüber zum Portugiesen. Sie tranken Wein und aßen Käse.

Am nächsten führte er sie groß zum Essen aus. Er wählte ein Restaurant nahe der Reeperbahn, wo die Stühle aus lila Samt und silbernem Kunstleder – und die Preise happig waren, und wo sie Jakobsmuscheln auf weißem Tomatenschaum und Kalbsbäckchen mit Kartoffelschnee bestellten.

An diesem Abend küssten sie sich über den Tisch hinweg, als die anderen Gäste des Restaurants bereits gegangen waren und sie sich unbeobachtet fühlten. Dann rückte er seinen Stuhl nach hinten, stand auf, kam zu ihr herum, nahm neben ihr Platz, setzte seinen Kuss fort, schob seine Hand unter ihre Bluse, legte sie direkt auf die nackte Kuhle über ihrem Steißbein und streichelte sie, bevor er begann, diese empfindsame Stelle mit drei Fingern zu massieren. Er wusste um sie Bescheid. Wusste, wie man sie anzufassen hatte, damit sie plötzlich schneller atmete. Bei dieser Berührung, genau an dieser Stelle, war sie ähnlich inkonsequent wie bei verführerischen Stoffen, gutem Essen und roten Lippenstiften. Seine Hand wanderte weiter. Das Stechen in seinen Augen war einem samtigen Glanz gewichen. Er war wild und gefährlich und sie voller Verlangen und Hunger nach Liebe. »Du hast den geilsten Arsch der Welt«, sagte er. Sie hätte über seine Ausdrucksweise empört sein können, aber sie war viel zu geschmeichelt. Sie fühlte sich wohl in ihrem Körper, immer schon, er war so viel besser als ihr Haar.

Sie umarmte das Leben mit beiden Händen und einige

Männer gleich mit. Warum etwas aufschieben, auf das es sowieso hinauslaufen würde? Früher oder später. So war sie. Es gab fleischfressende Pflanzen und Zierpflänzchen. Sie gehörte zur ersten Gattung.

Noch am selben Abend landeten sie im Bett. Als sie einen Blick in den Spiegel an ihrer Schlafzimmerwand warf und seinen nackten Hintern sah, klein und prall, der sich in rhythmischen Stößen auf ihrem Körper hob und senkte, ihrem Tempo angepasst, da wusste sie, dass sie perfekt harmonierten beim Sex. So wie ein Stein, den man ins Wasser wirft und der seine Kreise zieht, so breitete sich ihr Orgasmus in ringförmigen weichen Wellen über ihr Becken aus.

Sie liebte es, mit ihm zu schlafen. Ansonsten mochte sie ihn anfangs nicht besonders. Das war nichts Persönliches. Nichts, was ihn hätte verletzen müssen. Männer wie ihn konnte man vermutlich gar nicht verletzen. Sie hatten ihr Herz eingekapselt wie eine Mücke in Bernstein. Sie waren Liebhaber ohne Talent zur Liebe. Vielleicht bestand genau darin sein Reiz. Dass er tagsüber die Attitüde eines Paten hatte, kalter Hund, harter Knochen, aalglatt, mit den selbstgerechten Gesten des Erfolgs. Die leise Stimme, die zum Zuhören zwang, das Spielen mit Stift und Blackberry, das Kratzen von Kopf und Nase. Und dass er dann nachts in ihren Armen lag und schwach wurde.

Im Laufe der Zeit fing sie an, ihn zu mögen. Seinen Charme, seine Großzügigkeit, seine Intelligenz, seine Art, beim Denken und Kontern den Turbo anzuwerfen. Er konnte am Steuer sitzen und während des Einparkens am Telefon über Millionenprojekte reden.

Sie musste nicht tief in sich schürfen, um die perfekte Geliebte zu sein. Sie wusste, wie es ging. Sie spürte die

Macht, die sie über ihn hatte, wenn sie auf ihm war, er in sie glitt, sie ihr Becken kreisen ließ, ein paar Millimeter nach links, ein paar nach rechts, langsam, ganz langsam, ihre Stöße steigerte zu einem schnellen harten Ritt, sich über ihn beugte, ihre wippenden Brüste direkt vor ihm, an denen er sich festsaugte, bis sie steif waren. Wenn er wahnsinnig vor Erregung war, sie in seine Augen sah, die sie im Moment des Höhepunkts voller Erstaunen anblickten, als könne er es selbst nicht fassen, was mit ihm geschah, bevor er sich aufbäumte, sein Gesicht abwandte und seitlich ins Kissen drückte, weil er nicht wollte, dass sie mitkriegte, wie sein starrer Blick verschwommen wurde, wie sein Mund zerfloss, die strengen Lippen plötzlich weich wurden, wie alles an ihm wirkte eine Mischung aus Lust und Gier und Schmerz. Sie keuchte. Besser aber noch als ihr Orgasmus war das Gefühl, dieses provozierende Lächeln, das er immer mit sich herumtrug, mit jeder Berührung, jeder Bewegung von ihr aus seinem Gesicht wischen zu können.

Danach hielt er sie kurz im Arm, stand auf, duschte und telefonierte. Er duschte oft und telefonierte ständig, war Hygiene-Fanatiker und Technikfreak, immer am Handy, am Notebook, immer erreichbar. Beides genügte ihm als Büro, eine schmale Aktentasche noch, bestes Kalbsleder, das war seine Kommandozentrale. Sie hatte mal gelesen, dass Männer nach dem Orgasmus erschöpft waren, einer postkoitalen Müdigkeit anheimfielen. Nicht er. Bei ihm war das anders. Er redete schnell, er ging schnell, er dachte schnell, und nach dem Sex legte er noch einen Zahn zu. Sex schien das Aufladegerät zu sein, wenn sein Akku leer war. Er redete nie von Sex, sondern immer nur vom »Ficken«. Ficken war wie Filmemachen, es hatte was mit Macht zu tun. Das Netteste, was sie von ihm hörte, waren Komplimente über ihre Phantasie und Leidenschaft im Bett. »Du bist nicht so genügsam wie andere Frauen«, sagte er.

Ein paar Tage darauf lud er sie zu einer Charity-Gala ein. Sie kamen getrennt. Sie in einem von ihr entworfenen Kleid, ärmellos, V-Ausschnitt, hellgrau mit lila. Er mit Seidenschal zum Jackett. Er stellte sie als Kostümbildnerin vor und mied jeden Körperkontakt. Sie versuchte, seine Reserviertheit zu ignorieren, trainierte sich für den Abend ein Dauerlächeln an und beobachtete ihn aus einiger Entfernung. Wie er aus dem Fond einer Limousine schnellte, wie er Hände schüttelte, Wangen küsste, sich umsah, um niemand Wichtigen zu verpassen, seine Faust gegen die eines anderen Mannes drückte, yeah!, jemandem auf die Schulter klopfte, den rechten Daumen ausstreckte und wahllos auf Leute zeigte, nickte, zwinkerte, wie es amerikanische Politiker im Wahlkampf machten, wie er über den roten Teppich schritt, ins Blitzlicht lächelte, mechanisch, mit unbeteiligten Augen. Am Arm eine Schauspielerin. Rein geschäftlich, sagte er ihr später. An den Arm eines Produzenten gehöre nun mal ein Star. Das reichte Sonja als Erklärung. Und es reichte ihr, um sicher zu sein, dass sie in seinem Leben die Hauptrolle spielte, den Part der verführerischen, allzeit bereiten Geliebten, die irgendwann ins Scheinwerferlicht treten würde. Man musste nur Geduld haben. Sie hatte Geduld. Und sie glaubte daran, dass alles irgendwann belohnt würde. Sie würde sogar Fährten mit Puderzucker im Schnee markieren, wenn es ihr dabei half, voranzukommen.

Am nächsten Abend in ihrem Bett war er wieder ganz bei ihr. Gehörte ihr allein. Und sie befriedigte ihn mit einem feinen, fernen Lächeln. So als schwebe sie gerade in seinen geheimsten Träumen herum.

Sie begann, sich in ihn zu verlieben. Warum ausgerechnet in ihn, hätte sie selbst nicht sagen können. Welchen Knopf hatte er bei ihr gedrückt, dass sie die Augen zumachte?

Er redete nicht viel über sich. Er wirkte wie ein komplizierter Kerl mit guten Kontakten und einer verkorksten Seele. Er erzählte nicht, woher er kam und wohin er ging, und er verbat sich neunmalkluge Fragen, Kontrolle und Eifersucht. Er lebte für seinen Job, brannte für neue Projekte.

Und sie? Sie begann, auf ihn zu warten. Oft wusste sie nicht, wann er kam. Ob er kam. Saß zu Hause in einem ihrer schönen Kleider, mit hochhackigen Schuhen, duftete nach schwerem Parfüm, hatte die Lippen perfekt lackiert, hielt das Essen warm und den Wein kalt, manchmal tauchte er auf, manchmal nicht. Dann trank sie den Wein allein, blies die Kerzen aus, stellte das Essen in den Kühlschrank oder kippte es voller Wut in den Abfall, schminkte den knallroten Lippenstift ab, ging schlafen. Wenn er dann doch noch kam, hatten sie leidenschaftlichen Sex, der seinen Anfang nahm, in dem er sie fast brutal küsste, als wolle seine Zunge all die Zweifel aus dem Weg räumen, die sich inzwischen in ihr angestaut hatten.

Die Warterei war demütigend. Es war das, was sie nie gewollt hatte. Sie hätte nicht so schnell mit ihm ins Bett gehen dürfen, warf sie sich vor. Männer liebten keine Rehe, die sich mit waidwunden Blicken auf die Fußmatte vor ihrer Tür sinken ließen und darauf warteten, dass man sie hereintrug und erlegte. Sie wollten jagen. Sie hatte es ihm zu leicht gemacht. Das hatte sie nun davon.

Das Gefühl der Verzweiflung klammerte sich an ihr fest. Es ließ nur noch wenig Raum für anderes. Hinzu kam seine Art, sie zu kritisieren. Sie war jetzt verhaltener in ihren Äußerungen, wenn er bei ihr war, verbot sich ihre Spontaneität, klopfte ihrer großen Klappe auf die Finger. Wurde zum Zierpflänzchen. Sie merkte, wie sich ihre Kreativität der Fieberkurve ihres Liebeslebens anpasste. Mal war alles möglich. Mal ging gar nichts. Sie hätte alles dafür getan, um diese lockere Liebesaffäre in eine feste Bindung umzuwandeln, und er? Er tat nichts. Er genoss den Sex mit ihr, jederzeit, überall, sogar in der Kabine vor dem großen Spiegel, wenn sie ihm ihre neuen Entwürfe vorführte, die Kleider, Röcke und Blusen. Besonders reizte ihn eine nicht abgeschlossene Tür, durch die ohne Vorwarnung jemand in den Laden hineinspaziert kommen konnte. Sie liebte ihn immer mehr, so wie man manchmal einen Menschen liebt, von dem man weiß, dass er einem nicht guttun wird, einfach deshalb, weil er in der Lage ist, in all der Alltäglichkeit das geheime Feuer der Erwartung zu entfachen.

Er blieb nie über Nacht bei ihr. Er sprach nie über seine Freunde. Hatte er überhaupt Freunde, fragte sie sich manchmal. Ein Mann wie er, der alles dem Erfolg unterordnete und der schon früher als kleiner Junge auf dem Schulhof Kaugummi mit fünfundzwanzig Prozent Preisaufschlag weiterverkauft hatte, geschäftstüchtig wie er war. Heute verkaufte er mit seinen Filmen Träume, Sehnsüchte, Illusionen, machte aus Sternchen Stars. Holte dafür andere von der Milchstraße auf die Erde zurück. Das konnte er bestimmt gut.

Er heimste Preise ein, lockte Millionen vor den Fernseher und ins Kino, war ständig auf Reisen, brachte es zum Vielflieger mit sechshunderttausend Meilen in zwei

Jahren. Das waren umgerechnet, so lernte sie, vierundzwanzig Flüge um die Erde. Man chauffierte ihn mit einer Limousine zur Gangway, er übernachtete in Fünf-Sterne-Hotels auf Java oder in Namibia, denn er liebte es, Filme in Asien oder Afrika zu drehen, er trug italienische Designeranzüge, rahmengenähte englische Schuhe und aß rohen Thunfisch auf schwarzen Nudeln.

Wenn sie Pläne machte, zaghaft anklopfte, wie es denn sei mit einem gemeinsamen Wochenende am Gardasee oder ein paar Tagen Paris, musterte er schweigend die Fasern seines Sakkos, bis sie sich selbst dumm und aufdringlich vorkam, da sie so viel Liebe an den Tag legte und er keine. Er war wohl nicht dafür gemacht, Gefühle in Geschenkpapier zu wickeln und sie ihr zu überreichen. Das tat weh, war ihr aber Trost zugleich. Denn so hatte er auch keine für eine andere.

Sie war sich ziemlich sicher, dass die Granate mit Größe vierzig, für die er die Kleider bestellte, privat nichts mit ihm zu tun hatte. Auf der Leinwand wirkte sie wie eine, die zweiundvierzig trug, wenn nicht noch eine Größe mehr. Von ihm wusste sie, dass das zwar normal, aber nicht sein Geschmack war. Die Kamera schummelte einem fünf bis sieben Kilo mehr auf die Rippen. Das war nur fair, fand sie. Der gerechte Ausgleich für die, die im Leben aktuell in der Sonne standen. Als er ein paar Kleider und Blusen in Größe sechsunddreißig orderte, wurde sie hellhörig. Eines davon war ihr Lieblingskleid. Auf schwarzem Grund tanzten elfenbeinfarbene Mädchen Ballett. Sie liebte dieses Design, sie liebte es, wie die Mädchen elegant die Arme über dem Kopf beugten, und sie liebte die festgezurrten Haarknoten. Er nannte ihr eine Hamburger Adresse, an die die Ware geliefert werden sollte.

Als sie ihn darauf ansprach, sagte er, es gebe durchaus auch Schauspielerinnen mit Größe sechsunddreißig und verbat sich für die Zukunft ihre Schnüffelei. Schweren Herzens untersagte sie sich ihre Neugier. Sie hatte ein paar Mal erlebt, wie heftig seine Reaktion darauf sein konnte, wenn sie in seinem Leben herumstocherte. Irgendwann beschloss sie, seine Verschlossenheit hinzunehmen und verlegte sich darauf zu genießen, was er ihr bot: das Gefühl, dass er ihr ganz allein gehörte, wenn er nackt in ihren Armen lag. Und den Erfolg, den sie plötzlich hatte, denn ihre schmeichelnden Kleider am Körper der Granate, die auf den Namen Elsa Turin hörte, machten Furore. Immer mehr neue Kundinnen kamen. Sie mietete einen Showroom in Eppendorf. Sie organisierte Modenschauen. Frauenzeitschriften wurden auf sie aufmerksam. Die kleine Schlange mit dem Apfel wurde zu ihrem Markenzeichen und zierte die Einnäher mit ihrem Namen. Seit Beginn ihrer Karriere nannte sie sich Flora Paradies. Den Namen hatte sie vor Jahren auf einem Grabstein des Jüdischen Friedhofs am Prenzlauer Berg in Berlin gelesen. Er hatte ihr auf Anhieb gefallen, und sie hatte ihn zu ihrem Pseudonym gemacht. Er klang nach Hoffnungen, nach Träumen, nach weit zurückliegenden Nächten und nostalgischen Klängen. Nach Sinnlichkeit. Und Weiblichkeit. Er war ein Versprechen auf Glück. Er war die Inkarnation der Frau schlechthin.

Eines Abends, als ein Modemagazin sie für ein Interview zum Essen bat, schlug sie das elegante Restaurant mit den silbernen und lila Stühlen vor, bestellte Zanderfilet und dazu ein Glas gut gekühlten Riesling. Sie war sehr routiniert inzwischen in diesen Dingen. Die Zeit der mittellosen Designerin war passé. Die Spaghetti mit fertig gekaufter Tomatensauce aus dem Glas und der Pinot

Grigio für 2,49 Euro waren ein der Vergangenheit angehörendes Armutszeugnis. Sie hatte es geschafft. Der Erfolg schmeckte. Sie trainierte sich zusätzlich zum knallroten Lippenstift ein paar weitere Marotten an wie die, nie ohne hohe Absätze und riesige Klunker an den Fingern auszugehen, und rauchte ihre Menthol-Zigaretten mit Spitze. Sie hatte es weit gebracht für ein Mädchen, das auf einem rheinlandpfälzischen Bauernhof zwischen Schweinen und Kühen aufgewachsen war, das als Kind immer etwas zu viel Fleisch am Körper gehabt hatte und Augenbrauen, dick wie Watterollen.

Sie erzählte der Redakteurin gerade, wie erfüllend es ist, Frauen noch reizvoller zu machen, keine Hungerhaken, die eine Pampelmuse einer Praline vorzogen, nein, richtige Frauen, echte Weiber, und sie unterstrich ihren Monolog mit ausladenden Gebärden. Die Arme ausgebreitet, die Handflächen himmelwärts gerichtet wie die Jesus-Statue von Rio de Janeiro, eine der Gesten des Erfolges, die sie ihm abgeguckt hatte. Dazu ihr Lachen, dieses Lachen mit weißen Zähnen und weit aufgerissenem Mund, das wie ein Schalter war, mit dem man Licht anknipste und das den ganzen Raum erhellte. Der Zander kam. In dekorativer Begleitung von Paprika-Couscous.

»Und jetzt«, sagte sie zum Zander, »werde ich dich hübsch über meine Zunge flanieren lassen. Und du«, sagte sie zum Wein, »hältst dich zurück, damit er nicht stolpert.«

Die Redakteurin schaute sie mit hochgezogenen Augenbrauen an. Sonja lächelte erhaben wie eine Königin und sagte das, was sie in der Situation allen sagte: »Ich spreche mit meinem Essen.«

Plötzlich sah sie ihn. Er war weit weg von ihr, in dem Raum nebenan, auf einer roten Lederbank vor einer Steinwand unter Weinflaschen, die in den Mauernischen lagerten. Ihm gegenüber saß die Granate, die ein wenig schmaler wirkte als auf der Leinwand. Sie zupfte manchmal an ihrem linken Ohr, bevor sie sich mit routiniertem Lächeln wieder auf den Mann auf der anderen Seite des Tisches konzentrierte. Sie lachten, hatten keine Blicke für die anderen Gäste, die Elsa Turin anstarrten, den Star, und die jeden Bissen registrierten, der in ihrem Mund verschwand. Es war ein heimliches Hinschauen, man war in Hamburg, man liebte es dezent. Er kostete von ihrem Teller. Er küsste ihre Hand, jeden einzelnen Fingerknöchel. Kaum war die Redakteurin gegangen, bestellte sich Sonja noch einen Wein und einen Kaffee, ohne Milch, ohne Zucker, trank beides hastig aus, dann stand sie auf, betrat den Nebenraum und ging auf das Paar an dem Zweiertisch zu. Sie fühlte Mut und Wut, der Wein tat seine Wirkung. Darauf war Verlass, gottlob.

Sie guckte den Mann an, bekämpfte das glühende Verlangen, ihn zu schlagen, ihn zu küssen, erst das eine, später das andere, dann wandte sie sich an die Frau. »Schönes Kleid«, sagte sie. »Sie haben Glück gehabt. Ich wollte die Kollektion eigentlich gar nicht für Ihre Größe schneidern.« Damit ging sie. Im Hinausgehen vernahm sie das empörte Schnauben der Frau in ihrem Rücken. Sogar das entsetzte Schweigen der Gäste konnte sie hören. Sie suchte die nächste Bar auf, bestellte sich einen Wein. Noch nie war sie der Typ gewesen, der gleich nach dem Essen nach Hause ging. Sie brauchte ein paar Seelentröster. Und nach den Seelentröster-Gläsern noch einige Lust-Gläser, als sie einen Mann aufgegabelt hatte, sich die Lust aber nicht einstellen wollte.

Simon Pinter rief sie noch einmal an und beschimpfte sie. Ein Mädchen ohne Moral sei reizvoll. Eines ohne

Manieren werde ihn nur unnötig in Schwierigkeiten bringen, sagte er, und das könne jemand wie er, der in der Öffentlichkeit stehe, sich nicht leisten. »Ich mag leidenschaftliche Frauen, die sich auch mal auf der Herrentoilette vergessen, aber man sollte immer wissen, wie man seine Teetasse zu halten hat. Wenn du verstehst, was ich meine!«

»Du neureiches Arschloch mit deiner dicken Uhr willst mir was von Benehmen erzählen, nur weil du ab und zu zum Golfen nach Montreux fährst? Gutes Benehmen heißt: Menschen gut zu behandeln. Und nicht gleich bei der erstbesten vollbusigen Schlampe den Gürtel aufzumachen.«

»Wenn du einen netten Mann willst, musst du sonntags zum Gottesdienst gehen.«

»Ich will einen, mit dem man leben kann. Einen, der nicht gleich eine andere fickt, nachdem man ihm seine Scheiß-Spiegeleier mit Currypulver gebraten hat, weil er immer Hunger hat nach dem Sex.«

»Solide Männer findet man samstags an der Wursttheke im Supermarkt. Oder im Kochkurs.«

»Du bist ein Charakterschwein, feige, widerlich, zum Kotzen.«

Er legte auf, ehe sie zu Ende getobt hatte, und sie begann zu weinen.

Sie sah Simon nach ihrer knapp einjährigen Affäre nie wieder, und aus der aufstrebenden Designerin mit den rot lackierten Lippen wurde ein unglückliches Mädchen, das für seine Dummheit mit riesigem Liebeskummer bestraft wurde. Manchmal sah sie Fotos von ihm in bunten Blättern. Mit schönen Frauen, jünger als sie, ohne Fett, ohne Falten, ohne Schatten. Er hatte sich seine Zorro-Maske aufgesetzt, sein schwarzes Cape übergestülpt, wie es sich für einen Don Juan gehört, und war mit anderen Frauen davongeritten. Die Granate wollte fortan keine Kleider mehr von ihr tragen. Sonja nahm ihr das noch nicht einmal übel. In ein paar Magazinen wurde lanciert, ihre Mode sei out. Auch die anderen Kundinnen blieben aus. Die Geschäfte gingen schlechter. Als überraschenderweise der Großauftrag eines Versandhauses kam, hatte sie nicht das Geld, um dafür den en gros benötigten Stoff zu kaufen. Das Versandhaus verlor die Geduld und suchte sich einen anderen Designer. Ein paar Anzugträger von der Bank machten ihr das Leben schwer. Sie ging auf zu viele Partys, trank zu viel Alkohol, nahm ein paar Drogen, rutschte ab. Nannte sich nicht länger Flora Paradies, sondern kehrte zurück zu ihrem bürgerlichen Namen Sonja Wirsching. Irgendwann landete sie bei dreißig Quadratmetern Wohnfläche und Nudeln mit Ketchup jeden Tag, bevor es auch damit bald vorbei war. Sie zuckte nur mit den Schultern, wenn sie an die Zukunft dachte. Viel mehr würde nicht mehr kommen. Sie war ein Wrack, das am vergangenen Sonntagabend in Gerits Schlafzimmer schwach geworden war und wissen wollte, wie es sich anfühlte, noch mal hineinzuschlüpfen: in ein Kleid, das sie gemacht hatte, in ihr altes Leben.

In etwa war das die Geschichte, die sie Gerit erzählte. Aber da man Fremden gegenüber, vor allem Frauen wie Gerit Liebke mit dieser Contenance, die luftabschnürend saß wie ein Mieder, hinsichtlich Details zurückhaltend sein sollte, behielt sie einige Dinge für sich. (Die Szene zum Beispiel, wie sie in schwarzen Dessous an einen Heizkörper gefesselt war, während er sie auf dem Bett liegend betrachtete, eignete sich nicht so gut, um bei einem kleinen Abendmahl in der Küche zum Besten gegeben zu werden.)

Keine von ihnen hatte noch Hunger. Die Kruste vom Käse, eingeritzt und nach außen über den Rand der Holzschachtel wuchernd, war schon fast schwarzbraun, die teigig gelbe Masse in der Mitte voller Fettbläschen, der Geruch aus dem Ofen penetrant. Gerit wurde übel. Die Gemüsefrikadelle vom Kantinenessen heute Mittag stieß ihr auf. Sie war geschockt von Sonjas Erzählung.

»Habe ich zu schnell gesprochen?«, fragte Sonja. »Ich habe lange nicht mehr mit jemandem geredet.«

»Ich habe alles verstanden, was Sie gesagt haben«, erwiderte Gerit langsam. »Ich habe genug gehört.«

»Wie kommen Sie zu dem Kleid?«, sprudelte es aus Sonja heraus. »Es war eines aus der Lieferung für Größe sechsunddreißig. Und es gab nur eine Handvoll Modelle. Ich habe mich immer geweigert, mehr von einem Entwurf zu schneidern. Ich wollte exklusiv sein.«

»Ich glaube nicht, dass *Sie* das Recht haben, hier die Fragen zu stellen. Wir befinden uns im Augenblick, soweit das Auge reicht, auf einem Minenfeld. Was mich interessiert: Wie kommen Sie hierher?«

»Ich hatte diese Adresse im Kopf seit dem Lieferauftrag von damals. Sie hatte sich in mein Hirn zementiert wie Taubendreck auf einem Balkon, der sich immer mehr einfrisst, wenn man ihn nicht gleich entfernt. Ich wollte immer wissen, für wen er die Klamotten bestellt hat. Glauben Sie bloß nicht, ein göttliches Geschick oder die Sterne oder höhere Gewalt hätten mich zu Ihnen geführt«, stieß Sonja zwischen zusammengepressten Lippen hervor.

»Und dafür haben Sie drei Jahre gebraucht?«

»Nach meinem Absturz war ich viel zu betäubt, um

noch irgendwas auf die Reihe zu kriegen. Die Stunden verpufften, die Tage schwanden dahin. Mein Leben war nutzlos. Mein Talent vergeudet. Alles war umsonst. Ich hatte keinen Plan mehr. Es wurde Sommer, es wurde Herbst, es wurde Winter, das Ganze begann wieder von vorn, das nächste Frühjahr brach an, der nächste Sommer, gnadenlos, ein grausames Spiel, all die Jahre lang. Ich dachte noch viel an ihn, immer noch, immer wieder. Ich vermisste *ihn*, und vor allem vermisste ich *mich*. Die Frau, die ich mal gewesen bin.« Sie nahm einen Schluck Wasser und lauschte ihren Sätzen nach, bevor sie weitersprach: »Als die Benommenheit langsam nachließ und ich wieder einen klaren Gedanken fassen konnte, kreiste er immer nur um die Frage: Was hatte er für Geheimnisse?«

Die Luft war angefüllt mit Käsegeruch, Wut und Hass. Gerit spürte, wie es ihr den Hals zuschnürte.

»Sie tauchen hier einfach so auf mit Ihrem dreckigen Schlafsack und wollen mich ausspionieren?«, fragte sie, zornig und ungebremst.

»Ich hätte mich Ihnen nie genähert«, sagte Sonja, »wären Sie nicht zufällig im Treppenhaus über mich gestolpert. Also doch Fügung?« Sonja ging mit einem Achselzucken darüber hinweg und fuhr fort: »Wir kamen in Kontakt, und ich erfuhr Ihren Namen und dachte: ›Guck doch mal, was dabei herauskommt.‹ Ich kann nicht mehr zu meinem alten Leben zurückkehren. Aber ich kann auf seines zurückblicken und vielleicht einiges verstehen.« Sie wickelte eine Haarsträhne um ihren Finger und lachte bitter. »War vermutlich eine Scheiß-Idee. Habe wohl einfach zu viel Langeweile.«

Gerit hatte Angst zu ersticken. Sie sprang vom Stuhl hoch und riss das Küchenfenster auf. Regen knisterte gegen die Scheibe.

Gerits Augen blickten kalt, und sie sprach mit kaum hörbarer Stimme, als sie sich zu Sonja umwandte. »Nehmen Sie Ihr Kleid und verschwinden Sie!«

Sie lief aus der Küche, stürzte ins Schlafzimmer und rupfte mit der gesunden Hand die Tänzerinnen mit dem Tutu vom Bügel. Dann trampelte sie auf dem Stoffhäuflein herum. Ihre ganze Wut ließ sie an dem Kleid aus. Die Wut auf diese dahergelaufene Designerin. Die Wut auf sich selbst und auf diesen kompakten Panzer um ihr Herz, mit dem sie die letzten Jahre als emotionaler Mutant durchs Leben gerollt war. Die Wut auf diese saudumme Angewohnheit, immer vernünftig zu sein, für alles eine Erklärung, eine Besserwisserei, eine Entschuldigung zu haben. Die Wut auf ihre Toleranz, mit der sie jeden seiner Fehltritte gerechtfertigt hatte, weil es ihr blödes Versprechen gab, keinen Mönch aus ihm machen zu wollen.

Erschöpft sank sie auf die Bettkante und schlug die Hände vors Gesicht.

Es entging ihr nicht, wie Sonja das Zimmer betrat, das Kleid von der Erde nahm und es zurück auf den Bügel hängte. Gerit hatte sich sofort wieder gestrafft, sobald Sonja unaufgefordert eingetreten war. Nichts Aufrechtes durfte gekrümmt werden, nichts Gerades verbogen.

»Es wäre doch schade drum«, sagte Sonja und strich mit einer zärtlichen Geste über die Ballerinas. »Ich habe schöne Stoffe immer geliebt. Genau wie ihn.«

»Sie haben ihm nichts bedeutet«, sagte Gerit nach einer Weile des Schweigens mit tonloser Stimme, den Körper wie auf Draht gespannt. »Das ist Ihnen doch hoffentlich klar. Er hat Ihnen seinen Körper gegeben, aber nicht sein Herz und seine Seele. Er hat Sie verlassen und an der nächsten Ecke vergessen. Hat er Ihnen jemals etwas von sich erzählt? Etwas, das über seine Arbeit hinausging?«

»Er wollte immer alles von *mir* wissen. Und ich habe es genossen. Es gibt selten genug Männer, die einer Frau zuhören.«

»Weil in jedem Leben Stoff für eine gute Geschichte stecken könnte. Deshalb sein Interesse.«

»Das war es nicht allein.«

»Nein? Was denn sonst? Sie haben gegeben. Er hat genommen. Was wissen Sie denn schon von ihm, außer dass er mit vier Stunden Schlaf pro Nacht auskommt und japanische Küche liebt? Hat er Ihnen irgendwann mal was über seine Eltern erzählt? Seine Kindheit?«

»Aber Ihnen, wie?« Sonja starrte sie mit offenem Mund an, während das Kleid wieder vom Bügel rutschte und auf die Erde sackte. »Woher kannten Sie ihn überhaupt?«

»Wir waren zusammen«, sagte Gerit nach einer Weile im Flüsterton, und auch die nächsten beiden Wörter kamen auf Zehenspitzen. »Sechzehn Jahre.«

Sonja schloss die Augen. Als sie die Lider wieder öffnete, stieß sie keuchend hervor: »Das ist nicht wahr. Er war nicht verheiratet.«

»Ich habe nicht gesagt, dass wir verheiratet waren.«

»Er war mit niemandem fest zusammen.« Sonja stampfte mit dem Fuß auf wie ein bockiges Kind. »Das hätte er mir gesagt. Er hat mir immer alles gesagt. Er hätte mir Details über Ihre Beziehung erzählt.«

»Details?«, stieß Gerit unter höhnischem Lachen hervor. »Die hatte er längst vergessen. Rosamunde-Pilcher-Frauenkram nannte er das.«

»Ich hätte über Sie beide in der Klatschpresse gelesen.«

»Haben Sie jemals etwas Privates über ihn aus den Zeitungen erfahren?«

»Ich habe *Sie* nie gesehen. Andere Frauen begleiten

den Mann, den sie lieben, zu Partys und Premieren, laufen mit ihm über den roten Teppich.«

»Wenn es sie ins Licht der Öffentlichkeit drängt. Wenn es der Ruhm ist, der beide verbindet.«

»Haben Sie irgendwelche Indizien, wie Ihr furztrockenen Juristen das nennt? Urlaubsfotos oder so?«

»Indizien?« Gerit lachte kurz und spröde. »In dem Fall sollte Ihnen die Behauptung als Beweis reichen. Er hat Sie eiskalt abserviert, nicht wahr? Gelangweilt von Ihnen und Ihrer kleinen Affäre, so war es doch?« Gerit legte die Hand an die Stirn, als litte sie unter Migräne. Dann zog sie sie wieder fort, räusperte sich und sprach mit fester Stimme: »Reden wir Klartext! So war es immer.«

»Das macht Ihnen Spaß, Menthol in offene Wunden zu schmieren, wie? Anderen weh zu tun, sie zu verletzen. Mich betrügt man nicht. Nicht mit anderen Geliebten und nicht mit der Freundin«, sagte Sonja. Erst recht nicht mit einer, dachte sie verbittert, für die Seidentücher, Zuchtperlen und die Farbe Beige erfunden worden waren und die ganz danach aussah, als habe sie sich jegliche Lust verkniffen, die tapfere kleine Generalin ohne vier goldene Sterne auf den Schulterklappen.

Er war nicht der Typ Mann, so hatte sich Sonja eingeredet, der jeden Morgen neben derselben aufwachte, um eine Uhrzeit, zu der weder Schminke noch Haarbürste zum Einsatz gekommen waren. Der sich beim Frühstück die Zeitung teilte und wie selbstverständlich von ihr die obere Seite des Brötchens entgegennahm, weil er sie lieber mochte, ihr dafür die untere überließ und aus seiner Hälfte das Innere herauskratzte, um es ihr wortlos auf den Teller zu legen. Er wirkte nicht wie jemand, der seine Nächte an der Seite einer Frau verbrachte, die mal

Schnupfen, mal Kopfschmerzen und ihre Tage hatte, vielleicht hin und wieder Rückenprobleme, Schwindel oder Panikattacken, ihre Träume, die guten und die schlechten, und mit der er nach dem Abendessen darüber streiten musste, wer das größere architektonische Geschick beim Einräumen der Spülmaschine bewies und welche Gäste zum Silvestermenü willkommen waren und welche nicht (ein Großteil vermutlich nicht, Simon Pinter machte nicht den Eindruck, dass er im Privatleben viel Wert auf die Gegenwart anderer Menschen legte).

Und jetzt das. Das zu hören! Lebensgemeinschaft. Partnerschaft. Sechzehn Jahre lang eine Frau an seiner Seite. Der ganze faule spießige Zauber.

Nicht er.

Er doch nicht.

Sie musste ihn schon vor einer Weile ausgemerzt haben mit Stumpf und Stiel. Kein Flatscreen, kein kantiges Ledersofa, keine Lautsprecherboxen. Es war immer noch nicht besonders kuschelig hier, aber nichts in dieser Wohnung erinnerte mehr an einen Mann.

»Hat er überhaupt hier gewohnt?«, fragte Sonja und versuchte gar nicht erst, die plötzlich einsetzende Feindseligkeit zu kaschieren. Ihre Stimme fegte wie ein Eissturm durchs Schlafzimmer. »Oder hatten Sie eine dieser offenen Beziehungen, in denen jeder seine eigene Bleibe hat, damit man sich nicht in die Quere kommt beim Rumbumsen?«

Sonja sah Gerit kampfeslustig an. Doch die spielte ihre Rolle weiter. Den Part der Lady aus besseren Kreisen, die mit Goldrandgeschirr aufgewachsen war und mit Brockhaus auf dem Scheitel, um Haltung zu üben. Vielleicht war sie das ja gar nicht, schoss es Sonja durch den Kopf.

Vielleicht war ihre Mutter ein Gras rauchender Hippie gewesen, geprägt von Flowerpower und Woodstock, oder ihr Vater ein Säufer, der jeden Tag bei Schnaps-und-Bier-Gedeck in seiner Stammkneipe gesessen hatte, immer auf dem zweiten Hocker von rechts an der Bar, immer denselben Song aus der Musikbox. Wie auch immer. Gerit wirkte nun mal so verflucht nobel und ausgewuchtet, so elegant und ungebrochen, im Küchenschrank Dinkel, im Herzen Dünkel.

»Gehen Sie, bitte!«, forderte Gerit sie auf. »Nein, warten Sie!«, hielt sie Sonja eine Sekunde später zurück. »Wenn Sie gewusst hätten, dass es jemanden in seinem Leben gibt …?«

»Hätte ich es auch getan«, fiel ihr Sonja ins Wort. »Lieber eine Liebe verloren, als nie eine gehabt. Er hätte jede rumgekriegt.«

»Er *hat* jede rumgekriegt«, sagte Gerit und schlug die Beine übereinander. »Aber er war so geschickt, es die anderen nicht merken zu lassen. Und wenn es eine gemerkt hat, war sie ihm schon längst egal geworden, und die Sache war vorbei.«

»Wie bekloppt kann man sein?!« Sonja raufte sich die Haare und bückte sich, um mit zitternden Fingern das Kleid aufzuheben. »Sechzehn Jahre mit einem Monster. Und wissen Sie was? *Ich* liebe dieses Monster immer noch. Was sagen Sie dazu, Frau Richterin?«

»Hören Sie auf!« Gerits Stimme klang scharfkantig wie ein Messer. »Hören Sie auf, andere Menschen zu quälen mit Details und Ihren gefühlsduseligen Erinnerungen!«

Das war Mentholsalbe in einer offenen Wunde, dachte Gerit.

»Und jetzt? Wo ist er jetzt?«, unterbrach Sonja ihre Gedanken.

»Das interessiert mich nicht. Irgendwo. Auf Reisen vermutlich. Wahrscheinlich immer dort, wo ein Flughafen in der Nähe ist.«

Sonjas Augen waren ganz dunkel vor Kummer, sie warf den Kopf in den Nacken, um ihre Tränen zurückzuhalten, aber ein paar tropften auf das Stück Stoff in ihren Händen.

»Er ist gegangen und hat noch nicht mal Tschüs gesagt«, wisperte sie und wollte Gerit das Kleid reichen, aber die schüttelte den Kopf.

»Ich will es nicht mehr. Jetzt weiß ich auch, wieso Sie die Bluse nicht haben wollten.«

»Zu viel von damals. Zu viel Schmerz. Würden Sie mir erzählen, wie er früher war?« Fast klang es wie ein Flehen. Sonjas Stimme vibrierte, und als sie einen Blick von sich selbst im Spiegel erhaschte, konnte sie sehen, wie müde sie war. Alle Farbe war aus ihren Wangen gewichen, die Haut wirkte vergilbt wie auf einem alten Bild, den Augen fehlte Glanz.

»Nein. Die Erinnerungen gehören mir allein.«

»Warum glaubt ihr Ehefrauen eigentlich immer, dass ihr ihn gepachtet habt? Dass er euch gehört – auf Lebenszeit? Dass ihr einen Mann besitzt?«

»Ich sagte doch, dass wir nicht verheiratet waren.«

»Sechzehn Jahre! Das ist wie verheiratet, verdammt noch mal! Da kann der eine aussprechen, was der andere denkt.«

»Was wissen Sie schon?«

»Ich will auch nichts wissen. Nichts mehr von Simon. Nichts von Ihnen.« Sonjas Pupillen weiteten sich vor Wut, ihre Augen bohrten sich in Gerits. »Nichts mehr von diesen Klamotten.« Sie ging mit dem Kleid ins Wohnzimmer, nahm ein Päckchen Streichhölzer, das neben der

Kerze auf dem Couchtisch lag, zündete es an, hielt den Zipfel des Saums in die Glut, bis er Feuer fing. Die Flammen fraßen sich nur langsam vorwärts, so als trauten sie sich nicht so recht ran an den glänzenden, geschmeidigen Stoff aus Seide, dem ein kleiner Stretchanteil beigemischt war. Sonja hatte Seide immer geliebt; es knisterte so schön beim Zusammendrücken, ein dumpfes Knirschen, als würde man durch frisch gefallenen Schnee laufen.

Das war vorbei. Jetzt sollte nichts mehr an ihre Vergangenheit erinnern. Sie würde nie mehr ein Kleid schneidern, sie würde nie mehr einen Mann bis zur Selbstaufgabe lieben, sie würde überhaupt keinen Mann mehr lieben, sie würde nie mehr ein Teesieb oder ein Spannbettlaken kaufen, nie mehr einen Flug buchen oder ein Konto eröffnen, denn ihr Leben würde nie mehr in bürgerlichen Bahnen verlaufen.

Sie starrte geistesabwesend auf die am Stoff züngelnden Flammen, als Gerit hereingestürzt kam, ihr das Kleid aus der Hand riss, auf den Balkon rannte und das brennende Bündel auf den Rasen warf, wo die Nässe der Wiese das Feuer langsam erstickte. Ein paar Kaninchen stoben aufgescheucht davon, die normalerweise in einem Drahtverhau direkt neben der Feuerstelle ihre Tage verbrachten, aber soeben von ihrem Besitzer, dem Hausmeister, ihren abendlichen Ausgang bekommen hatten. Die weißen Vorhänge flatterten. Durch das Zimmer wehte ein frischer Wind. Es war einer der letzten winterlichen Abende des Jahres, kühl und klar.

Erst jetzt realisierte Gerit, dass es bei ihr an der Wohnungstür Sturm klingelte.

»Halten Sie wenigstens jetzt Ihren Mund, Sie Wahnsinnige!«, befahl sie Sonja. »Ich gedenke nicht zu öffnen.«

Sie fühlte sich viel zu erledigt, um auch nur eine halbwegs manierliche Konversation auf der Türschwelle zu führen.

»Vielleicht ist es die Feuerwehr«, raunte Sonja, die plötzlich zur Vernunft gekommen zu sein schien und einen ebenso verschreckten Eindruck machte wie die Kaninchen, die vor dem brennenden Stück Stoff geflüchtet waren. »Oder die Polizei.«

Nun wurde mit der Faust gegen die Tür geballert. »Herrgott noch mal! Merken die nicht, dass keiner zu Hause ist?«, knurrte Gerit.

»Mach auf! Ich weiß, dass du da bist!«, schallte es durch die Wohnungstür.

»Katja«, murmelte Gerit. Diese kratzige Stimme erkannte sie unter Hunderten.

»Ich lasse die Tür aufbrechen!«

»Ich bin nicht da!«, rief sie Richtung Flur.

»Wo bist du? Lachse angeln in Alaska? Oder beim Ikebana in der Volkshochschule? Nun mach schon auf!«

Gerit rollte mit den Augen.

»Oder lässt du dich gerade von einem Partytiger schwängern, nachdem ihr euch mit einer Pulle ›Jägermeister‹ in Stimmung gebracht habt? Nur dann hätte ich Verständnis dafür, mich hier draußen stehen zu lassen.«

Da sie noch mehr Aufruhr im Treppenhaus vermeiden wollte, blieb Gerit nichts anderes übrig, als zur Tür zu gehen. Sie riss sie so energisch auf, dass es Katja gerade noch schaffte, ihr nicht vor die Füße zu purzeln, was aufgrund ihres etwas plumpen Körperbaus durchaus zu einer kleinen Slapstickeinlage getaugt hätte.

»Du kannst vielleicht *Nerven* kosten«, stöhnte Katja und lehnte sich an Gerit.

»Und du kannst *nerven*. Was soll das Theater?«

»Ich dachte, ich bringe dir dein Geld wieder. Normale

Menschen brauchen so was manchmal.« Sie richtete sich auf, zog einen Fünfzig-Euro-Schein aus der Seitentasche ihrer dunkelgrünen Wachsjacke, reichte ihn Gerit und fuhr sich mit beiden Händen durch die blonden Haare, die wie immer mit Haarspray betoniert waren und aussahen wie die Plastikfrisur einer »Playmobil«-Figur.

»Danke.«

»Du bist nicht allein?«, erklang es in diesem Moment wie aus einem Munde.

Die Frage hatten Katja *und* Gerit gleichzeitig gestellt. Während Katja ihr über die Schulter schaute, wo sie Sonja auf der Schwelle zum Wohnzimmer erspähte, fiel Gerits Blick auf die geöffnete Tür, in der André Anson stand.

»Hier stinkt's!«, sagte Katja. »Es riecht nach ...« Sie hielt ihre Nase in die Luft und schnüffelte.

»Verbranntem Horn«, mischte sich Sonja ins Gespräch, das momentan hinter Gerits Rücken ablief. Immer noch blickte sie auf André, der mit überkreuzten Beinen auf der Fußmatte stand, auf dem Kopf ihre Baskenmütze, an der die Finger der einen Hand nestelten, während die andere einen kleinen Strauß aus bunten Rosen hielt, wie man ihn in Zellophan verpackt in Supermärkten bekommt.

»Hat meine Freundin ein schottisches Hochlandrind angesengt?«, wandte sich Katja an Sonja.

»So riecht verbrannte Seide nun mal«, antwortete die.

»Warum um Himmels willen verbrennt man Seide?«, sagte Katja kopfschüttelnd, während im selben Moment André von Gerit wissen wollte: »Darf ich reinkommen?«

»Und wer sind Sie?«, erkundigte sich Katja derweil bei Sonja.

»Das ist Frau Wirsching«, beeilte sich Gerit zu sagen.

»Sie vertritt meine Putzfrau. Und warum zwingst du mich dazu, diesen unmöglichen Menschen wieder zu sehen?«

»Weil du in letzter Zeit dein Eigentum flächendeckend über Hamburg verteilst. Entweder hast du eine handfeste Midlife-Crisis, oder du frühstückst seit neuestem Hasch-Cookies«, sagte Katja. »Er wollte dir deine Mütze zurückbringen. Lasst uns doch ins Wohnzimmer gehen!«

»Fühl dich ganz wie zu Hause! Treten Sie ein!«, sagte Gerit widerstrebend zu André und warf hinter ihm die Tür ins Schloss, während Katja ins Wohnzimmer stratzte.

Einen Knopf mehr an seinem Jeanshemd unter der Lederjacke hätte er ruhig schließen können, dachte Gerit, während sie ihm in dem kleinen Flur gegenüberstand und einen Moment lang nicht ausweichen konnte. Der Blick auf sein dunkelblondes Brusthaar irritierte sie, genauso wie das Leuchten seiner Bernsteinaugen, die Weichheit seiner Lippen und seine Bartstoppeln, mit denen er einer Frau beim Küssen garantiert das Gesicht zerkratzen würde, bis man sich mit Kompressen aus einem Fenchelkräuteraufguss Linderung verschaffen musste. Das hatte sie mal gelesen in einer dieser Zeitschriften, in denen sie auch Vogeldreckmasken gegen Pickel empfahlen (half angeblich bei Victoria Beckham) und eine Nacktschnecken-Massage für mehr Feuchtigkeit der Haut (hatte Robbie Williams seiner Frau zum Geburtstag geschenkt) und Rotweinreste im Badewasser für eine butterweiche Epidermis (Tipp von Teri Hatcher).

Er gab ihr die Baskenmütze, die sie auf die Konsole neben die Strelitzie legte.

»Und was ist damit?«, sagte sie und deutete auf die Rosen.

Er wirkte etwas verlegen, als er sie ihr in die linke

Hand drückte. »Die sind für Sie. Die habe ich von den Münzen gekauft, die ich in Ihrer Mütze gesammelt habe. Hat leider nur für einen kleinen Strauß gereicht. Der Typ von der Info hat mich ratzfatz vor die Tür gesetzt.«

Sie nahm die Blumen und steckte ihre Nase hinein. »Wundert Sie das?«

»Fairtrade«, sagte er, und sie musste lächeln, zum ersten Mal, seit sie ihn kannte, weil er so stolz war auf diese Rosen, als hätte er mit diesem Kauf gerade den Planeten und seine Bewohner gerettet.

Er würde niemals in ihr Herz vordringen, das stand für sie fest, niemals diesen hermetisch abgeriegelten Raum betreten, aber er hatte es immerhin fertiggebracht, für einen kurzen Moment ein Heizkissen daranzuhalten.

Sie legte die Rosen zu ihrer Baskenmütze auf die Konsole, und als er ihr seine Hand entgegenstreckte, reichte sie ihm ihre.

»Fangen wir noch mal ganz von vorne an«, sagte er, ihre Hand zwischen seinen Händen festhaltend. »Gestatten: André Anson.«

»Gerit Liebke«, sagte sie und entzog sich ihm mit einem Ruck. Am Ende würde sie ihn noch mögen, und sie würde es nicht mögen, ihn zu mögen.

Sie folgte Katja und Sonja ins Wohnzimmer, seinen Ledergeruch in der Nase, und forderte ihre Gäste mit einer spärlichen Handbewegung auf, Platz zu nehmen. An Sonja gewandt, sagte sie: »Frau Wirsching wollte gerade gehen.«

»Wieso glaube ich euch bloß nicht die Geschichte von der Putzfrau?«, sagte Katja und lehnte sich entspannt zurück, während ein sattes Lächeln ihr Gesicht in die Breite zog. »Sie sind die Frau ohne festen Wohnsitz. Ich bin Journalistin. Ich habe für so was einen Riecher.« Sie zwinkerte Sonja zu. »Nehmen Sie das jetzt bloß nicht wörtlich, Kind.«

»Ich bin die Pennerin«, bestätigte Sonja. »P.E.N.-N.E.R.I.N. Sagen Sie's ruhig! Die manchmal da schläft, wo es nach Pisse stinkt, und die sich die Achseln mit Babyfeuchttüchern für fünfzig Cent von ›Rossmann‹ wäscht, wenn sie keine Gelegenheit findet zu duschen.« Sie räusperte sich. »Ich gehe dann.«

»Bleiben Sie!«, sagte Katja und deutete auf den Sessel. »Setzen Sie sich! Bitte.«

»Findest du nicht, dass du jetzt ein bisschen zu weit gehst?« Gerit schäumte vor Wut.

»Du weißt doch gar nicht, was ich vorhabe«, sagte Katja. Dann schenkte sie Sonja ein strahlendes Lächeln, das die Grübchen in ihren fleischigen Wangen vertiefte, während Gerit sich an die Wand lehnte, die Arme vor der Brust verschränkt und den Gipsarm auf dem gesunden geparkt.

»Wie ich neulich schon sagte«, begann Katja, »könntest du ein bisschen Imagepolitur gebrauchen. Besonders nach diesem Foto, wo du auf diesen armen Mann auf der Straße eindrischst. Ich denke nicht, dass die Reaktionen darauf allzu positiv waren.«

»Alles in Ordnung«, schwindelte Gerit.

Ungläubig sah Katja ihre Freundin an. »Was hat dich da nur geritten? Manchmal haben ja auch scheinbar ausgeglichene Charaktere durchaus eine Neigung zu Aggressionen. Da staut sich was über Jahre hinweg an und brennt einem unter den Nägeln wie die Julisonne, und dann entlädt es sich in einem Gewitter. Wenn der Druck raus ist, herrscht erst mal wieder Ruhe. Das ist überall das Gleiche. Im Tierreich. Und beim Sex. Ich hole uns mal was zu trinken.« Sie warf ihre Regenjacke über die Sofalehne, ging hinaus und zwitscherte: »Und dabei denke ich nicht an Tee.«

Kurz darauf kam sie zurück, stellte vier Gläser und eine Flasche Rotwein auf den Tisch und drückte André den Korkenzieher in die Hand, während sie mit dem rechten Arm einen weiten Bogen durch die Luft beschrieb. »Ich sehe schon die Schlagzeile: ›Alles was Recht ist! Justizsenatorin in spe fängt Obdachlose auf.‹«

Mit einem Plopp flog der Korken aus der Flasche. Katja zwinkerte André zu. »Vor meinem geistigen Auge entstehen bereits die Fotos. Diese zwei ganz unterschiedlichen Frauen, Starjuristin und Streunerin, bei einer heißen Schokolade in angeregtem Gespräch. Bei einem gemeinsamen Spaziergang an der Alster, die eine in Couture, die andere in Caritas, während Nebel über dem Wasser liegt … Gucci und Gosse …« Sie hielt einen Moment inne und zupfte an den fliederfarbenen Blusenärmeln unter den umgeschlagenen Manschetten ihrer hellgrauen Kostümjacke.

»Lass es gut sein!« Gerit blitzte Katja an.

»Gebe zu bedenken«, sagte André, »dass Nebel bei Schwarzweißfotos durch die niedrige Auflösung im Zeitungsdruck oft zu schäbig grauen Bildern führt …«

»*Ich* gebe zu bedenken, dass ich diesen Sozialschmu auf keinen Fall mitmachen werde. Deine Kitschseele in allen Ehren, liebe Katja, sie ist nun mal das Produkt einer langen, leidvollen Laufbahn im Boulevardjournalismus, in dem du deine Karriere begonnen hast … und auch der ›Alster-Kurier‹ ist ja nicht viel besser.«

»Sie haben völlig recht!«, sagte Sonja und blickte Gerit an. »Das ist voll der Bluff. Nichts für mich.«

»Dann hätten wir das ja auch geklärt«, sagte Gerit.

»Fast hätte ich jetzt gesagt: Ich meine es doch nur gut

mit dir«, sagte Katja. »Und schwupp: Schon schlüpft es aus meinem Mund.«

Das schätzte Gerit an ihr. Katja war nie beleidigt und hart im Nehmen. Und sie hatte Geduld. Als Journalistin wusste sie, dass man sein Ziel manchmal nur auf Umwegen erreicht. Die Dinge waren zu Anfang immer schwer, bevor sie leicht wurden. Das war Katjas Devise. Nur diesmal, da war sich Gerit ganz sicher, würde sie auf Granit beißen.

Sie redeten noch ein paar Takte, bis Katja aufstand, den Rest des Rotweins im Stehen kippte und auf Gerits Gipsarm deutete. »Was wird jetzt aus deinen Urlaubsplänen?«

»Nichts. Manchmal laufen die Dinge anders als gedacht. Wie bedauerlich, dass ihr schon gehen wollt!« Sie fasste Katja am Arm und führte sie rasch hinaus in den Flur. Es war alles andere als eine behutsame Geste, wie man sie bei einer derart zierlichen Person vermutet hätte.

»Du weißt hoffentlich, dass ich zu blauen Flecken neige«, jaulte Katja.

Noch waren die anderen beiden ihnen nicht gefolgt, also murmelte Gerit: »Erwähne nie mehr die Möglichkeit eines Artikels über diese Frau und mich, verstanden?!«

»Beruhige dich!«, sagte Katja und sah Gerit mit einem Anflug von Mitleid an. »Du wirst auch immer verschrobener. Das kommt vom langen Alleinleben. Du weißt, weibliche Singles in deinem Alter sammeln Dekosträuße aus getrockneten Blumen, haben eine Plüschtiersammlung auf dem Bett, gucken ›Titanic‹ in Endlosschleife, futtern kiloweise Schokolade in der Besenkammer neben ihrem Büro und heben permanent Fusseln vom Fußboden auf, auch wenn außer ihnen und der Fliege an der Wand seit Wochen niemand mehr in ihrer Wohnung war.«

»Tschüs! Und grüß deinen Mann!«

Sie schob Katja hinaus, und André kam aus dem Wohnzimmer. Sie wollte ihn hinauslassen, durch die halb geöffnete Tür, vor der Katja bereits auf ihn wartete. Sie standen sich einen Moment im Weg, er wollte an ihr vorbeigleiten, dieser riesige Mann, und berührte dabei mit seinem Arm ihre Brust unter der hauchfeinen Seidenbluse. Sie zuckte zusammen. Sie wurde nervös, ihr Puls ging schneller, und ihr Atem stockte für einen Augenblick. Ein Glöckchen der Erinnerung bimmelte. Ein Teil von ihr hatte dieses Gefühl vermisst, und nun war es wieder da, seltsam intensiv.

»Ein imposantes Gebäude, in dem Sie da arbeiten«, sagte er. »Was machen Sie noch mal genau? Familiengericht?«

»Ist nicht so schmackhaft, wie es sich anhört. Ist nicht das ›Familienglück mit acht Kostbarkeiten‹. Meine Tätigkeit liegt genau auf der Schnittstelle zwischen Recht, Psychologie und Sozialarbeit«, sagte Gerit mit hoheitsvoller Miene.

»Okay!« Er lachte dröhnend. »Ich hab's kapiert: Sie kommen in den Himmel. Ich schmore in der Hölle. Wahrscheinlich halten Sie mich ohnehin für einen retardierten Psychopathen, der Leute jagt mit der Kamera oder Frauen aufreißt mit seinem Saxophon.«

»Genau das.«

»Wo bleibst du, André?«, rief Katja aus dem Treppenhaus.

»Es fällt einem manchmal leichter«, raunte André Gerit zu, »wenn man keine Ahnung hat von dem, was man tut.«

»Es ist charakterlos, immer alles auf die eigene Ahnungslosigkeit zu schieben.«

»Ich meinte eigentlich, dass ich nicht mehr weiß, wie das funktioniert mit einem Date. Und bei einer Frau mit

Klasse wie bei Ihnen konnte ich mir noch nie ein Gefühl von Sicherheit antrainieren.«

»Wie alt sind Sie?«

»Sechsunddreißig.«

»Ich weiß auch nicht, wie es geht mit den Verabredungen«, sagte Gerit und lächelte ihn an. »Ich bin so alt, ich habe vor ein paar Jahren mein Gedächtnis verloren.« Mit leichtem Druck schloss sie hinter ihm die Tür. Sie war gerade ziemlich guter Dinge, und da sie gern an allem schnupperte, nahm sie die Mütze und roch daran. Sie konnte sich sogar vorstellen, sie weiterhin zu tragen, obwohl er sie auf seinem Kopf gehabt hatte.

»Sie haben Angst, dass er Ihnen gefährlich werden könnte?«, hörte sie plötzlich hinter sich Sonjas Stimme.

Überrascht fuhr Gerit herum. »Ich weiß nicht, was Sie meinen.«

»Doch. Das wissen Sie.«

»Meine Wunden sind verheilt, die Fliegen schwirren ab. Ich lasse mich auf keinen Mann mehr ein. Der Zug ist abgefahren«, sagte Gerit.

»Bon voyage!«, sagte Sonja.

»Das wünsche ich Ihnen auch, wohin auch immer Ihre Reise Sie führen wird. Wir beide sind fertig miteinander.«

Gerit ging aufs Klo, und als sie zurückkam, war Sonja verschwunden. Die Tür war angelehnt, und ein kühler Wind huschte herein.

Gerit atmete auf, schloss die Tür, legte die Kette vor, drehte den Schlüssel zwei Mal um, ging ins Wohnzimmer, stellte sich ans Fenster und blickte hinaus in die Nacht, auf die Stadt in der Dunkelheit, auf die funkelnden Lichter, dann nahm sie ihr Glas und trank es in einem Zug leer.

Kapitel 9

Mitte der Woche wurde es mild. Sonja verbrachte ihre Tage auf Bänken im Park (es war noch eine der hübscheren Adressen für das soziale Abseits). Sie beobachtete die Frauen und Männer, die Hand in Hand spazieren gingen, die Kinder, die vorbeihüpften, die Hunde an der Leine. Der Frühling meldete sich mit einem ersten Hauch von Wärme.

Am frühen Abend machte sie sich auf in die City. Sie hatte in einer im Abfall gelandeten Ausgabe des »Alster-Kurier« von der Premiere eines international produzierten Films mit deutscher Beteiligung gelesen, der wegen seiner freizügigen erotischen Szenen derzeit für Aufsehen sorgte. »Hollywood in Hamburg«, so stand in dem Artikel. Sie hatte nichts vor. Was hätte sie auch vorhaben sollen? Also beschloss sie, zu Fuß in die Stadt zu gehen, zu dem großen Kinokomplex am Bahnhof Dammtor, um einen Blick auf den Glamour zu erhaschen, der inzwischen so weit weg war von ihrem eigenen Leben wie ein Badetag in Bullerbü. Sie würde sich unter die gaffende Menge mischen und die Kleider bewundern, die über den roten Teppich flanierten. Auf ihrem Weg zum Dammtor machte sie halt an einer öffentlichen Toilette und wusch sich Hände und Gesicht mit einem kleinen Stück Seife, das sie bei der Eröffnung eines Drogeriemarktes geschenkt bekommen hatte. Gefolgt von den bösen Blicken der Reinmachefrau, der sie nicht die geforderten fünfzig Cent geben konnte, hetzte sie nach draußen. Sie kramte ihren »Dior«-Taschenspiegel hervor, eine der Luxus-Reliquien aus ihrem alten Leben, und begann, ihren Mund mit dem roten Stumpen anzumalen. Er war inzwischen zu abgenagt, um noch Konturen hinzukriegen. Früher hatte sie einen Lippenstift immer von beiden Seiten benutzt, bis er aussah wie das Mundstück einer Trillerpfeife. Das war auch so eine Marotte von ihr gewesen. Vorbei.

Vor dem Kino hatten sich Autogrammjäger mit Stift, Papier und Handykameras versammelt sowie eine Medienmeute aus Schreibern und Fotografen. Es liefen ein paar der Menschen über den roten Läufer, die als Stars durch die Presse geisterten, ein paar mehr oder minder attraktive Mitglieder des Angeber-Zoos, Motten, die das Blitzlicht umschwirrten. Ein paar wunderbare Kleider waren dabei, unbestritten. Wie immer verspürte Sonja den Wunsch, die Stoffe zu berühren, die Kristallapplikationen anzufassen, den Samt, den Brokat, die Nähte mit ihren Fingerspitzen nachzufahren. Dann sah sie sie. Sie kam direkt mit einem strahlenden Lächeln auf sie zugetänzelt. Unverkennbar ihre schönen grünen Augen, die goldblonden Haare, die Kurven. Die Granate. Elsa Turin. Sie hatte eine Minirolle in dem Film. Das hatte Sonja in dem Zeitungsbericht gelesen. Und wenn sie ehrlich war, musste sie zugeben, dass sie nicht zuletzt Elsas wegen gekommen war.

Ihre Nägel waren grau lackiert, eine Mode, die Sonja nie so recht verstanden hatte. Nägel hatten rot zu sein, wie in Ketchup getunkt, allenfalls noch Fuchsia oder Aubergine, aber was für eine Unart, sie neongelb, hellblau wie ein Planschbecken oder in der Farbe von Fangoschlamm anzupinseln.

Dafür war das Kleid ein Traum. Wie eine Schneekönigin sah sie aus in ihrem champagnerfarbenen Hauch mit dem runden Ausschnitt und dem Meer von silbernen Kristallen. Nudefarbene High Heels hätten für Sonjas Geschmack besser dazu gepasst als diese pinkfarbenen Lackpumps, die so schwindelerregend hoch waren, dass manche Frauen nach nur fünfminütigem Tragen wochenlang zur Reha gemusst hätten.

Elsa Turin kam direkt auf sie zu. Sonja guckte sich panisch um auf der Suche nach einem Schlupfloch, aber sie war eingezwängt zwischen Neugierigen und Fans, die auf die Ankunft der Hollywoodstars warteten. Auf keinen Fall wollte sie erkannt werden. Sie fühlte sich wie eine Babuschka, die am Straßenrand Äpfel verkauft, während die Diva in der Limousine vorbeigefahren kommt und jovial winkt. Sonja wusste natürlich, dass sie nicht dick war. Doch die schlechte Ernährung hatte ihre Spuren hinterlassen, und der Linseneintopf heute Mittag, gereicht von den ehrenamtlichen Helfern in einer Evangelisch-Lutherischen Kirche, hatte ihren Bauch aufgebläht. Die von Gerit geschenkten Klamotten wiesen erste Flecken auf, und ihr Haar begann an den Spitzen bereits wieder zu verfilzen.

Abrupt blieb Elsa Turin vor ihr stehen. Ihr Parfüm, der Duft von Pfingstrose, hüllte Sonja ein.

Sie hatte sie also erkannt. Ihr unverfrorener Auftritt damals im Restaurant, ein paar Fotos in Frauenzeitschriften, es hatte anscheinend gereicht, damit sie sich an sie erinnerte.

»Wie geht's?«, fragte Elsa.

»Gut«, sagte Sonja und ging in Alarmbereitschaft. Sie wollte auf keinen Fall, dass Elsa merkte, in welcher Lage sie sich befand.

»Schön, dass Sie kommen konnten!« Elsa lächelte ihr Breitwandlächeln, nachdem sie sich etwas vorgebeugt hatte und verstohlen mit der Zunge über die Zähne gefahren war, um vor Lippenstiftspuren sicher zu sein. »Das bedeutet mir sehr viel. Wirklich nett, Sie hier zu sehen.«

»Ich dachte nicht, dass Sie mich noch erkennen würden«, sagte Sonja.

Elsas grüne Augen sahen sie verwundert an.

»Sind wir uns schon mal begegnet?«

»Ist lange her«, sagte Sonja und winkte ab.

Elsas Interesse an ihr erlahmte sofort.

Erst jetzt kapierte Sonja, dass sie nur ein paar der üblichen Floskeln in die Menge geworfen und sie gar nicht persönlich gemeint hatte.

Als kurz vor acht die beiden Stars aus Hollywood auftauchten, waren die deutschen Premierengäste wie Elsa Turin schnell vergessen. Um acht Uhr sollte eigentlich die Vorführung beginnen, aber von Simon wusste sie, dass die Stars aus Übersee sich viel Zeit mit dem Betreten des Kinosaals ließen, derweil die deutsche Prominenz immer ungeduldiger wurde und sich vorkam wie Staffage.

Die Menschen boxten sich nach vorn, und als sich ein Ellbogen in ihre Schläfe bohrte, hatte Sonja für einen Moment das Gefühl, ihr knalle der Kopf weg. Sie fluchte laut vor sich hin und wollte sich endgültig verdrücken, da flog ihr vom roten Teppich eine weitere Begrüßung entgegen.

»Hallo!«, rief eine männliche Stimme.

Sie reagierte nicht. Auch wieder einer, dachte sie, der glaubt, mit aufgerissenen Augen, blitzendem Lächeln und weit ausholenden Gesten sein Bad in der Menge nehmen zu können – endlich mal Whirlpool statt Wanne.

Sie guckte auf ihre Schuhe und hörte die Leute um sich

herum quieken und schreien. Sie riefen die Namen der Hollywoodstars, die die Autogrammjäger und Knipser hinter der Kordel am Rand des roten Teppichs mit ihrem routinierten Lächeln freundlich abarbeiteten, beschützt von ihren Bodyguards. Männern mit wuchtigen Körpern und kantigen, kahl rasierten Schädeln, die aussahen, als würden sie sich jederzeit vor ihre Schutzbefohlenen stellen und notfalls mit der Hand lässig ein paar Pistolenkugeln abfangen.

Sie beobachtete das Spektakel, als erneut der Ruf ertönte: »Hallo! Sie hier?«

Wen auch immer er meinte, *sie* meinte er bestimmt nicht.

»Was für eine Überraschung!«

Wie originell!

»Freue mich, Sie zu sehen!«

Hatten wir schon, dachte Sonja gelangweilt.

»Hätte nicht gedacht, dass wir uns so bald wieder treffen.«

Ja, ja, schon gut.

»War doch erst gestern, dass wir uns über den Weg gelaufen sind.«

Das klang etwas persönlicher, fand Sonja und blickte auf.

Der Himmel wurde dunkel, aber das gleißende Licht der Scheinwerfer blendete sie, und sie musste ein paar Mal in das grelle Weiß blinzeln, ehe sie den Mann erkannte. Es war André Anson.

»Immer da, wo was los ist«, sagte Sonja und nickte ihm zu.

Sie mochte ihn, beschloss sie. So wie er war. Mit seinem Straßenköter-Charme, seiner Boxernase, dem Bullenschädel, dem unrasierten Kinn. Er war echt, keine künstliche

Fassade, kein Schein, sein Lächeln keine Lüge. Er verdiente sein Geld auf mehr oder weniger reelle Art, schien Humor zu haben und unter dem wie immer zu knappen T-Shirt ein paar anständige Muskeln. Dieser Mann duschte nicht mit Lotusduft, backte kein Walnuss-Bananen-Brot und trank seinen Kaffee nicht mit Sojamilch. Wenn er nicht so offensichtlich auf diese Richterin stehen würde, dachte Sonja einen Moment lang wehmütig, und sie nicht auf dem derzeitigen Niveau einer Niete wäre, dann würden ihr ein paar verrückte Dinge zu ihm einfallen.

»Was?« Sie korrigierte sich: »Wie bitte?«

»Ich habe gesagt, wäre ich nicht dort, wo was los ist, müsste ich mich auf Stillleben von Wassermelonen spezialisieren.« Er blickte sich um. »Ist Frau Liebke auch da?«

Sonja reagierte nicht.

»Sie wirkt wie eine Frau, die solche Menschenansammlungen hasst.« Er sah sie an. »Hören Sie mir überhaupt zu?«

»Was weiß ich, was sie hasst! Bin ich Jesus?«

Er lachte sie an. »Warum so sauer? Haben Sie Lust, mich ins Kino zu begleiten? Ich habe zwei Karten für die Premiere.«

»Ich …«, stotterte sie und blickte an sich hinunter. »Ich bin gar nicht dafür angezogen.« Fast hätte sie laut aufgelacht. Als ob sie eine Wahl hätte.

»Sie sehen sehr hübsch aus«, erwiderte er, und das war das Schönste, was ihr seit langer Zeit jemand gesagt hatte. Der Satz war wie ein Taschentuch.

»Seien Sie bitte nicht so nett zu mir«, sagte sie ruppig. »Das macht mich nervös.«

Von dem Film bekam sie nicht viel mit. Hinterher konnte sie sich nur an attraktive Menschen auf der Leinwand erinnern, an atemberaubende Roben, an Berlioz, eine Orgie, einen Palazzo in Italien, an eine obskure Zeremonie, anonymen Sex, venezianische Masken, an eine Liebe, größer als das Universum, das Kruscheln in den Tüten mit Popcorn ringsherum, an diesen Duft, zuckrig, buttrig. An perlenden Prosecco, der an die Premierengäste ausgeschenkt wurde, an einen Schlummer in ihrem Sessel. Sie wurde wach von dem leise pfeifenden Geräusch, das über ihre Lippen kam. Sonja spürte Andrés Blick auf ihrem Profil. Sie rutschte tiefer in ihrem Sitz.

»Ich schlafe auch immer ein«, raunte er ihr zu und zwinkerte.

Er hatte ja keine Ahnung, wie sehr sie diese zwei Stunden in Sicherheit und im Warmen genoss.

»Ich muss los zur Premierenparty«, sagte André neben ihr und griff nach seiner Kameratasche. »Promis knipsen.«

Sonja entdeckte Elsa, die plaudernd im Gang stand, und da kam ihr eine Idee. In ihr brannte das Gefühl, etwas Verrücktes tun zu wollen. »Ich will mit!« Sie bemerkte sein Zögern. »Ich muss meinen Arsch nicht verstecken.«

Er ließ sich nicht aus der Ruhe bringen. »Ich habe mich nur gefragt, wie ich Sie da ohne Einladung reinbringe.«

Sie legte flüchtig die Hand auf seinen Arm. »Entschuldigung! Vertrauen Sie mir! Ich weiß, was zu tun ist.« Sie lächelte in sich hinein.

Die meisten Frauen, das wusste sie aus Erfahrung, hatten das Talent, aus dem Kleinen etwas Großes zu machen. Aus Jute Samt. Aus Scheiße Gold. Sie konnten aus Fallobst Torten backen und aus hässlichen Handtüchern Glamour-Turbane winden, mit zwei, drei Griffen, unter denen sie ihre nassen Haare versteckten. So geschwind und geschickt, dass einem Hören und Sehen verging. Ihr würde schon etwas einfallen, wie sie aus einem Pullover und einer Hose etwas zaubern konnte. Sie war Designerin, verdammt!

Kurz darauf saß Sonja auf dem Beifahrersitz neben ihm in seinem alten dunkelgrauen Volvo, der vollgemüllt war mit Zeitungen, McDonald's-Tüten, Coladosen, Wasserflaschen, diversen Jacken, Fotozubehör. Er fuhr wie besessen, schlängelte sich durch den abendlichen Verkehr, wechselte ständig die Spur, hielt kaum Abstand zu den anderen Autos, hörte dröhnend Heavy Metal, klopfte mit der linken Hand den Takt aufs Lenkrad und hielt mit der rechten eine Dose »Red Bull«.

»Wie fanden Sie den Film?«, wollte er wissen und schaltete die Musik leiser.

»Und Sie?«, fragte sie stattdessen, nicht mehr daran gewöhnt, dass jemand interessiert war an ihrer Meinung.

Er winkte ab. »Uncool. Unwitzig. Unerträglich. Eine biedere Altherrenphantasie mit einem Friede-Freude-Eierkuchen-Ende.«

Da hielt er auch schon mit quietschenden Reifen. Direkt am Nebeneingang eines Luxushotels an der Alster. Mit größter Selbstverständlichkeit warf er dem Doorman den Autoschlüssel zu, deutete auf das Presseschild an der Windschutzscheibe, schnappte sich seine Kameratasche aus dem Kofferraum, hakte Sonja unter und zog sie hinein.

»Haben Sie was genommen?«, fragte sie atemlos. »Oder sind Sie immer so?«

Sie passierten einen unscheinbaren Korridor zwischen Nebeneingang und Foyer, der so schmal war, dass sie sich an die Wand quetschen mussten, um einen Hotelmitarbeiter vorbeizulassen. Er grüßte zuvorkommend, während er eine Kleiderstange neben sich herrollte, mit frisch gereinigter Garderobe der Gäste, die unter dünner Plastikfolie auf Bügeln hing. Sonja zögerte nur eine Sekunde, dann nahm sie blitzschnell einen der Bügel von dem Chromständer. Der junge Mann vom Hotel ging weiter, ohne etwas zu merken. Nur André hatte es gesehen. Er guckte sie an, als wäre es zum ersten Mal, und statt schockiert zu sein, stanzte sich ein ungläubiges Lächeln in sein Gesicht.

»Haben Sie was genommen?«, fragte er. »Oder sind Sie immer so?«

»Ich borge es mir nur aus«, flüsterte sie ihm zu, schlüpfte hinter eine Säule und pellte einen Blazer aus der Folie. Fast ehrfürchtig befingerte sie den Stoff, reine Seide, schwarz, »Chanel«. Große weiße Knöpfe mit den typischen CC-Initialen, vier rechts an der Knopfleiste, jeweils vier an den Ärmeln. Sie bereute es, die cremefarbene Bluse, *ihre* Bluse, die sie entworfen hatte, Gerit zurückgegeben zu haben, sie hätte gut gepasst. Der grüne Pullover würde wurschteln unter einer Jacke in Größe vierzig und war viel zu rustikal. Kurz entschlossen streifte sie ihn ab, zog den Blazer über das schwarze Baumwolltop, das ihr als Unterhemd diente, knöpfte ihn zu, knautschte Daunenweste, Pulli und Folie zu einem Knäuel zusammen und legte es gemeinsam mit dem Drahtbügel, an dem ein Zettel mit der Zimmernummer vierundvierzig hing, hinter einen wuchtigen Blumenkübel mit einer Dattelpalme in Hydrokultur. Sie strich mit zitternden Finger über die Jacke und folgte ihrem Begleiter in den Ballsaal, wo die Premierenparty im Stil eines venezianischen Maskenballs stattfand. Jetzt offiziell Andrés Assistentin, hatte Sonja kein Problem damit, hineingelassen zu werden. Eine junge Frau händigte ihr ein gelbes Einlassbändchen und eine schwarze Spitzenmaske aus, die sich unangenehm auf der Haut anfühlte. Sonja beschloss, es zu ignorieren. Ihr Tag hatte wie immer karg begonnen, und jetzt gipfelte er in einer verschwenderischen Nacht. Was machte da schon eine kratzende Maske?

Bereits von weitem erkannte sie das hautfarbene Kleid mit den Eiskristallen, die blonde lockige Mähne, die weichen runden Schultern, das ausladende Hinterteil, den wogenden Busen. Elsa Turin schwurbelte durch den Raum, und auch wenn sie in dem Hollywoodfilm nur eine ihrem üppigen Körper proportional entgegengesetzte Rolle hatte (ein Auftritt so lang wie Zähneputzen), so gebärdete sie sich hier als Star des Abends. Die silberne Larve vor Augen machte sie endgültig zur Femme fatale – trotz der etwas zu kurzen stämmigen Beine, die sie nun mal hatte, was Sonja schon häufiger mit einer gewissen Genugtuung bemerkt hatte. Sie pirschte sich langsam an dieses erotisch lodernde Geschöpf heran, wobei sie auf den paar Metern einen nicht unbeachtlichen Konsum von Champagner hatte, der zum Greifen nah war auf den Silbertabletts der in Rokoko-Kostüme gekleideten Kellner. Sie musste aufpassen, ermahnte sie sich, sie war das alles nicht mehr gewohnt.

Nicht den Spaß, die Musik, dieses ganze dekadente Treiben. Die Ströme von Gold, die in Stoffbahnen von der Decke flossen. Den Alkohol und die Canapés, Räucherlachs und Garnelen und Edelschimmelkäse. Nicht die Duftwolken der schweren Parfüms. Sie musste davon husten und niesen und war kurz davor, ihren Verstand zu verlieren in all dem Durcheinander von Sinneseindrücken.

Es war ungewohnt.

Es war großartig.

Sie durfte bloß nicht mehr abbeißen, als sie kauen konnte. Und das bezog sich nicht nur auf die Häppchen.

Als sie André sah, für den Elsa gerade posierte, stellte sich Sonja in ihre Nähe. Sie wartete, bis André sich ein neues Motiv gesucht hatte, dann nahm sie allen Mut zusammen und trat auf Elsa zu.

»Sie waren mit das Beste am ganzen Film«, sagte sie. Und sie hatte noch nicht mal ein schlechtes Gewissen in Anbetracht der Lüge. Schließlich wollte sie etwas aus ihr herauskriegen. Sofort knipste Elsa ihr Lächeln an. So waren sie, diese Schauspieler, dachte Sonja mit einem Anflug von Verachtung. Selbstverliebt und eitel. Aber auch Lorbeer war eine Pflanze, die welkte, und dieser Gedanke erfüllte Sonja mit Zufriedenheit und Traurigkeit zugleich, denn sie hatte es ja selbst erlebt.

»Finden Sie?«, sagte Elsa, eine rein rhetorische Frage. »Nackt-Szenen sind gewagt in meinem Alter. Es ist so erbärmlich, älter zu werden. Für eine Frau sind die fünfundvierzig die Hölle.«

»Ich bin auch nur zehn Jahre ...« (jünger, wollte Sonja sagen), merkte aber schnell, dass Elsa Turin in Gedanken bereits abwesend war, anderen Gästen zunickte, die sie trotz ihrer Masken zu erkennen glaubte, mit elastischer Handbewegung winkte, in den Raum hineinlächelte mit ihren milchreisweißen Zähnen, in Erwartung neuer, wichtigerer Kontakte. Sonja merkte, ihre Gesprächspartnerin wurde fahrig, wollte frei sein für bessere Begegnungen.

»Fünfundvierzig?«, stieß Sonja hervor und riss den Mund auf. Sie wusste, was man von ihr erwartete. Einen ungläubigen Aufschrei. Also tat sie ihr den Gefallen.

Es stimmte Elsa gnädig, und sie lächelte Sonja an. »Sie sind aus der Branche?«

»Nicht direkt.«

»Dann waren Sie auch letzten Monat nicht auf der Berlinale?«

»Verhindert. Leider.«

»Nicht bei dieser sensationellen Party für den Filmnachwuchs im ›Grill Royal‹ in Berlin-Mitte?«

»Wie ich schon sagte …«

»Haben Sie Kontakt zu Leuten aus dem Business? Kontakte sind alles, Schätzchen! Heutzutage muss man Glasscheiben durchschlagen, um eine gute Rolle zu bekommen, wenn man sich dem nicht mehr gebärfähigen Alter nähert.«

»Ich war der Meinung, das habe sich geändert.«

»Nur wenn man Meryl Streep heißt. Sonst nehmen sie einen gern für den Part der grotesken, alten Schachtel. Ich habe gerade die Hexe in einem Fantasyfilm gespielt. Eine Schwachsinns-Rolle! Aber wir alle müssen unsere Miete zahlen.« Sie wimmelte den Kameramann eines regionalen Fernsehsenders ab, der ihrem Gesicht zu nah gekommen war. »Das geht gar nicht. Wissen Sie nicht, wie wichtig das richtige Licht ist, Sie Idiot?« Dann wandte sie sich wieder an Sonja, »Also, wen kennen Sie?«

»Ich«, sagte Sonja, »ich kenne eigentlich nur einen aus der Branche.« Sie machte eine kunstvolle Pause. »Simon Pinter.«

Auf der Stelle schien Elsas Interesse wieder zu erwachen. »Woher kennen Sie den?«

Sonja beschloss, dieses Gespräch mit Gemeinplätzen zu überstehen. »Wie man sich halt so kennt, wenn man für die Kunst brennt und jedes Buch nur unter dem Aspekt liest, ob es verfilmbar ist oder nicht.«

»Als er ging«, sagte Elsa mit dramatischer Geste, »glaubte ich, mein Leben sei zu Ende. Alles, was ich bin, habe ich ihm zu verdanken.«

»Ging? Wohin?«

Elsa wurde misstrauisch. »Ich denke, Sie kennen sich so gut.«

»Wir haben uns etwas aus den Augen verloren.«

»Er hat es auch nur den engsten Vertrauten gesagt.«

Sonja hielt den Atem an. »Was?« Sie griff sich ein frisches Glas Champagner vom Tablett eines der Kellner.

»Na, das.«

Sonja nahm einen großen Schluck, die Kohlensäure stieg ihr in die Nase, sie verschluckte sich und prustete los. »Ach, das!«, röchelte sie, als sie wieder zu Atem gekommen war, nachdem sie sich eine Sekunde lang geschüttelt hatte. »Klar! Soll ja schließlich nicht jeder wissen, wie?« Sie wagte einen Schuss ins Blaue. »Wird ja wohl ein Bombending! Mannomann, eine Riesensache. Herrgott, wenn er sich da mal nicht übernimmt! Huijuijui!«

»Wovon reden Sie?«

»Von seinem neuen Film. Er ist auf Location-Suche. Darum geht's doch, oder? Ich tippe mal auf einen historischen Stoff mit teurer Ausstattung. Kanonendonner. Trommelwirbel. Schlachtfelder. Rebellen, Könige, Mätressen …«

»Sie sollten zum Film mit Ihrer üppigen Phantasie. Das, was er aktuell macht, geschieht eher leise.« Elsa musterte sie voller Skepsis.

Sonja klopfte sich erst mit der flachen Hand auf den Mund, dann schlug sie sich vor die Stirn. »Natürlich! Dass ich darauf nicht gekommen bin! Er schreibt selbst das Drehbuch. Da braucht er natürlich Ruhe. Muße. Er hat sich oft genug beschwert über den Mangel an guten Autoren und an Innovi…« Hoppla, dachte sie. Schön langsam. »In-no-va-ti-vi-tät im fiktionalen Bereich. Die

USA seien da viel kreativer, hat er gesagt. Aber da spielt ja auch Geld keine Rolle.« Sie lächelte angespannt. »Da lässt man schon mal einen Flugzugträger in einem Wohngebiet landen, nicht wahr?«

Herrgott, was redete sie da? In Wahrheit hatte er nie mit ihr über so etwas gesprochen, aber sie hatte hin und wieder ein Telefonat aufgeschnappt, und sie hatte ihn sexy gefunden, wenn er seine Anweisungen in die Ohren anderer peitschte und mit Zahlen jonglierte.

Ein Mann kam auf Elsa zu, dessen schwarze Haare, ausgehend von einem Mittelscheitel, an beiden Seiten bis zur Schulter hingen und durch reichlich Gel genauso fettig waren wie der Sahnemeerrettich auf dem Canapé, in das er gerade seine Zähne schlug. Er trug Bauch, weißes Dinnerjackett, weiße Maske und bolzte ihr ein paar feuchte Küsse auf die Wangen.

»Mischa!«, rief Elsa. »Extra aus München angereist?«

»Wir machen uns hier im Hotel ein paar schöne Tage.«

»Mischa Pastor«, warf Elsa Sonja den Namen des Dicken wie einen Hundekuchen vor die Füße. »Filmproduzent wie Simon.«

»Ist ja unglaublich, was man über diesen Berserker hört!«, polterte er. »Stellt sein Leben noch mal radikal auf den Kopf. Warum auch nicht? Manchmal wälzt man sich jahrelang im eigenen Saft, und dann merkt man erst, dass der vergoren ist.«

Sonja hatte das Gefühl, vor Neugier zu platzen.

»Weißt du denn«, fragte er und hakte sich bei Elsa ein, »wo er augenblicklich steckt?«

Elsa schaute Sonja vorwurfsvoll an. Der strenge Zug um ihre Mundwinkel konnte nur bedeuten: *Vite vite, avanti avanti, Sie, Gnädigste, stören hier*!

Doch Sonja blieb, wo sie war, und somit hatte Elsa keine andere Wahl, als Mischa Pastor die Antwort ins Ohr zu flüstern, während sie mit ihrer Hand seinen Ärmel streichelte.

»Habe gehört«, sagte er, »dass du in diesem Fantasyfilm mitgespielt hast.«

»Eine Hexe. Es war unglaublich, mit diesem animierten Totenschädel zu arbeiten! Es war solch ein Spaß!« Sie lachte, löste sich von ihm, warf theatralisch ihre Arme in die Luft und sprach mit übertriebener Betonung: »Schaut, wer uns heute besucht? Mächtiger Stein, komm herbei! Tichter-Wicht! Tunde Wunde!« Plötzlich wechselte ihre Stimmung, als habe man einen Schalter umgelegt. »Rosmarin und Thymian, bringt mir meinen Liebsten ran!«, zitierte sie, seufzte und schob den Zeigefinger unter ihre Maske. Aber immer wieder verpasste ihr Finger die Träne, und irgendwann kullerte sie unter der spitzenbesetzten Larve hervor und lief als hauchdünnes Rinnsal über ihr Make-up.

»Die Kräuter passen ja schon mal«, sagte Mischa Pastor trocken. »Provence. Ich bitte dich! Das ist doch keine Entfernung. Wenn dir danach ist, besuchst du ihn. Die Welt ist ein Dorf.«

»Er hat sich anderweitig orientiert.«

»Ich werde mich mal bei ihm melden. Wie heißt das Kaff, wo er im Augenblick ist?«

»Ich schreibe es dir auf«, sagte sie und morste mit ihren Mundwinkeln, er möge sich mit diesen Dingen in Acht nehmen vor dieser merkwürdigen Frau, die an ihnen klebte wie Parmesan an den Zacken einer Reibe.

Sie zog ihn am Arm davon in eine ruhige Ecke des Saals, wo Stehtische für einen Snack vom Buffet bereitstanden.

Sonja beobachtete, wie Elsa etwas auf einen Zettel kritzelte, den sie sich von einem der Kellner hatte geben lassen. Hitzig rammte sie mit einem Kuli, der nicht so recht schreiben wollte, ein paar Worte auf das Blatt.

Kaum hatten sich die beiden entfernt, näherte sich Sonja dem Tisch, in dessen weißer Decke die Schrift eingestanzt war.

»L'abbaye Saint-Michel de Frigolet«, stand da, noch gut zu lesen.

Sonja war fast fröhlich. So fröhlich, wie schon lange nicht mehr.

Als sie den Saal verließ, hielt Mischa Pastor sie an der Schulter fest. Ihr Herz setzte einen Moment aus, obwohl sie gar nichts Verbotenes getan hatte, dachte sie. Was war dagegen zu sagen, eine Tischdecke zu lesen? Tichter-Wicht! Tunde Wunde!

»Meine Frau hat genau diese Jacke. Was für ein Zufall! Das wird ein Supergau, wenn sie gleich hier aufkreuzt.«

Sonja hatte es plötzlich eilig. Sie lief an Elsa vorbei und rief ihr zu, in ihren durch die Maske geschützten Augen ein wildes Funkeln: »Sie werden bei der Premiere umwerfend in Begleitung des Totenkopfschädels aussehen! Er ist wie für Sie geschaffen.«

Dann machte sie, dass sie den Saal verließ, hastete zu dem Blumenkübel in dem kleinen Korridor zwischen Seiteneingang und Hotelfoyer, kramte ihre Klamotten, Bügel und Folie hervor, zog sich in Windeseile um, steckte die Maske in die Hosentasche, hängte den Blazer auf, spannte die Folie darüber, strich sie glatt, raste das Treppenhaus nach oben, suchte die Zimmernummer vierundvierzig und hängte den Bügel an die Türklinke.

Kapitel 10

Es war eher ein zaghaftes Antippen mit der Fingerkuppe als ein entschlossenes Klopfen mit den Knöcheln. Doch da es totenstill im Gerichtssaal war, konnte es niemand überhören. Es war keine öffentliche Sitzung. War es nie, wenn Kinder involviert waren. Wer also wagte es zu stören?

Die Tür ging auf, ohne dass auf eine Antwort gewartet wurde, und Sonja Wirsching schob ihren Kopf durch den Spalt.

»Entschuldigung!«, sagte Sonja und wollte eintreten.

»Warten Sie bitte draußen!«, antwortete Gerit schroff.

Nach der Gerichtsverhandlung traf sie Sonja im Flur. Die begann ohne Umschweife zu plappern: »Ich war gestern auf einer Filmpremiere.«

»Was für eine angenehme Abwechslung. Sonst Lasagnereste. Jetzt Lachshäppchen.«

»Warum so gemein? Ich fische keine Lasagne im Alubehälter aus dem Müll und freue mich darüber, wenn sie noch fast warm ist«, sagte Sonja beleidigt.

»Verzeihen Sie! Ich bin gereizt. Ich hatte heute ein paar ziemlich komplizierte Fälle.«

»Ich nehme Ihnen Ihren Ton nicht übel. An manchen Tagen tut man sich schwer mit der guten Laune«, sagte Sonja.

Gerit ging weiter, wurde aber von Sonja eingeholt.

»Dieser Fotograf hat mich reingelotst. Elsa Turin war auch da.«

»Ich bat Sie schon einmal darum«, sagte Gerit mit gepresster Stimme. »Keine Details. Dieser Teil meines Lebens ist passé.«

»Sie hat so was Lauerndes.« Sonja hob die Stimme: »Waren Sie in Monte Carlo? Kennen Sie den Fürsten? Kennen Sie Brad Pitt? Haben Sie eine Yacht? Haben Sie ein Pferd?« Sie lachte unsicher und kam ins Stolpern.

»Bitte! Belästigen Sie mich nicht mit diesem Klatsch! Ihr Schnürsenkel ist offen.«

Sie ging weiter, während sich Sonja auf den grauweißmelierten Steinfußboden kniete und ihren Schuh zuband. Im Nu war sie wieder auf einer Höhe mit Gerit. »Ich wollte Sie nur aufheitern«, sagte sie und zuckte mit den Schultern.

»Hat nicht geklappt. Das schaffen noch nicht mal die Profis im Fernsehen.«

»Eigentlich wollte ich mich nur wichtigmachen«, sagte Sonja kleinlaut und schob ihre Unterlippe vor. »Weil ich endlich mal was erlebt habe.«

»Hören Sie! Lassen Sie mich doch einfach in Ruhe!« Abrupt blieb Gerit stehen. »Vielleicht können wir das ein für allemal klären! Was wollen Sie von mir? Absolution für die Affäre mit Simon?« Gerit stieß einen Schwall Luft aus und ließ sie stehen.

»Ich will, dass wir zusammen nach Frankreich fahren«, platzte es aus Sonja heraus, während sie sich bemühte, mit Gerits gewohnt zügigen Schritten mitzuhalten. »Gleich am Samstag.«

»Wir sollen was?« Gerit warf den Kopf zurück und lachte so laut auf, dass die Vorbeigehenden sie anstarrten. »Sind Sie verrückt geworden?«

Sonja blickte Gerit mit feuchten Augen wortlos an.

Doch die hatte eine Schutzimpfung gegen waidwunde Blicke, sie winkte unwirsch ab und setzte ihren Weg fort. »Eher falle ich tot um.«

Eine Schwarzhaarige gab ihrer tätowierten Freundin Feuer, bevor sie sich selbst im Gehen eine Zigarette anzündete.

»Warten Sie bitte mit dem Rauchen, bis Sie draußen sind!«, forderte Gerit die Tätowierte auf.

Ein Anwalt sprach auf Russisch mit einer jungen Frau in silbernen Jeans und grüßte zu Gerit herüber.

Derweil hatte sich Sonja gefangen und redete weiter. »Sie haben Urlaub. Und Sie wollten nach Frankreich.« Sie deutete auf ihren Arm. »Ich fahre Sie. Ich mache alles für Sie. Sie müssen nichts tun. Nur dasitzen und aus dem Auto in die Landschaft schauen und Ihre schlechte Laune an mir auslassen.«

»Davon werden Sie bald genug haben. Jedes Mädchen wünscht sich ein Pony, bis es zum ersten Mal den Dreck wegmachen muss.«

»Ich bin *kein* Mädchen. Wo ist das Problem?«

»Ich will nicht.«

»Dann reise ich allein.«

Gerit stoppte so unvermittelt, dass die in der Silberjeans in sie hineinrannte, während eine klobige Handtasche gegen ihr Steißbein prallte.

»Entschuldigung!«, warf Gerit der Frau zu, bevor sie sich wieder Sonja zuwandte. »Sie haben ja noch nicht mal Geld für ein U-Bahn-Ticket.«

»Ich trampe.«

»Sind Sie wahnsinnig?! Man wird Sie erst vergewaltigen. Dann ausrauben. Dann erschlagen und zerstückeln und Ihre Extremitäten in einer Tiefkühltruhe lagern.«

»Was sollte man bei mir klauen? Ich habe nichts zu verlieren. Aber etwas Wesentliches zu gewinnen.«

»Und das wäre?«

»Abstand. Ich mache Kassensturz mit meinem alten Leben. Und fange noch mal von vorne an.«

»Kassensturz«, schnaufte Gerit.

»Ich könnte mir in Frankreich einen Job suchen für den Sommer. Dann wären Sie mich los.«

»Was für einen Job?«

»Erntehelfer werden in der Provence immer gebraucht. Tomaten. Feigen. Oliven.«

»Die Olivenernte ist für dieses Jahr vorbei.«

»Dann halt Kräuter sammeln für diesen berühmten Likör aus dem Kloster von Frigolet. Thymian. Rosmarin. Was weiß ich! Keine Ahnung! Kennen Sie Frigolet?«

»Nein. Sollte ich?«

Sonja schüttelte den Kopf.

»Das Ganze ist ein dummer Plan«, beendete Gerit die Diskussion. »Vergessen Sie's!«

Niemals würde es Sonja bis in die Provence schaffen, dachte sie. Allenfalls unter die nächste Brücke. Es war keine Boshaftigkeit, das festzustellen, es war Fakt.

Gerit hatte sich selten so einsam gefühlt wie am nächsten Morgen, ihrem letzten Arbeitstag vor dem Urlaub, den sie nun nicht nehmen würde. Sie musste den Antrag heute rückgängig machen und würde einfach weiter arbeiten wie bisher. Diese Aussicht verbesserte nicht gerade ihre Laune. Der Himmel war bleiern und ihr Gesicht müde. Man konnte es als Sentimentalität oder Wetterfühligkeit abtun, kleinreden, weglächeln, aber eine winzige Nettigkeit wie: »Hier sind Milch und Zucker, Liebling. Ich wünsche dir einen schönen Tag«, hätte jetzt gut getan. Als sie um halb neun vor die Haustür trat, wurde sie schon erwartet. Der Mann, der dort stand, gleich neben dem Eingang an der Mauer mit den Messingtafeln der Arztpraxen, kam ihr bekannt vor. Sie wusste nur nicht, wo sie ihm schon einmal begegnet war. Interessierte sie auch nicht weiter. Sie wollte ihm ausweichen, als er ihr den Weg abschnitt, der sie durch den Nieselregen zur U-Bahn-Station führen sollte.

»Wir kennen uns«, sagte der Mann.

»Nicht, dass ich wüsste.«

»Ich bin der, den Sie attackiert haben.«

Jetzt erkannte sie ihn. Die mit Hansaplast reparierte Brille. Den Trainingsanzug aus türkislila Fallschirmseide. Er trug wieder die »Birkenstocks« und ein siegessicheres Lächeln.

»Was wollen Sie? Ich habe keine Zeit«, sagte Gerit. »Ich muss zum Dienst.«

»Sie sind mir noch was schuldig.«

»Ich?« Gerit spürte, wie sie ungehalten wurde. An Tagen wie diesen brauchte man ohnehin schon einen Schirm und Überlebenswillen.

»Ich habe es satt, jeden Morgen vor Sonnenaufgang durch die Gegend zu ziehen. Ich will mein Geld ab jetzt auf leichtere Art verdienen«, nörgelte der Mann.

»Was habe ich damit zu tun?«

»Ich werde Sie auf Schmerzensgeld verklagen.«

Vor lauter Überraschung begann Gerit zu lachen. Laut und schrill und wie ein Echo immer wiederkehrend. Als sie sich langsam beruhigt hatte, sagte sie: »Sie haben mir also aufgelauert? Woher wussten Sie, wo ich wohne?«

»Ich kenne alle Flaschen hier in der Gegend.« Er grinste sie an und entblößte eine Lücke zwischen den Schneidezähnen.

»Sehr witzig. Wohl auf ›Facebook‹ gewesen?«

Er pflanzte sich breitbeinig vor ihr auf und verschränkte die Arme vor der Brust. »Ich habe was ganz anderes: ein ärztliches Attest über ein Hämatom am linken Oberarm. Und ich habe einen guten Anwalt.«

»Glauben Sie mir, seriöse Richter lassen sich von solch einer Schmierenkomödie nicht beeindrucken. Höchstens ein paar windige Anwälte, die auf ein bisschen Medien-Hype hoffen.«

»Ich habe den besten.«

Gerit sah ihn fast mitleidig an. »Sie tragen eine mit Pflaster zusammengekleisterte Brille und wollen mir erzählen, dass Sie sowohl über eine Krankenversicherung verfügen als auch über genügend Geld für ein gesalzenes Anwaltshonorar? Haben Sie am Ende sogar einen Rechtsschutz, der Ihre Kosten trägt?«

Gerit klappte ihren Regenschirm auf und ging davon, ohne den Mann auch nur noch eines Blickes zu würdigen.

»Kann einer Richterin ja nicht recht sein, wenn sie selbst ein Verfahren an der Backe hat. Kann ja echt eine Karriere zerstören, nur weil man mal kurz verpeilt war.«

Im Gehen drehte sie sich um und sah, dass der Mann ihr nachkam. Sie blieb stehen und wartete, bis er sie erreicht hatte. »Wie soll ich das verstehen?«

»Ich wusste doch, dass Sie auf dem Ohr nicht taub sind.« Er legte seine Hand auf ihren Arm.

Sie schüttelte ihn ab. »Fassen Sie mich nicht an!«

»Machen wir einen Deal!«, sagte er. »Sie zahlen mir fünftausend Euro, und ich sehe von einer Anzeige ab.«

»Gut, machen wir einen Deal«, sagte Gerit.

Ein Leuchten ging über das Gesicht des Mannes, er schien in seinem Triumph zu baden.

»Wenn Sie nicht sofort abhauen«, sagte Gerit, Eiskristalle im Blick, »bohre ich Ihnen die Spitze meines Schirms in den Fuß, der fatalerweise nicht geschützt ist durch festes Schuhwerk. Und jetzt, hören Sie mir gut zu, das wird Ihren Anwalt sicherlich freuen, können Sie mich auch noch dran kriegen wegen Nötigung, Paragraph 240 des Strafgesetzbuches. Aber vielleicht komme ich Ihnen auch zuvor und zeige Sie an wegen Erpressung, Paragraph 253 StGB.«

Damit ließ sie ihn stehen und gab sich noch nicht einmal die Mühe, zurückzublicken, um zu schauen, welches Gesicht er machte.

Die letzten Stunden hatte Sonja in einer Übernachtungsstätte für Obdachlose verbracht. Als sie schlaflos in dem schlichten Metallbett im Wohncontainer gelegen hatte, war ihr der Gedanke an eine Reise nach Frankreich plötzlich absurd erschienen. Wie ein Vogel war sie sich mit einem Mal vorgekommen, der Angst hatte zu fliegen. Das Schöne, Warme, Glitzernde da draußen würde sie nie mehr sehen. Und sie konnte sich noch nicht mal damit trösten, dachte Sonja, dass sie alle Zeit der Welt hatte. Hatte sie nicht. Das war die schlimmste Gewissheit von allen. Wie die schwarze Silhouette eines Falken hoch oben am Himmel, vor dem jeder kleine Vogel Angst hatte.

Sie hatte sich wieder aufgemacht zur U-Bahn-Station in der Gegend, in der auch Gerit lebte und die fast so etwas wie Sonjas Heimat geworden war. Sie hoffte darauf, dass der Regen aufhören würde und sie in den kleinen Park gehen und dort ein paar Flaschen finden konnte.

Ihre Haare lockten sich wie immer in der feuchten Luft. Die Nässe drang im Nu durch die Kleider. Sie sah zu, dass sie Schutz fand zwischen Snackautomat und Plakatwand am Gleis, an dem die U1 abfuhr. Sie bereute es, heute

Morgen in der Notunterkunft nicht gefrühstückt zu haben. Ihr knurrte der Magen. Ein Brötchen wäre gut. Ein Becher Tee. Acht Millionen im Lotto. Ein Paar Gummistiefel in Regenbogenfarben. Eine Frisur. Als jemand vor ihr auftauchte, guckte sie kurz hoch.

»Wir fahren morgen um neun«, sagte Gerit. »Nur damit das klar ist: Ich bin nicht auf der Suche nach einer neuen besten Freundin. Ich habe auch gar keine Zeit, mit jemandem befreundet zu sein, der so viel quatscht.«

»Wer hier wohl viel quatscht!«, grummelte Sonja.

»Bitte?«

»Nichts. Gar nichts. Warum wollen Sie plötzlich mit mir verreisen?«

»Weil Sie genauso mies aussehen, wie ich mich fühle. Zumindest das verbindet uns. Außerdem wäre es ziemlich bescheuert, auf das Licht der Provence zu verzichten, wenn man schon mal Urlaub hat, um hier unter lästigen Fotografen zu leiden, dreisten Erpressern, einem Shitstorm via ›Facebook‹, einer Erkältung, einer Blasenentzündung, kalten Füßen und Gelenkrheumatismus für den Rest seiner Tage. Trauen Sie sich zu, die lange Strecke zu fahren?« Gerit hob den Gipsarm. »Ich falle als Chauffeur aus.«

»Aber immer doch!«, sagte Sonja, während ein seliges Lächeln ihr Gesicht überzog wie rosa Zuckerglasur die Hochzeitstorte in einer Konditorei.

Kapitel 11

Der Regen fiel wie ein blickdichter Vorhang von einem grauen Himmel. Die Autos fuhren mit Licht, das sich in den Pfützen auf dem Asphalt spiegelte. Das Wasser spritzte auf den Lack von Gerits schwarzem Mini. Es war an der Zeit, abzuhauen. Während Sonja beschleunigte, um sich in den Verkehr der Autobahn einzufädeln, hakte Gerit in Gedanken die Dinge ab, die sie in aller Eile noch erledigt hatte.

Sie gehörte nun mal zu den Menschen, die nichts dem Zufall überlassen. Nicht nur, dass sie ihren Einkaufszettel für den Supermarkt in der Reihenfolge verfasste, in der die Sachen im Laden stehen. Sie würde auch niemals verreisen, ohne vorher den Kühlschrank zu leeren, die Zeitung abzubestellen und dem Briefträger Bescheid zu geben, er möge die DIN-A4-Umschläge beim Apotheker nebenan deponieren, damit sie niemand aus dem Postkasten zog. All das hatte sie gerade so geschafft. Sie hatte sogar noch daran gedacht, »Aspirin« zu kaufen, sich von Konstanze von Cramm zu verabschieden (persönlich) und von Katja König (telefonisch) und den Ersten Bürgermeister der Hansestadt zu bitten, in ihr nicht länger eine mögliche Justizsenatorin zu sehen.

Bevor sie gestern um kurz vor Mitternacht abgespannt ins Bett ging, hatte sie für ihre Verhältnisse geradezu wahllos das Nötigste in den Koffer geworfen.

Im Fahren drehte sich Sonja um und belächelte den mächtigen schwarzen »Samsonite«, der den gesamten Kofferraum des Mini sowie die Rückbank mit den umgeklappten Sitzen einnahm und gegen den sich ihre darauf lümmelnde grüne Plastiktüte wie eine Erbse auf einem Pumpernickel ausnahm. »Viel zu viel.«

»Viel? Sie haben keine Ahnung davon, was ich alles vergessen habe: Regenjacke. Sonnenhut. Bademantel. Abendkleid. Fahren Sie doch nicht so schnell!« Ihre Hände krallten sich an Sitz und Tür fest. »High Heels. Handtücher. Schlappen.« Gerits Füße stemmten sich der Straße entgegen. »Sie rollen viel zu dicht auf! Haarspülung. Sagrotan. Wasserdesinfektionsmittel. Vitamin-C-Pulver. Insektenspray. Kohletabletten *gegen* Durchfall. Elektrolyte *nach* Durchfall. Zwieback *bei* Durchfall. Sie scheinen nach der Devise Auto zu fahren: Wer später bremst, ist länger schnell.« Gerit fühlte, wie sich Schweißflecken unter ihren Achseln bildeten, und so redete sie einfach weiter, weil sie ihr eigenes Geplapper beruhigte. Wie ein Fächer, der Stab für Stab in ihrem Kopf aufklappte, fielen Gerit immer mehr Dinge ein, die sie dringend und unbedingt benötigen würde. »Fieberthermometer. Schuhputzzeug. Handwaschmittel. Wäscheleine. Wäscheklammern. Salbe gegen Mückenstiche. Pfefferspray. Schweizer Taschenmesser. Reisebügeleisen. Blasenpflaster. Glücklicherweise hatte ich noch Tabletten gegen Übelkeit und Baldrian im Haus. Das sind Lebensretter angesichts Ihrer Fahrkünste, die einem Stunt mit dem Traktor ähneln. An welcher Kirmesbude haben Sie Ihren Führerschein geschossen?«

Sonja lachte. »Ich bin einfach lange nicht mehr gefahren. Bin ein bisschen aus der Übung.«

»Wie beruhigend! Ich kann von Glück sagen, in der

Hektik noch an Schlafbrille und Ohropax gedacht zu haben.«

»Sie befürchten, dass ich schnarche?«

»Ich befürchte, dass Sie davon ausgehen, wir könnten ein Doppelzimmer teilen.« Gerit jaulte auf. »Fast hätten Sie den Lkw touchiert.«

»Wir werden in einem Bett schlafen, an einem Tisch frühstücken, denn wir fahren gemeinsam in den Urlaub.«

»Ich glaube, wir sollten besser umkehren.«

Sonja prustete los. »War nur Spaß. Ich schlafe im Auto. Ich stelle keine Ansprüche.«

Gerit wedelte das Thema weg wie eine Stubenfliege vor ihrer Nase. »*Ich* nehme ein Einzelzimmer. *Sie* nehmen ein Einzelzimmer. Ich bezahle es. Und wenn Sie können, geben Sie es mir irgendwann zurück. Wenn ich dann noch lebe.« Sie stieß einen spitzen Schrei aus. »Sie haben den roten Mercedes geschnitten. Gott, Sie sind geisteskrank! Einweg-Gummihandschuhe habe ich übrigens auch vergessen.«

»Wozu die?«

»Damit man später auf Ihrem Hals meine Fingerabdrücke nicht findet, falls ich meinen Entschluss bereuen sollte. Was ich – unter uns gesagt – bereits tue. Ich stehe jetzt schon kurz vor einem emotionalen Totalschaden, die Messung meines Hautwiderstandes würde übergroße Erregung signalisieren, und meine Toleranz-Knautschzone fällt immer mehr in sich zusammen, weil es eine echte Herausforderung ist, als Psycho-Airbag einer Verrückten dabei behilflich zu sein, in ein neues Leben zwischen Tomatenstauden und Feigenbäumen zu starten.«

An diesem Tag schafften sie rund siebenhundert Kilometer und hielten nachmittags vor einem kleinen Hotel in einem Ortsteil von Baden-Baden. Von außen sah es nett aus, weiß, mit grünen Läden und Blumenkästen vor den Fenstern. Innen gab es eindeutig zu viel Holz, einen Kachelofen und auf den Tischen der Gaststätte gefaltete Stoffservietten, steif und spitz wie Hexenhüte. Eine Hochzeitsgesellschaft hatte das Haus mit Beschlag belegt. Es war nur noch ein Doppelzimmer frei. Gerit wollte gleich wieder gehen, doch dann bemerkte sie die Müdigkeit in ihren Knochen. Außerdem war es eines dieser Häuser, in denen man kein Problem damit haben würde, mit einer Mitreisenden einzuchecken, die als Gepäck nur einen Rucksack und eine Plastiktüte bei sich führte. Das Zimmer war mit sechzig Euro für sie beide zusammen günstig und schlicht.

Sie vertraten sich die Beine und gingen zum Abendessen. Aus dem Nachbarraum drang trotz geschlossener Schiebetür die Rede des Schwiegervaters auf die Braut *(»Wir haben dich, Marketta, als neue Tochter sofort ins Herz geschlossen.«)* Sie bestellten Weißwein aus der Region, Steak mit Butterrösti für Sonja, einen Salat für Gerit. Der Himmel vorm Fenster leuchtete wie in Wasser aufgelöster Safran. Sie aßen und tranken und hielten die Konversation mühsam am Laufen.

Sonja kicherte und schüttelte den Kopf. »Diese Reden! ... Hm. Du bist ganz und gar köstlich. Mögen andere junges Gemüse bevorzugen, ich mag was Handfestes wie dich.«

»Sie reden wieder mit ...?«, fragte Gerit und hob die Augenbrauen.

»Mit meinem Steak«, fiel ihr Sonja ins Wort und betrachtete zärtlich ihr Stück Fleisch. »Medium, genau richtig. Und du? Feiner Buttergeschmack. Kross gebraten.«

»Und nun nehme ich an, kommunizieren Sie mit Ihrem …?«

»Rösti«, sagte Sonja. »Mit wem sonst?«

Gerit stieß einen langen Seufzer aus. »Sie sind irre. Aber was beschwere ich mich? Ich hätte es einfacher haben können. Es gibt sehr schöne Reisen für genießerische Stunden in kultivierter Gesellschaft von Akademikern.«

»Tut mir leid, wenn ich Ihnen nicht genüge.« Sonja deponierte ihr Besteck auf ihrem halbvollen Teller, während nebenan immer noch die Stimme des Brautvaters zu hören war (*»Die Ehe ist kein Fertighaus, sondern ein Gebäude, das ständig renoviert werden muss.«*).

»Sie sind aber auch empfindlich! Legen Sie doch nicht jedes Wort auf die Goldwaage.«

»Sie behandeln mich wie ein Dummerchen.«

»Sie sind garantiert kein Dummerchen. Ich habe Sie beim ›Trivial Pursuit‹ erlebt.«

Sonja lehnte sich zurück und fuhr sich mit der Hand über den Bauch. »Der Tag war zu schön, um nachtragend zu sein. Gleich«, fuhr sie fort und machte eine Kopfbewegung Richtung Schiebetür, »kommen die üblichen Spiele. Reise nach Jerusalem. Kennen Sie das? Strumpfbandversteigerung. Schuhe suchen. Und ganz zum Schluss wird die Braut entführt und die Wohnung verwüstet. Hatten Sie nie Lust zu heiraten?«

»Bin ich wahnsinnig? Die Ehe ist die Guillotine jeglicher Gefühle. Die kleinste Keimzelle des Terrors. Am Anfang, ja, da ist alles gut. Man macht Ausflüge und Picknicks, man beteuert, wie gern man ins Naturkundemuseum geht, obwohl man Mineralien hasst und sich für nichts weniger als für Präparationstechniken interessiert. Man isst dem anderen zuliebe Westfälische Beutelwurst oder Räuchertofu, aber was mit einem romantischen Kuss im Mondschein beginnt und seine Fortsetzung im liebevollen Berühren der Hände beim Anschneiden der dreistöckigen Torte findet, endet in der Regel damit, dass man jahrelang, erstarrt in der Hochzeitsfotopose, nebeneinanderher lebt, bevor man sich gegenseitig das Herz herausstanzt wie das Kerngehäuse eines Apfels und viele kleine neue Liebesterroristen heranzüchtet mit Karies und Schweißfüßen und verstopften Talgdrüsen, für die man nur noch eine Versorgungsstation mit Fritten und Fleckentferner ist, bevor sie endgültig das Haus verlassen.«

»Klingt, als hätten Sie die Ansprache schon längere Zeit fertig«, sagte Sonja und erschauerte, als sie Gerits Blick sah, der sich in ihre Eingeweide fraß.

»Ich mag auch keine Frauenfreundschaften«, beugte Gerit weiterem Gesprächsbedarf vor, »die sich auf gegenseitiges Herzausschütten und albernes Prosecco-Gesäusel gründen. Ich rede nicht gern über meine Brüste, meine Bindungen und mein Bindegewebe, ich hasse derartige Vertraulichkeiten, die irgendwann bei Details über die körpereigene Verdauung und Orgasmusproblemen enden. Ich bin kein Weibchen, okay?« Sie gab der Stoffhängelampe mit den braunen Rüschen über dem Tisch einen Schubs und beobachtete Sonja, die verstohlen mit der Hand die roten Lippenstiftschlieren vom Rand ihres Glases wischte. Die nächsten Minuten vermied es Sonja, Gerit anzusehen. Sie trank ihren Wein und sprach auch nicht mehr mit ihrem Steak.

»Was habe ich denn jetzt schon wieder falsch gemacht?«, stöhnte Gerit, der der Appetit vergangen war. »Jeder eine kleine Diva.« Sie legte die Gabel mit einer aufgespießten Cherrytomate zurück auf den Teller und blickte Sonja an.

Plötzlich musste Sonja gegen ihren Willen lachen.

»Wenn Sie richtig in Rage sind, bringen Sie glatt eine Niedrigblutdruckleiche wieder in Wallung.« Sie wurde ernst und knibbelte am Saum des Tischtuchs. »Sie sind wie Seife, die man kurz zu fassen kriegt, bevor sie wieder ins Badewasser glitscht.«

»Wundert Sie das nach unserer gemeinsamen Vorgeschichte?« Gerit schüttelte den Kopf über so viel Naivität. »Vergessen Sie das Fragezeichen! Ich erwarte keine Antwort.«

»Wann hat er Sie eigentlich verlassen?«, wollte Sonja wissen.

»2010«, sagte Gerit nach einigem Zögern, immer noch nicht bereit, die Tür zu ihrem Privatleben mehr als einen Spaltbreit zu öffnen.

»Wie mich. Im Mai.«

»Bei mir im Juni«, sagte Gerit nach einer endlosen Weile.

»Er hat uns beide also zur gleichen Zeit abserviert.«

»Das ist wohl so.« Gerit schüttete den letzten Schluck Wein aus der Viertelliterkaraffe in ihr Glas und traute sich noch ein Stückchen aus ihrer Sicherheitszone. »Er ist nach Frankreich gezogen.«

»Nicht möglich!« Sonja riss die Augen auf und beglückwünschte sich selbst zu dieser schauspielerischen Glanzleistung.

Gerit sah sie aufmerksam über den Rand ihres Glases an, während sie am Wein nippte. »Wussten Sie das?«

»Nein. Woher denn? Wer vertraut denn schon einer Pennerin wie mir was an?« Sonja nahm einen Schluck.

»Haben Sie nicht erzählt, Sie hätten diese Sexbombe getroffen?«

Um ein Haar hätte sich Sonja verschluckt. »Elsa Turin? Die soll mit mir reden? Eher verteilt die Pichelsteiner in einer Obdachlosenküche.« Energisch schüttelte sie den Kopf und gab vor zu gähnen, auch das eine oscarreife Vorstellung, wie sie fand, an deren Ende sich sogar Schlafsand in ihren Augen bilden würde, Hilary Swank, watch out! Jetzt aber würde sie den Spieß umdrehen. »Haben Sie nicht gesagt, Sie wüssten nicht, wo er ist?«

»Habe ich das?« Gerit zuckte mit den Schultern. »Mehr weiß ich nicht. Ich habe keine Ahnung, wo er steckt. Frankreich ist groß. Es käme ja auch niemand von uns auf die Idee, ihn zu suchen.« Sie lachte. Ihr Lachen klang flach und leise.

»Natürlich nicht«, sagte Sonja und legte ein Höchstmaß von Überzeugungskraft in ihre Stimme. »Wieso auch?«

»Eben.«

Sonja gähnte erneut, und sie beschlossen, schlafen zu gehen.

Das Bett war eng. Gerit musterte es so eingehend, als könne ihr scharfer Blick es mühelos in die Breite ziehen wie einen Hosenbund mit Gummizug.

»Ich wäre Ihnen dankbar«, sagte sie, »wenn Sie mir den Platz an der Tür überlassen, sich mit dem Rücken zu mir drehen und Richtung Fenster atmen. Vor allem, weil Sie Fleisch gegessen haben und beim Schlafen sicherlich durch den Mund atmen. Zum einen muss ich nachts oft austreten, zum anderen tue ich mich schwer mit fremden Menschen in einem Raum. Aus diesem Grund konnte ich schon als Kind keine Klassenreisen mitmachen.«

»Die waren doch das Beste an der ganzen Schule.«

»Wenn Sie mit zehn Mitschülerinnen und einer Lehrerin, die vor dem Zu-Bett-Gehen hingebungsvoll ihre Krampfadern verarztet, gemeinsam im Schlafsaal einer Jugendherberge am Ratzeburger See hätten campieren müssen, glauben Sie mir, Sie würden anders darüber denken.«

»In der Regel übernachte ich immer so«, sagte Sonja. »Nur dass der Schlafsaal nicht am See liegt und dass Krampfadern das kleinste Übel sind in unseren Kreisen.«

»Wie dumm von mir«, sagte Gerit. »Das war nicht sehr überlegt.«

Als sie im Bett lag, seufzte sie und dachte: Okay, ich lasse jetzt mein Leben vor der Tür, muss es eben warten, bis ich morgen früh wieder rauskomme.

Ihr war warm, die Biberbettwäsche mit den gelben Streublümchen war scheußlich, die Hotelwände waren dünn, und die Hochzeitsgesellschaft wurde immer lustiger.

Sie konnte nur hoffen, dass ihre Bettnachbarin nicht auch noch unter Blähungen litt. Eiweiß, Fett und Kohlehydrate konnten eine unheilvolle Kombination eingehen.

Gerit wälzte sich von der Seite auf den Rücken und blickte an die Decke. »Mit wie vielen Personen liegt man im Schlafsaal?«

»Kommt drauf an. Letzte Nacht hatte ich eine Einzelunterkunft in einem Wohncontainer. Mal ist man zu zweit, mal zu viert, mal zu sechst. Falls Sie jetzt sagen wollen: ›Hey, Einzelzimmer! Ist doch gar nicht so schlimm‹ – doch, es ist schlimm. Niemand landet da, weil er es möchte.«

»Schon klar«, sagte Gerit mit rauer Stimme. Ihr Mund war trocken. Sie hätte eine Flasche Wasser mit nach oben nehmen sollen. Sie war heute wenig umsichtig, vergaß die elementarsten Dinge.

»Kurz vor zwölf«, sagte Sonja. »Hören Sie? Jetzt entführen sie die Braut.«

»Woher kennen Sie sich mit Hochzeitsbräuchen aus?«, fragte Gerit.

Sonja warf sich jetzt ebenfalls auf den Rücken und starrte genau wie Gerit an die Decke. »Ich komme vom Dorf. Da wächst man mit so was auf. Da stehen die auf traditionelle Sachen.«

»Von wo genau?«

»Aus einem kleinen Ort mit viel Fachwerk zwischen Siegerland und Westerwald, umzingelt von Wäldern mit jeder Menge stillgelegter Stollen, wo ich mich eingeengt gefühlt habe wie Ihr Arm in seinem Gips. Das war kein Spaß.«

»Die Kindheit ist selten spaßig«, sagte Gerit, »auch ohne dunkle Wälder und stille Stollen, weil man den Erwachsenen ausgeliefert ist. Gute Nacht!« Sie setzte ihre schwarze seidene Schlafbrille auf und legte sich auf den Bauch, das Gesicht nach unten, die Arme über den Kopf gebreitet, die Beine ausgestreckt und gespreizt.

Die Kirchenuhr schlug Mitternacht.

Sonja konnte ein leichtes Zittern in ihrer Stimme nicht unterdrücken, während sie kaum hörbar »Happy Birthday« vor sich hin summte.

»Für wen ist das jetzt?«, fragte Gerit.

»Für mich. Ich habe Geburtstag.«

Gerit drehte sich wieder auf den Rücken. »Herzlichen Glückwunsch! Den wievielten feiern Sie?«

»Den sechsunddreißigsten. Zum angenehmen Teil meiner Kindheit gehörte, dass meine Geschwister und ich uns am Geburtstag zum Mittagessen immer unser Lieblingsgericht wünschen durften.«

»Und das war?«

»Bei mir war das Buchstabennudelsuppe, mit der man auf dem Tellerrand den eigenen Namen formen konnte«, sagte Sonja und musste schlucken, wie immer wenn etwas aus der Vergangenheit auftauchte und sie rückfällig werden ließ bei ihrem Bemühen, ihre Biographie abzustreifen wie ihre Seidenstretch-Kleider von früher. »Und Sie? Gab es das bei Ihnen auch?«

»Wir gingen ins Restaurant«, sagte Gerit. »Wir gingen oft ins Restaurant. Aber es gab keine Kinderteller für uns. Zu viel Frittiertes. Zu viel Paniertes. Wir aßen wahrscheinlich irgendwas mit Lamm oder Kalb, mit Artischocke oder Seezunge. Ich weiß es nicht mehr.« Sie schob die Schlafmaske in die Stirn und sah Sonja an. »Wenn Sie jetzt einen Wunsch frei hätten, was wäre das?«

Sonja knabberte an ihrem Zeigefinger und lachte. »Mir fällt nichts ein.«

»Wunschlos glücklich? Das kann nicht sein.«

»Manchmal sind die erhörten Gebete die schlimmsten. Also wünscht man sich besser nichts. Und die Träume behält man sowieso. Die verschwinden nicht so einfach.«

»Kommen Sie schon! Wünschen Sie sich was! Nicht gerade den Weltfrieden und gute Leberwerte bis ins hohe Alter, sondern etwas, das sich ohne Probleme erfüllen lässt. Gleich morgen. Gleich hier vor Ort.«

Es dauerte bestimmt eine halbe Minute, bis Sonja antwortete: »Sie dürfen es mir nicht abschlagen, okay?«

»Versprochen.«

»Ich möchte ins Casino. Schließlich sind wir in Baden-Baden. Für Marlene Dietrich war es das schönste der Welt.«

»Wir sollen also einen Tag dranhängen?«

Sonja sprang aus dem Bett und schnalzte mit der Zunge. »Wer redet denn davon? Wir gehen jetzt! Es hat samstags bis drei Uhr nachts geöffnet.« Sie deutete auf den Tisch, auf dem ein Bocksbeutel zur Begrüßung und Plastikrosen in einer Vase standen. »Steht in dem Touri-Prospekt, der da liegt.«

Geschah ihr recht, dachte Gerit, als sie kurz vor ein Uhr nachts auf das strahlend weiße, hell erleuchtete Kurhaus zugingen, in dessen rechtem Flügel sich das Casino befand. Normalerweise gab es um diese Zeit nichts, was sie noch irgendwie amüsiert hätte außer den notwendigen Reparaturarbeiten ihrer Körperzellen und der nicht zu unterschätzenden Endverdauung während ihres Schönheitsschlafes.

Schwarz war eine Winterfarbe. Und sie hatten Anfang April. Trotzdem war Gerit froh, bei dem hektischen Packen gestern Abend auf Dunkles gesetzt zu haben. Sie hatten eben auf die Schnelle eine weit geschnittene Bluse für Sonja gefunden und ein Paar halbhohe Pumps. Beides zusammen plus ein Seidentuch peppten Sonjas schwarze Hose auf. Sie selbst hatte sich für ein Kleines Schwarzes entschieden. »Angemessene Garderobe«, so hatten sie dem Prospekt entnommen, sei an den Roulettetischen erwünscht.

Sie waren gerüstet. Sie würden einmal ihre Nase in den Prunk stecken, vielleicht ein Glas Sekt auf Sonjas Wohl trinken und wieder gehen. Ins Bett *gehen*, dachte Gerit und fühlte die Müdigkeit wie Blei in ihren Beinen.

Sonja fühlte sich beschwingt. Sie genoss es, hier zu sein. Es war die beste Idee seit langem und der schönste Geburtstag seit Jahren.

»Was für eine Pracht!«, rief sie aus, als sie den Wintergarten betraten, den man passieren musste, wollte man zu den Casino-Sälen mit den zwölf Roulette-Tischen. Sie kam gar nicht auf den Gedanken, sich mit einem der weit über hundert Automaten im Untergeschoss abzugeben, für die man teilweise nur einen Cent Einsatz brauchte.

»Geben Sie sich keine Mühe«, sagte Gerit, die sich weigerte, all dem mehr Beachtung zu schenken als unbedingt nötig. »Nur weil die hier mit weißem Marmor und Goldgittern protzen, heißt das nicht, dass ich die Contenance verliere. Weniger ist bekanntlich mehr.«

»Zu besonderen Anlässen sollen sie hier mit silbernen und goldenen Jetons spielen«, sagte Sonja und bekam vor lauter Begeisterung Schnappatmung.

»Neureiche Attitüde.« Gerit zog die Luft scharf durch die Nase. »Das ist was für Leute, die ihr Risotto mit Blattgold verzieren und für deren Handtasche ein Krokodil sterben muss.«

»Sie haben keine Ahnung davon, was Spaß macht.«

»Spaß wird im Allgemeinen überbewertet«, sagte Gerit.

»Schauen Sie doch nur! Die kunstvoll bemalten Decken! Die Spiegel! Die Kronleuchter! Ich könnte wetten, die sind aus Frankreich. Und dieses Granatapfelkernrot an den Wänden!« Andächtig strich Sonja mit ihren Fingerspitzen über die Tapeten. »Seide«, hauchte sie.

»Versailles mit dem Geschmack von Flädlesuppe«, sagte Gerit, als sie an einen der Tische traten.

Die Kugel lief. Nichts war zu hören außer dem aufgeregten Raunen der Gäste und dem Geräusch der kleinen Elfenbeinmurmel, die über das Ebenholz des Nummernkranzes flitzte.

»Rien ne va plus«, sagte der Croupier und schob auf Deutsch hinterher: »Nichts geht mehr.«

Die Kugel fiel in die Kuhle mit der Einundzwanzig.

»Mein Geburtstag«, sagte Gerit, die ein wenig irritiert war. »Der einundzwanzigste September.«

»Jungfrau«, sagte Sonja. »Hätte ich fast gedacht.«

Doch Gerit ging nicht darauf ein. Sie hatte anderes zu tun. »Das ist ein Zeichen. Ich hole uns ein paar Jetons.«

»Warum nicht? Schnippen wir ein paar Chips unters Volk und machen die Bank!«, sagte Sonja eine Spur zu laut, während sich eine üppige Frau vorwurfsvoll zu ihr umdrehte und Sonja ihr mit ihrem geübten Scanner- und Kenner-Blick zu verstehen gab, dass die Kette zu bunt und das Kleid zu rot und zu eng war, da der Busen ein ziemlich eingepferchtes Dasein unter der Knopfleiste führte.

»Machen Sie Ihr Spiel!«, sagte in dieser Sekunde der Croupier, der das Rad in Bewegung setzte und die Kugel in die Zahlenschüssel mit den roten und schwarzen Fächern warf. Und der grünen Mulde für die Null. »Faites vos jeux!«

Gerit kam zurück und drückte Sonja fünf Zehn-Euro-Jetons in die Hand. »Setzen Sie!«

Nachdem bereits alle Spieler ihren Einsatz gemacht hatten, platzierte Sonja in allerletzter Sekunde einen Zehn-Euro-Jeton auf Schwarz.

»Rien ne va plus. »

Es kam Schwarz. Und Sonja war um zwanzig Euro reicher.

Sie setzte Rot – es kam Rot. Sie setzte einen Zehn-Euro-Chip auf die Sechsunddreißig. Immerhin war das ihr neues Alter. Die Kugel fiel klackernd in das Fach mit genau dieser Zahl, und kurz darauf schob ihr einer der vier Croupiers am Tisch mit seinem Mini-Rechen Jetons im Wert von dreihundertfünfzig Euro zu, die sie zu einem kleinen Turm stapelte. Es fühlte sich gut an, das Plastikgeld. Glänzend und bunt und sauberer als jeder Schein. Als ein Zehner-Chip hinunterfiel, drängte sie die anderen Gäste beiseite und krabbelte unter den Tisch. Über Bande ließ ihr die Üppige eine kleine Gemeinheit zukommen, als Sonja wieder auftauchte und die Frau giggernd zu ihrem Begleiter sagte: »Manche scheinen es nötig zu haben.«

Sonja zögerte. Sollte sie etwas entgegnen? Doch da kam ihr Gerit zuvor, und es war wieder einer der Momente, für die Sonja sie mochte. Sie wies die Knopfleiste zurecht. Besser gesagt: Sie schoss sie ab.

»Manche *haben* es nötig«, sagte Gerit. »Für zehn Euro müssen einige Menschen in unserem Land ihren Wocheneinkauf an Lebensmitteln machen. Wissen Sie, was Sie dafür kriegen? Nein, wissen Sie nicht! Woher auch? Noch zwei, drei Euro mehr, und mit Glück bekommt man dafür auf dem Wochenmarkt kurz vor Feierabend noch einen Zwei-Kilo-Beutel Orangen und zwanzig Knickeier. Oder man nimmt die zehn Euro und leistet sich davon einmal im Jahr einen Haarschnitt bei einem Billigfriseur. Wenn das kein Luxus ist! Aber davon haben Sie keine Ahnung! Sie stellen sich lieber hier hin mit ihrem Schulmädchengrinsen und reden Schwachsinn.«

»Wow!«, sagte Sonja, nachdem die Frau sich grummelnd getrollt hatte. »Woher kennen Sie sich mit so etwas aus?«

»Was meinen Sie, wie viel Kostenaufstellungen für Unterhaltszahlungen ich jeden Monat auf meinem Tisch habe? Und nun spielen Sie weiter!«, drängte Gerit. »Die Kugel läuft für Sie.«

Und so warf Sonja mit leichter Hand die Chips auf den Tisch und spielte die Zahlen durch, die in ihrem Leben eine Wichtigkeit hatten. Das Datum ihrer Prüfung an der Modeakademie. Der Todestag ihrer Großmutter. Der Tag, an dem Simon in ihr Leben getreten war. Sie setzte. Sie gewann. Hielt irgendwann mal Ausschau nach Gerit. Sah sie am Roulettetisch im Saal nebenan. Konzentrierte sich wieder auf ihr Spiel. Sie hatte ein Gefühl dafür, wohin die Kugel rollte. Bestellte ein Glas Wein. Auf die Sechsunddreißig! Zum Wohl! Das alte Leben weit weg: die

Obdachlosen-Butzen, die nach ranzigem Fett riechende Daunenweste, die Nackenschläge, das Scheitern im Job, nie eine Hochzeit, nie mehr einen Mann, den alten nicht und auch keinen neuen, niemals ein Kind. Aber hundert Euro Trinkgeld. »Für die Angestellten.« Der Jeton verschwand im Schlitz des Tisches, und der Croupier nickte ihr zu: »Danke.«

Dame von Welt. Faites vos jeux. Rien ne va plus. Und noch mal für die Angestellten. Money makes the world go round. Plötzlich stand Gerit neben ihr. »Wir sollten gehen. Gleich drei. Sie schließen jede Minute. Glück gehabt?«

»Glück gehabt«, sagte Sonja und spürte ein Bedauern darüber, dass sie den Ort schon verlassen musste, an dem sie gewonnen hatte, weil nichts mehr zu verlieren war. An der Kasse wechselte sie Jetons im Wert von viertausend Euro gegen Bares. »Und Sie?«, wandte sie sich an Gerit, während sie das Casino verließen und an den sechsarmigen Gaskandelabern vorbei noch ein Stück durch den Kurgarten gingen. Hinein in die laue Nacht, die es sich anmerken ließ, dass man schon recht weit im Süden war.

»Nicht der Rede wert.«

»Soll heißen?«

»Ein bisschen was verloren.« Gerit beschleunigte ihre Schritte. Sie wollte so schnell wie möglich zum Auto. »Ich habe erst gewonnen. Dann verloren. Dann wollte ich es mir zurückholen. Das war ein Fehler. Das muss man wissen. Es ging daneben.«

»Wie viel war's?«

»Sag ich nicht.«

»Bitte!«

»Ist mein Geheimnis.«

»Sie sind eine Spielerin«, sagte Sonja und lachte.

Gerit zuckte die Achseln.

»Eine Zockerin.«

Gerit schnitt eine Grimasse.

»Eine Hasardeurin.«

»Eine Verliererin«, sagte Gerit. »Im Spiel und in der Liebe. Ich denke manchmal darüber nach, wie es wäre, wenn ich nicht immer den Anspruch hätte, perfekt zu sein.«

»Dann wären Sie vermutlich glücklicher«, sagte Sonja und reichte ihr einen Hundert-Euro-Schein. »Meine Beteiligung am Zimmer, am Abendessen und am Benzin.«

»Behalten Sie's!«

»Das werde ich nicht«, widersprach Sonja und stopfte der sich sträubenden Gerit den Hunderter in die Tasche ihres grauen Staubmantels, während ein junges Paar an ihnen vorbeischlenderte und sich über den kleinen Tanz wunderte, den die beiden Frauen zu nächtlicher Stunde in dem dunklen Park aufführten.

»Ich will es nicht!«, sagte Gerit und gab den Schein zurück.

»Sie nehmen es!«, sagte Sonja.

»Nein.«

»Doch. Ich bestehe drauf.« Sonja nickte kurz zu dem Paar rüber, versenkte das Geld wieder in der Manteltasche und kicherte: »Das machen wir immer so.« Als die beiden vorüber waren, wandte sie sich wieder an Gerit: »Dann haben Sie wenigstens Ihren Verlust ausgeglichen.«

»Das würde nicht reichen«, sagte die und legte einen Zahn zu.

Als sie eine halbe Stunde später im Bett lagen, hatten sie beide ihre Gesichter der Zimmerdecke zugedreht und schwiegen um die Wette, zu matt, um noch zu reden.

»Dreihundert«, sagte Gerit plötzlich in die Stille.

»Wie bitte?«, sagte Sonja schläfrig.

»Ich habe dreihundert verloren.«

Mit einem Ruck richtete sich Sonja auf. »Ich fasse es nicht.« Sie blickte zur Seite und sah Gerit an, die ihre Augen geschlossen hatte. Ein leichtes Lächeln umspielte ihre Lippen.

»Sie haben Potential«, sagte Sonja. »Sie werden nicht gerade morgen eine Bank machen, aber Sie könnten sich vielleicht irgendwann mal einen rosa Donut mit bunten Streuseln und ein Glas Gin zum Frühstück vorstellen, nachdem Sie im Morgengrauen mit einem Tätowierkünstler multiple Orgasmen gehabt haben.«

Als von Gerit nichts mehr kam außer einem langen Seufzer, ließ sich Sonja zurücksinken ins Kissen. »Wenn Sie nichts dagegen haben, würde ich morgen gern noch mal kurz rein nach Baden-Baden, um ein bisschen was von der Kohle gegen eine Kleinigkeit einzutauschen. Einen Ring mit einem Stein, groß wie ein Wachtelei oder so. Und jetzt kommen *Sie* mir nicht mit Vernunft.« Sie lachte. »Nein, ich werde ganz brav sein und mir etwas Nützliches kaufen: vielleicht Gesundheitsunterwäsche mit umweltverträglichen Farbstoffen von einer Schäfereigenossenschaft.«

»Was sollte ich dagegen haben?«, nuschelte Gerit, seltsam entspannt für ihre Verhältnisse. »Machen Sie nur! Wir haben Zeit.«

Dann war sie wohl eingeschlafen, denn Sonja hörte nichts mehr außer ihren ruhigen Atemzügen. Sie drehte sich zur Seite und blickte auf das bisschen Mond, das durchs Fenster schien. Ihr neues Lebensjahr hätte weitaus schlechter beginnen können, fand sie.

Kapitel 12

Die Frühlingssonne lachte, und Sonja lachte mit. Sie stand noch einen Moment im warmen Licht auf der Straße, nachdem sie ihre Einkäufe in einen neuen Rucksack verstaut hatte, dann kletterte sie in den Mini, in dem Gerit schon auf sie wartete, und brauste los.

Der Himmel war blau mit weiß getupften Schlieren. Während sie Richtung Mulhouse fuhren, hing Gerit ihren Gedanken nach, und auf einmal machten sich diese Gedanken selbstständig, fanden Worte und spazierten aus ihrem Mund.

»Ich habe eine Zeitlang überlegt, in Frankreich zu leben.«

»Im Ernst?«

»In Paris. Ich habe mir eingeredet, dass ich es mögen würde, sonntags über die Kunstmärkte zu bummeln, in kleinen Cafés Pastis zu trinken und abends im Nieselregen durch das gelbe Licht der Straßenlaternen zu spazieren. Ich wollte dorthin, damit meine Mutter nicht länger sagen kann, ich sei langweilig.«

»*Das* hat sie gesagt?« Sonja wandte ihr Gesicht Gerit zu und sah sie einen Lidschlag lang an.

Gerit erwiderte den Blick. In ihren Augen ein Ausdruck, wie er Leuten eigen ist, die sich mit den Dingen abgefunden haben. Sie zuckte die Achseln. »Hat sie. Ich stamme aus einer typisch hanseatischen Juristenfamilie.

Wenn ich an meine Kindheit denke, denke ich an Hausmusik mit Geige, Klavier und Cello. An andere Kinder, die nicht immer erwünscht waren, weil sie Schmutz machten und sich nicht so benehmen konnten wie wir, und die ich glühend beneidet habe, weil sie zu Hause Fischstäbchen bekamen. An Polohemden, die nach dem Bügeln immer in der gleichen Breite gefaltet wurden und an den kugeligen Schnitt der Buchsbäumchen in unserem Vorgarten. Kein Blättchen, das abstand und ans Licht drängte. Das galt für alles andere übrigens auch.«

»Haben Sie Geschwister?«

»Zwei Brüder. Raten Sie, was sie von Beruf sind!«

»Rechtsanwälte?«

»Bingo! Ich war siebzehn, als meine Mutter einen Botschaftsangestellten kennenlernte, sich von meinem Vater scheiden ließ, ihrem Freund erst nach Argentinien, dann nach Island folgte, ihn heiratete und noch mal ein Kind bekam. Einen Jungen.« Gerit legte die Hände in den Schoß und betrachtete die Adern auf ihrer linken Hand, die blau und violett durch ihre durchscheinende Haut schimmerten. »Meine Mutter drehte das Rad noch mal auf Anfang, wie beim Roulette, und mein Vater bemühte sich weiterhin um einen akkuraten Schnitt der Buchsbäume in unserem Garten. Seitdem weiß ich, dass hinter jeder Idylle eine Katastrophe stecken kann. Hinter jeder leuchtenden Fassade eine Dunkelkammer. Vielleicht bin ich deshalb Familienrichterin geworden.«

»Vielleicht war es ja keine Idylle«, sagte Sonja leise. »Man geht nur, wenn man unglücklich ist. Weil es niemanden mehr gibt, der einem voller Sehnsucht etwas ins Ohr flüstert. Der einem eine Praline in den Mund schiebt und einen im Regen küsst.« Sonja musterte einen Moment zu lange das Profil ihrer Beifahrerin und hätte beinahe den Katzenkadaver übersehen, der auf der Mitte der Fahrbahn lag.

Sie wich ihm mit einem heftigen Schlenker aus, und Gerit schrie auf, bevor sie nach einer Schrecksekunde fortfuhr: »Vielleicht. Ich bin jedenfalls nirgendwohin gegangen. Stattdessen habe ich mir einen Mann gesucht, der weitaus weniger langweilig war als ich.« Gerit betrachtete Sonja über den Rand ihrer dunklen Sonnenbrille hinweg. »Ich war Anfang zwanzig, als ich Simon kennenlernte. Er war sieben Jahre älter. Ich studierte Jura, lebte noch bei meinem Vater am Rande Hamburgs, und am Wochenende nahm ich an Reitturnieren teil. Wann immer ich Zeit hatte, war ich auf einem Gestüt außerhalb der Stadt, wo mein Pferd untergebracht war.«

Gerit schloss die Lider, legte den linken Arm als Stütze hinter den Kopf und überließ sich der Erinnerung.

Für eine Weile stand sie wieder auf der Koppel, schaute hinaus aufs Land, spürte die Sonne und den Wind, der an ihren Haaren zerrte, atmete die frische Luft. Sah sich hinübergehen in den Stall, um ihr Pferd zu satteln für einen kleinen Ritt über die smaragdgrünen Wiesen, wo es auf wohltuende Art einsam war.

Plötzlich rief sie der Gestütsleiter in sein Büro.

»Irgend so ein Spinner«, raunte er ihr zu und bedeckte mit der Hand die Muschel des Telefonhörers, der zu einem orangefarbenen Apparat mit Wählscheibe gehörte, wie man sie damals hatte. »Student an der Filmhochschule«, fuhr er fort. »Braucht ein paar Pferde für seinen Abschlussfilm. Und ein Mädchen, das im Damensattel reiten kann.«

Sie nahm das Gespräch entgegen.

Noch nie hatte sie in einem Damensattel gesessen, hatte es auch nie vorgehabt, aber ihr gefiel die Stimme des Filmstudenten, also sagte sie ihm, sie würde es sich überlegen. Er solle am Abend gegen zehn bei ihr zu Hause anrufen.

Pünktlich auf die Minute läutete das Telefon. Sie begannen zu reden, und bereits nach zwei Minuten wusste sie, dass sie notfalls auch mit ihm zu einem Ritt über die Anden aufbrechen würde, doch zu leicht wollte sie es ihm nicht machen.

Sie redeten bis kurz vor zwölf, und da sie um Mitternacht Geburtstag hatte, was sie kurz erwähnte, sagte er, da könne er auch gleich dranbleiben und ihr gratulieren. So machten sie es, und dann redeten sie weiter und weiter bis morgens um drei. Über New-Age-Verschwörungstheorien, über Gott und die Welt, Filme, Pferde, Frauen, Männer, über James Bond, Sahnejoghurt und zusammengeknüllte Socken. Und als die Stadt schon längst schlafen gegangen war, erzählte er von seinem Vater.

»Ich war acht, als ich ihm zum Geburtstag einen Drachen gebaut habe.«

»Einen, der Feuer speit?«

»Einen zum Fliegen. Zwei Holzstäbe, bespannt mit einem Stück von einem alten Bettlaken aus der Stoffkiste meiner Mutter, das ich zuvor bemalt hatte. Er war wirklich gelungen. Aber ich hatte den Schwanz vergessen. Ich hätte darauf verzichten können, aber mein Vater meinte, ein Schwanz gehöre dazu.« Er lachte trocken auf. »Ich sollte ihn nachliefern. Ich habe es vergessen. Ich war schon bei meinem nächsten Projekt. Einer Blechlaterne für meine Eltern zu Weihnachten.«

»Das Ding flog trotzdem?«

»Ja, es flog. In den Müll. Mein Vater wollte es nicht mehr, weil es nicht perfekt war.«

»Warum sind Sie nicht Ingenieur bei der NASA geworden?«, sagte Gerit. »Dann hätten Sie es ihm heimzahlen können.«

»Die Phantasie ist mächtiger als alles andere. Deshalb habe ich mich fürs Filmen statt fürs Fliegen entschieden. Da werde ich beweisen, dass ich der Beste bin. Das steht Ihnen, das Lächeln«, sagte er, obwohl er sie nicht sehen konnte. Aber es stimmte. Sie lächelte. Er konnte sie lesen, ohne sie zu sehen.

Am nächsten Tag besorgte sie sich einen Damensattel und übte das Reiten im Seitsitz, bis sie Blasen am Hintern hatte. Es war komplizierter als gedacht. Ein paar Tage vor Drehbeginn kam sie zur Kostümprobe und sah ihn das erste Mal. Er stand vor ihr, die Hände in den Taschen, den Teint gebräunt, die Haare blond und ziemlich lang. Noch Jahre später schob er das Schneiden so lange hinaus, bis ihm die Fransen in die Augen wuchsen. Seine schwarze Sonnenbrille nahm er die ganze Zeit nicht ab. Sie mochte keine Menschen, die sich hinter einer dunklen Brille versteckten. Das war wie die berühmte Katze im Sack. Sie hätte gewarnt sein müssen. Seine Aufmachung war gelassen unelegant: blaues Hemd mit weißen Streifen (schon damals waren gestreifte, krawattenlose Hemden sein Markenzeichen). Ausgeblichene Jeans. Um den Hals eine Kette mit türkisfarbenen Perlen, als Anhänger ein kleiner Traumfänger aus Silber. Auch sein Handgelenk zierte indianischer Schmuck. Irgendwann nahm er die Brille ab, aber da brauchte es nicht mehr seine Augen, um sich in ihn zu verlieben. Da war es schon zu spät.

Gerit war keines dieser anbetungswürdigen Geschöpfe, für die Männer ins Schwärmen gerieten, für die sie Gedichte schrieben oder Rosen züchteten, Parfüms komponierten, Serenaden sangen oder kleine Zeichnungen fertigten. Auch keines von der unkomplizierten Sorte, die sich auf dem Rücksitz eines Autos von ihnen befummeln ließen. Für das eine war sie nicht begehrenswert genug. Für das andere zu brav. Aber an diesem Tag Ende September, als die Sonne rauskam und die Dahlien blühten, als sie in ihrem nachtblauen Kostüm mit dem engen knöchellangen Rock und dem Schoßjäckchen auf einem Englischen Vollblut saß, das Gesicht hinter dem Schleier eines Damenzylinders verborgen, hatte sie etwas Magisches.

Als die Dreharbeiten beendet waren, fragte sie ihn nach der Bedeutung seines Anhängers. »Er verscheucht die schlechten Träume«, sagte er, »und fängt die guten. Er hat *dich* gefangen.«

Zärtlich fuhr er mit der Spitze seines Zeigefingers über ihre Wange. »Wie wäre es mit übermorgen achtzehn Uhr?«

Sie zupfte an ihrem Jäckchen herum. »Ich muss um achtzehn Uhr …«, stammelte sie, nahm einen Bleistift vom Tisch im Produktionsbüro, ließ ihn nervös zwischen ihren Fingern kreiseln und wusste nicht mehr weiter.

»Toastbrot kaufen«, vollendete er den Satz, und sie lachte, denn sie musste gar nichts außer glücklich sein und ihrer Mutter beweisen, dass ihre Bedeutungslosigkeit ein Ende hatte. Dass sie vielleicht niemals etwas Besonderes machen würde. Nicht aufbrechen nach Argentinien oder Island. Aber etwas Besonderes war. Für ihn.

Nur schwer fanden Gerits Gedanken den Weg zurück in die Wirklichkeit. Sie hatte sie laut ausgesprochen, und Sonja hatte geschwiegen und sie nur manchmal von der Seite angesehen, während sie das Auto steuerte und hin und wieder mit ihrem Haar spielte, das nach dem Duschen heute Morgen widerborstig war wie immer. Sie fragte nichts, hätte wohl auch nur den schrillsten Ton hervorgebracht, den ihre Stimmbänder zur Verfügung hatten, denn es tat weh, all das zu hören.

Sie versuchte, sich auf die Straße zu konzentrieren, während Gerit davon sprach, wie es war, damals im Oktober vor über zwanzig Jahren, als Simon und sie unzertrennlich wurden. Sie machten lange Spaziergänge. Sie redeten ununterbrochen. »Wenn das keine Liebe ist ...«, sagte sie manchmal zu ihm, »dann weiß ich nicht, was Liebe ist.«

Irgendwann begann sie, von Heirat zu sprechen.

Sie wollte weg von ihrem Vater, der immer sonderlicher wurde, weil er das Scheitern seiner Ehe nicht verkraftet hatte. Sie wollte ganz mit Simon zusammen sein. Für immer und ewig. Wollte Minestrone für ihn kochen, wollte ein neues Leben beginnen, wollte Grünpflanzen auf Fensterbänke stellen, Bratpfannen kaufen, ein Stövchen und eine Teekanne für lange gemütliche Winterabende, ihrer Liebe ein Zuhause geben, eine lauschige Verliebten-Heimat.

Er fand es noch zu früh, an die Zukunft zu denken. Sie fand, sein Zögern mache die Gegenwart unnötig kompliziert. Sie beschloss, die Sache zu beenden. »Wir werden uns nicht mehr sehen.«

Wenn sie in dieser Zeit nachts zu Bett ging, bündelte sie ihre Gedanken an ihn, schickte sie hoch zu einem Stern und hoffte, dass der all ihre Energien wie ein intergalaktischer Amor zurück zu ihm auf die Erde sandte. Sie schrieb Briefe und brachte sie nicht zur Post. Irgendwann wurden die Sterne blasser und standen nicht mehr in ihren Diensten. Irgendwann schrieb sie keine Briefe mehr, und es wurde besser mit ihrem Kummer. Aber immer noch hatte sie ein Auge auf ihn, las in der Presse, wie er erste Erfolge feierte als Produzent und sein Stern zu strahlen begann wie jene am Himmel. In Interviews schwärmten die Leute, die durch ihn Erfolg hatten, von ihm. Wie großzügig er sei, ein Mann, für den Geld keine Rolle spielte. Charmant und verspielt, ein großer Junge, intelligent, ein guter Redner, ein Visionär. Das Maß aller Dinge. Die, die ihn hassten, weil er sie die Leiter nicht mit hoch genommen, sondern unten hatte stehen lassen, fällten ein vernichtendes Urteil. Chauvinist. Womanizer. Wichtigtuer. Wahnsinniger. Arschloch. Wusste alles besser und hasste Kritik wie Dracula einen Knoblauchzopf. Ein Mann, der den Begriff »Wärme« nur vom Temperaturregler der Heizung kannte.

Sie las von seinen Frauengeschichten und hatte selbst eine nicht weiter erwähnenswerte Beziehung zu einem Mann, der keine Spuren in ihrem Leben hinterlassen würde.

Ein paar Jahre später im Herbst rief er sie an. Sie beschlossen ein Wiedersehen bei einem Spaziergang an der Elbe. Die vom Wasser herübergewehte Luft war feucht und zauberte einen Schimmer auf ihre Haut. Sie hielt das Treffen kurz, denn sie wollte sich keine falschen Hoffnungen machen und nicht zu denen gehören, die von ihm wie Figuren in einem Setzkasten hin- und hergeschoben wurden. Darauf konnte sie verzichten. Doch sie konnte nichts dagegen tun, dass sie immer noch von ihm fasziniert war. Er hatte ihr Herz erobert, und sie hatte es ihm nie entrissen. Nach ein paar weiteren Verabredungen holte er seine Sachen und zog bei ihr ein.

Er türmte aus einer Altbauwohnung mit zu viel Platz, in der er ohnehin nie war, und suchte Unterschlupf bei ihr in Zwei-Zimmer-Küche-Bad-Balkon, in denen sie wohnte seit dem Auszug bei ihrem Vater. Sie war glücklich. Kochte ihm endlich Minestrone, zündete Kerzen an, entkorkte

Wein, bügelte seine blauweiß gestreiften Hemden und war da, wenn er reden wollte. Irgendwann zogen sie in die Wohnung, in der sie heute noch lebte, und kauften teure Möbel.

Von Vorsicht gebremst, beschloss sie, ihre Worte ab jetzt an die Leine zu nehmen. Sie schaute aus dem Autofenster in den blauen Himmel und sah die Wolken vorbeiziehen, die zerrupften Tempotüchern ähnelten. Gerit wollte nicht mehr reden. Sie schloss die Augen und tat, als würde sie schlafen. Sonja fuhr vernünftiger als gestern, sie schien zur Ruhe gekommen zu sein. Das zumindest hatte sie nicht mit Simon gemeinsam, dachte Gerit und hätte fast gelacht.

Er war der Typ Mann, dessen Neugier in dem Moment aufhörte, in dem er bekommen hatte, was er wollte. Sie war der Typ Frau, der ihm zu Gefallen auf knarzenden Holzdielen mit ihm schlief – und sich dabei doch nicht verlieren konnte. Auch beim Sex bewegte sie sich zwischen den ihr vertrauten Leitplanken und verpasste irgendwie immer die Ausfahrt. Wenn er ihr danach sagte, sein Höhepunkt bei ihr sei wie das Eintauchen in geschlagene Sahne, so sanft, so weich, klang auch das nicht nach großer Leidenschaft. Es kühlte immer mehr ab, was nie so richtig heiß gewesen war. Trotzdem blieben sie all die Jahre zusammen. Und während sie weiterhin zwischen ihren Leitplanken fuhr, bog er immer häufiger ab. Er hatte Affären und machte kein Geheimnis daraus. Manchmal war sie dabei, wenn andere Frauen ihn anhimmelten. Er war dezent genug, sie sein Interesse an den anderen nicht spüren zu lassen, immerhin, aber sie wusste, was lief, sah es an der Art, wie die Frauen lachten und mit ihren

Haaren spielten und nach jedem Satz von ihm kicherten (manchmal ohne Sinn und Verstand). Du dumme Gans, dachte sie dann, merkst du denn nichts? Du erhaschst vielleicht einen Knopf von ihm, aber niemals die ganze Jacke.

Sie war sich sicher, dass er sie mochte. Ihn amüsierte ihr Gerechtigkeitssinn, ihre Art, die Dinge zu hinterfragen und die simpelsten Witze in der Regel nicht zu verstehen. Sie waren gute Freunde geworden, die es miteinander aushielten. Ab einem gewissen Zeitpunkt schlief der Sex zwischen ihnen ganz ein. Ken und Barbie nebeneinander im Puppenbett. Er war fast nur noch unterwegs. Die Kerzen zündete sie jetzt für sich alleine an, während ihre Liebe zu ihm langsam erkaltete wie eine Wachspfütze.

Sie kam zu dem Schluss, dass sich der männliche Gefühlshaushalt durch Gleichgültigkeit auszeichnete, sie außerdem eine Niete im Bett war, und irgendwann zog er aus.

Gerit tat so, als sei nichts geschehen. Sie trug weiterhin Nadelstreifen. Und in ihrer Aktentasche befand sich ihr Leben. Sie war lernfähig geworden. Sie brauchte keinen Mann zum Glück. Die Illusion war immer besser als die Wirklichkeit. Nur manchmal in den Nächten fror sie, und die Liebe betrachtete sie fortan mit derselben Skepsis wie das Ungeheuer von Loch Ness.

Das Elsass hatten sie hinter sich gelassen und glitten durch die leicht gewellte Landschaft Richtung Besançon. Gerit ließ sich Zeit, ehe sie die Augen aufschlug.

»Sie sind wach«, sagte Sonja, eher Feststellung als Frage, während sie zu ihr hinüberblickte, sich erst die Wange rieb, dann die Nase kratzte, einen Kaugummi in den Mund steckte, lenkte und dabei noch einem Plastikbecher auswich, der über die Fahrbahn kullerte. »Plötzlich waren Sie eingeschlafen. Sie haben die Geschichte von Simon und sich noch nicht zu Ende erzählt. »

»Sie *ist* zu Ende. Mehr gibt's da nicht zu sagen. Ich weiß nicht, was schieflief. Für uns beide war die Liebe vermutlich ein lebenslänglicher Selbstversuch mit miesen Ergebnissen.« Gerit lachte und klemmte eine ungehorsame Haarsträhne fest. »Trotzdem verstehen mein Leben und ich uns eigentlich ganz gut.«

»Sie reden sich doch selbst was ein.« Sonja gab Vollgas, und der Mini machte einen Satz nach vorn. »Ihnen fehlt doch was.«

»Tun Sie bitte nicht so, als würden Sie mich kennen!«, sagte Gerit. »Und bringen Sie nicht ständig unaufgefordert die Vergangenheit zurück, nur weil wir uns eine Zeitlang den Mann geteilt und Sie ein paar Kleider für mich geschneidert haben.«

Eine Weile herrschte Schweigen zwischen ihnen. Die schlechten Schwingungen waren fast körperlich spürbar. Und auf einmal befanden sie sich im hügeligen Gebiet der Franche-Comté in den nordwestlichen Ausläufern des Jura trotz Wärme und goldenem Schein der Sonne mitten am Polarkreis.

»Wir können gerne umkehren«, sagte Gerit und spitzte die Lippen zu einem Essigmund.

Sonja zögerte nicht lange. »Genau das werden wir.« Als eine gute Stunde hinter Besançon an der A36 eine Raststätte auftauchte, wechselte sie die Spur, schoss darauf zu und hielt mit quietschenden Reifen vor dem Servicetrakt mit den Restaurants und den Toiletten. Dann sprang sie aus dem Auto, nahm ihren Rucksack vom Rücksitz und ging auf das Gebäude zu.

Gerit schraubte den Autoschlüssel mit einer halben

Drehung herum, damit sie wenigstens Musik hören konnte. Sie wird sich beruhigen, dachte sie. Sie wird zurückkommen. Wo will sie hin?

Doch Sonja kam nicht.

Im Autoradio sang Carla Bruni mit rauchiger Stimme ein Chanson. Sie sang von »merkwürdiger Persönlichkeit« und »vermischter Seele«, von »verwüsteten Ecken des Lebens« und »restlichen Träumen«, von Einsamkeit und einer »Kindheit auf dem Grund einer verlorenen Tasche«.

Bonjour tristesse! Wenn hier jemand verloren war, dann ja wohl sie. Auf einer Raststätte im Jura, rund tausend Kilometer weg von zu Hause. Sie verfluchte sich dafür, nie einen Automatik angeschafft zu haben, den hätte sie notfalls auch mit Gipsarm fahren können.

Wie dumm von ihr!

Schließlich zog sie den Schlüssel ab, stieg aus, verriegelte den Wagen und nahm den Weg, den Sonja eine Viertelstunde zuvor gegangen war. Sie klapperte die drei Restaurants ab, die sich in dem langgestreckten flachen Gebäude befanden. Den Fastfood-Laden »Pomme de Pain«, der sich »Sandwicherie« nannte, so ein Name, fand Gerit, adelte jede Käsestulle, die Cafeteria »L'Arche« und das Grill-Restaurant »Le Jura«. Sie warf einen Blick in das kleine Geschäft, in dem es Honig und Konfitüre gab, Comté-Käse und »Saucisse de Morteau«, eine geräucherte Dauerwurst, die als Spezialität der Region angepriesen wurde. Sie arbeitete sich bis zur Terrasse vor, wo die Gäste unter roten und orangefarbenen Sonnenschirmen saßen. Nicht, dass es um diese Jahreszeit schon nötig gewesen wäre. So warm war es nun wirklich nicht. Wenn's hoch kam, achtzehn Grad in der Mittagssonne. Doch auf keinem der dunkelgrünen Plastikstühle saß Sonja.

Wo war sie?

Hatte sie das Gebäude verlassen, ohne dass es Gerit bemerkt hatte, und war weiter getrampt? Weiter Richtung Meer? Oder zurück in den Norden?

Als Gerit laute Stimmen von den Toiletten hörte, ging sie ihnen nach.

»Finger weg, du Furie!«, vernahm sie auf Deutsch.

Sie kannte die Stimme.

Sekunden später betrat Gerit den Waschraum. Sie hätte schwören können, dass es Sonja war, die sie eben gehört hatte, aber als sie sich jetzt umblickte, konnte sie sie nirgends entdecken. Eine junge Blondine mit solariumgebräunter Haut und aufgespritzten Lippen, gepresst in enge, schwarze Jeans und einen zitronengelben Pullover mit einer Strasskrone über dem üppigen Busen, hielt eine andere Frau am Arm fest, von der Gerit nur den Rücken sah. Er steckte in einem Blazer. Zu dem Blazer gehörte ein schmal geschnittener Rock. Es war ein klassisches »Chanel«-Kostüm. Unschwer zu erkennen. Babyblauer Tweed mit einem Hauch von felsigem Grau. Ein umgestülpter halsferner Kragen, aus dem ein zarter Hals wuchs wie eine anmutige Blüte aus einer Vase.

Sie wollte schon wieder gehen, da beobachtete Gerit, wie sich die Frau im Kostüm beim verzweifelten Versuch, den Arm abzuschütteln, zu ihr umdrehte.

Sie sah ihr Gesicht.

Gerit schloss die Augen und riss sie wieder auf.

Es war Sonja.

»Was ist hier los?«, stieß sie hervor.

»Sie hat mich beklaut«, sagte die Frau in dem gelben Pullover. Ihre Stimme machte vor Aufregung einen Kiekser nach oben und verfiel in Pfälzer Dialekt. »Dess iss doch furschdbar! Do kännt sich misch uffrege!«

Gerit ging einen Schritt auf die beiden zu. »Schauen Sie!«, wandte sie sich an die Blonde und führte sie ein Stück von Sonja weg, während sie leise auf sie einsprach und die Wirkung ihrer Worte mit ausladenden Gesten unterstrich. »Sie hat eine merkwürdige Persönlichkeit. Eine Art vermischte Seele. So viel verwüstete Ecken, die das Leben bei ihr hinterlassen hat. Von ihrer Einsamkeit und ihrer Kindheit auf dem Grund einer verlorenen Tasche ganz zu schweigen.«

Die Frau sah sie ratlos an. »Die iss net hinne wie vonne.«

Gerit verstand kein Wort, bewegte kurz den Kopf zur Seite und verdrehte die Augen zur Decke. »Wenn Sie vielleicht Hochdeutsch mit mir reden könnten.«

»Sind Sie Ihre Freundin?«, fragte die Blonde, jetzt um klare Artikulation bemüht.

»Ihre Therapeutin.« Gerit beugte sich dicht an ihr Ohr. »Sie ist krank. Keine Polizei! Das macht im Ausland nur Scherereien. Also, lassen Sie sie bitte gehen! Wir machen eine Therapiereise durch Frankreich. Und diesen Diebstahl hat sie vermutlich als seelische Lockerungsübung verstanden, weil sie unter ihrer eigenen Emotionsunfähigkeit leidet.«

»Dess muss ähm erschd mol oifallä.«

Gerit zuckte mit den Schultern und lächelte hilflos.

»Das. Muss. Einem. Erst. Mal. Einfallen«, übersetzte die Blonde.

»Gott!« Gerit rang die Hände. »Ich habe so lange gebraucht, bis sie sich überhaupt mal etwas zugetraut hat. Dass es nun genau das Verkehrte war … Sie muss da was falsch verstanden haben.«

Die Blonde seufzte und nahm ihre Handtasche vom Waschtisch. »Hot Glick im Uglick kat.«

Gerit berührte Sonja sanft an der Schulter. »Und nun geben wir hübsch das Kostüm zurück, ja? Haben Sie es aus der Reisetasche der netten Dame genommen?« Suchend blickte sie sich um. Sie konnte keine entdecken, wandte sich wieder an Sonja und sagte mit Nachdruck: »Sie arme, verirrte, verwirrte Frau.«

Die Blonde setzte einen mondän gelangweilten Gesichtsausdruck auf, während sie abwartend an der Tür stehen blieb und ihre rot lackierten Nägel betrachtete.

»Sprechen Sie nicht mit mir wie mit einer Geistesgestörten! Und überhaupt! *Was* reden Sie da?«, zischte Sonja Gerit zu. »Das ist *mein* Kostüm.«

Erst jetzt sah Gerit, dass Sonjas rechte Hand sich um etwas gekrampft hatte.

»Das ist ihres«, sagte Sonja, deutete mit einem Kopfnicken auf die Fremde und ging mit geballter Faust auf sie zu.

»Alla hopp!«, sagte die Blonde und streckte ihre Hand fordernd aus.

Sonja öffnete ihre. Auf ihrem Handteller lag ein Lippenstift, todschick, schwarze Lackhülle, auf der Hülse eine Rose als Ranke. Als die Frau hatte, was ihr gehörte, ging sie grußlos davon.

Gerit marschierte zurück zum Parkplatz, setzte sich in den Wagen und knallte die Autotür hinter sich zu. Kurz darauf kam Sonja. Sie ließ sich hinters Steuer gleiten und schaute stur geradeaus.

»So«, sagte Gerit und zog die Luft hörbar durch die Nase, während sie mit dem Autoschlüssel in ihrer Hand klimperte. »Jetzt sind Sie dran!«

Wie in Zeitlupe wandte Sonja den Kopf und blickte Gerit mit einer Mischung aus Vorwurf und Verdrossenheit an. »Wird das jetzt ein Verhör, Frau Richterin? Sind wir hier bei der Geheimpolizei?« Trotzig saß sie da und verschränkte die Arme vor der Brust. »Es ist das, was ich mir von meinem Casinogewinn gekauft habe.«

»Sind Sie komplett übergeschnappt? Sie hätten das Geld für etwas Sinnvolles ausgeben sollen.«

»Für was denn? Für Dosensuppen und Fleece-Decken? Ich wollte das Kostüm haben, weil es von hier kommt und mal wieder Heimatluft schnuppern will. Auch Kleider haben eine Seele.« Sonjas locker hochgesteckte Haare hatten sich zum Teil gelöst und streiften weich ihre Schulter. »Es hat mich angelächelt in diesem Edel-Second-Hand in Baden-Baden. Fünfhundert Euro für ein ›Chanel‹! Maßgeschneidert kostet das mindestens achtzehntausend.«

»Das ist doch ein Wahnsinn! Selbst die fünfhundert Euro! Und das *macht* jemand, der kein Dach über dem Kopf hat.«

»Und das *sagt* jemand, der mal eben so im Casino dreihundert Euro verballert! Für den Gegenwert von null Komma null. Das Geld hätten Sie genauso gut in den Lokus werfen und abziehen können.«

»Schreiben Sie mir nicht vor, was ich zu tun habe!«

»Und hängen Sie sich nicht ständig ungefragt in mein Leben rein!«

»Ich fühle mich sozusagen pädagogisch dazu verpflichtet. Vermutlich auch ein Nebeneffekt meines Berufes.«

»Sind Sie scharf aufs Bundesverdienstkreuz? Ich denke, es macht nicht viel Sinn, dass wir gemeinsam die Reise fortsetzen. Wir sind zu unterschiedlich. Gott, wir sind einfach zwei komplett verschiedene Menschen. Sie nehmen das Leben in homöopathischen Dosen zu sich. Mit einem Teelöffel. Ich habe ganze Schöpfkellen davon genossen. Gestern hatte ich endlich mal das Gefühl, dass Sie etwas aus Ihrer Schale herauskommen, Miss Auster.

Pustekuchen!« Sonja rang die Hände und jaulte auf, ein Laut irgendwo zwischen Wut, Verzweiflung und Resignation. »Und ich hatte was mit Ihrem Mann, was Sie mir ohnehin niemals verzeihen werden. Ich sage Mann, obwohl er gar nicht Ihr Mann war. Auf jeden Fall war er wesentlich mehr *Ihr* Mann, als er jemals *mein* Mann hätte sein können. Das sollte Ihnen genügen.«

Sie senkte den Kopf und ließ ihre Finger über das Lenkrad gleiten, bevor sie auf dem Schaltknüppel zur Ruhe kamen.

»Ist ja nicht so, dass ich Sie nicht verstehe. Es kann ja nicht angenehm sein, wenn jemand, mit dem man sein halbes Leben verbracht hat, mit dem man alt werden wollte, plötzlich abspringt vom fahrenden Zug, und man allein weiterfahren muss bis zur Endstation, nachdem man den Mistkerl etliche Male am Schwanz nach Hause gezogen hat.«

Ihr Blick brannte auf Gerits Wange.

»Ich habe ihn nie am Schwanz nach Hause gezogen«, zischte Gerit zwischen aufeinandergepressten Zähnen. »Er hatte alle Freiheiten.«

»*Alle* sind vielleicht ein paar zu viel«, sagte Sonja leise, während Gerits Handy klingelte.

»Wollen *Sie* mir jetzt etwa sagen, was *ich* falsch gemacht habe?« Gerit drückte den Anrufer weg. »Frei nach dem Motto: Das Versagen einer anderen ist immer auch die eigene Herausforderung?« Sie lachte kurz auf. »›Ich habe zwar Ihren Mann gevögelt, aber schuld daran sind Sie! Sie hätten es ja nicht so weit kommen lassen müssen. Hätten Sie es ihm halt besser besorgt.‹ Sie haben völlig recht. Wir drehen um.«

Während sich Gerit weiter ereiferte, wunderte sie sich, wieso Sonja hektisch mit den Augen rollte.

»Hallo!«, hörte sie dann. Und nochmals: »Frau Liebke?«

»Das war der falsche Knopf«, flüsterte Sonja und machte ein Gesicht, als könne sie die nächste Stunde nicht aufhören zu grinsen.

»Ja«, sagte Gerit kurz angebunden ins Handy. »Der ›Alster-Kurier‹ ... Das? Das war nur ein Hörbuch ... Eine Fragebogen-Aktion unter Hamburgs Prominenten? Ich bin nicht prominent. Frau König ist da nicht ganz objektiv.«

Plötzlich rutschte Sonja ein Stück tiefer in ihrem Sitz. Ihr Blick wurde starr. »Den Schlüssel!«, zischte sie, streckte die Hand aus und deutete mit einer ruckartigen Kopfbewegung zum Beifahrerfenster, dem sich mit energischen Schritten die Blonde im Strasspullover näherte.

»Was ist denn jetzt schon wieder?«, brummte Gerit. »Nicht Sie, Frau Bradtke! Schießen Sie schon los mit Ihrem Fragebogen ... Meine gegenwärtige Gemütslage?« Sie gab Sonja, die mit zappelnden Fingern wartete, den Schlüssel.

Sonja ließ den Motor an, legte den Gang ein und jagte den Wagen über den Parkplatz.

»Rasend«, sagte Gerit ins Telefon, während sie gegen die Kopfstütze gedrückt wurde, sich umdrehte und die Blonde nur noch als kleinen gelben Punkt wahrnahm. »Welche Tugend ich für überschätzt halte? Schnelligkeit.«

Gerit wurde blass, da Sonja zu einem waghalsigen Manöver ansetzte und drei Laster überholte, die sich in die Auffahrt zur Autobahn einfädelten.

»Meine größte Hoffnung? ... Ich sage es mit dem Titel eines schönen Buches: ›Die Entdeckung der Langsamkeit‹.«

Sonja lenkte den Wagen mitten hinein in eine große stinkende Wolke hinter einem Lkw, dann wechselte sie die Spur so abrupt, dass der Wagen leicht ins Schlingern kam und Gerit das Gefühl hatte, sie würden gleich die Leitplanke küssen.

»Wie ich sterben möchte?« Gerit lachte hysterisch. »Nicht *so*. So nicht. Nein, das ist absolut keine hypothetische Frage. Das ist sehr konkret. Wir sollten unser kleines Interview jetzt beenden, denke ich. Grüßen Sie Frau König und sagen Sie ihr bitte, keinen Kranz in Herzform mit roten Rosen. Das passt nicht zu mir. Sie wird wissen, was ich meine.«

Erschöpft lehnte sie sich im Sitz zurück. »Warum diese überstürzte Flucht?«

»Weil diese schreckliche Person keine Ruhe gab. Haben Sie gesehen, wie heftig die war? Eine Zimtstange mit Brüsten und Lippe. Der Busen gepimpt, der Mund aufgespritzt und die Haut im Solarium getoastet.«

Gerit runzelte die Stirn und blickte Sonja von der Seite an. »Was wollte sie? Sie wird ihre Gründe gehabt haben.«

»Geben Sie her!« Sonja deutete mit einem Nicken des Kopfes auf ihren Jute-Rucksack auf der Rückbank.

»Bitte!«, sagte Gerit. »Wie wäre es mal mit ›bitte‹? ›Bitte‹ wäre nicht schlecht.«

»Hören Sie auf, mich erziehen zu wollen!«

»Ich gebe Ihnen den Rucksack nicht während der Fahrt!«

»Ihr Pech! Da sind zwei Super-Sandwichs drin. Gekochter Schinken für mich. Käse für Sie. Eben gekauft.«

Kurzentschlossen griff Sonja selbst nach hinten und schnappte sich den Rucksack, stellte ihn auf ihren Schoß, öffnete die braune Lederlasche, versenkte ihre rechte Hand in der Tiefe, wühlte, grub und baggerte, verstreute den Inhalt im ganzen Wagen, ihre paar Habseligkeiten, fummelte zwischendurch am Radio herum, hob ein zerfleddertes Taschenbuch von der Erde auf, das beim Kramen runtergefallen war, nahm ein Sandwich aus der Papiertüte, biss hinein, musste bremsen und verschmierte etwas von der Mayonnaise im Auto, packte das Brot wieder zurück, knuffte Gerit versehentlich in die Rippen, steckte sich einen Kaugummi in den Mund, redete ohne Punkt und Komma, und während sie all das tat und dabei mit links lenkte, sagte sie: »Man kann sehr lange nach einem Lippenstift suchen. Ein Lippenstift ist klein in so einem Rucksack.«

Als sie ihn gefunden hatte, hielt sie ihn triumphierend hoch und warf ihn Gerit zu. Er flog an deren Nase vorbei, aber sie konnte ihn gerade noch fangen.

»Schenke ich Ihnen! Ist eh nicht meine Farbe.«

Gerit spannte die Schultern an und betrachtete den Stift. Nobel sah er aus. Silberne Hülle, gespickt mit pinkfarbenen Swarovski-Steinen. Gerit zog die Hülse ab und schraubte den Stift heraus. Auch er in grellem Rosa und nagelneu.

»Sie glauben doch nicht im Ernst, dass ich so eine Tussi-Farbe trage? Woher haben Sie ihn?« Sie riss die Augen auf. »Sie haben zwei geklaut?«

»Wenn dir das Leben nur Kakteen schenkt, musst du selbst Blümchen streuen.«

Gerit ertappte sich dabei, wie sie im Außenspiegel ständig nach hinten blickte, in Erwartung der Blonden, die ihnen vielleicht auf den Fersen war.

»Sie machen mich fertig!«

»Und Sie stecken fest, wenn Sie ständig in den Rückspiegel sehen«, sagte Sonja. »Das gilt nicht nur fürs Autofahren.«

»Ich will nicht neugierig sein, aber mich würde Ihr sozialer Background interessieren. Mal abgesehen von der herzerwärmenden Geschichte mit der Buchstabensuppe.«

»Kleinbürgerlich«, sagte Sonja. »Im Unterschied zu Ihnen gingen wir nie essen. Aber ich kann Sie beruhigen. Sonst war alles ganz normal. Weder lebte ich in einem zerschredderten Haus, noch stank ich als Kind nach Katzenpisse, noch war meine Mutter Kleptomanin, die anderen die Zeitung aus dem Briefkasten klaute.« Sie ging endlich mit dem Fuß vom Gas und betrachtete im Fahren die Landschaft. »Meine Eltern hatten einen Bauernhof. Die Leute kamen mit ihren Kannen zum Milchholen. Früher waren sie noch aus Aluminium oder Emaille, später aus Plastik. Sie kauften ihre Eier bei uns. Und wenn wir Schweine schlachteten, lagen die wie rosa Gletscher auf dem blutigen Pflaster.« Sie lächelte Gerit an und blies eine Kaugummiblase auf, die sofort wieder platzte und an ihren Lippen kleben blieb. »Ich wollte nur weg. Weg aus dieser Eintönigkeit. Weg aus der Wohnküche, in der es immer nach Kartoffelsuppe und Blutwurst roch und an guten Tagen nach dem Rührkuchen und dem ›Kölnisch Wasser‹ meiner Oma. Weg von diesen Samstagabenden, an denen die ganze Familie erst in die Badewanne stieg, wir Kinder nacheinander ins selbe Wasser, bevor man sich gemeinsam eine Unterhaltungsshow im Fernsehen ansah. Weg von den Sonntagnachmittagen mit Tanten und Torten und Würfelzucker im Kaffee, den man mit einer kleinen Silberzange nahm. Weg von den abgearbeiteten Händen meiner Mutter, die immer irgendwas schafften. Die Fenster putzten oder eine ordentliche Menge Schweinehack mit Zwiebeln vermengten oder im Garten störrischem Knöterich den Kampf ansagten. Ich hatte Angst vor einem Leben, das gewöhnlich ist. Angst davor, dass es der Höhepunkt meiner Tage sein würde, Stachelbeermarmelade einzukochen und sonntags eine weiße Bluse anzuziehen.«

Sie holte den Kaugummi aus dem Mund und warf ihn aus dem Fenster.

»Warum, zum Teufel«, stöhnte Gerit auf, » ... Sie haben da übrigens noch etwas Weißes im Mundwinkel ... fühle ich mich eigentlich für Sie verantwortlich?«

»Entweder brauchen Sie jemanden, den Sie zähmen können«, sagte Sonja. »Oder Sie haben die Nase voll von einem Leben mit Twinsets und Tofu. Aber leider sind diese kleinen moralischen Abwege ja bloß Umwege, und wir müssen zurück.«

»Wer sagt das?«, fragte Gerit.

»Wir beide.«

»Vergessen Sie's! Wir fahren weiter.«

Überrascht guckte Sonja Gerit an. »Wie jetzt?«

»So halt.«

»Wieso das?«

»Nicht, dass ich an so einen Quatsch glaube«, sagte Gerit und hob abwehrend die Hände, »aber vielleicht ist es ja doch Schicksal, wenn sich zwei Menschen finden, die sich nie gesucht haben.«

»Wenn Sie meinen«, sagte Sonja und konzentrierte sich darauf, beim angestrengten Blick in den Innenspiegel den Kaugummirest aus ihrem Mundwinkel zu popeln. »Tut mir leid, das mit der Mayo auf dem Armaturenbrett.«

Kapitel 13

Sonja spürte, wie eine große Ruhe über sie kam. Sie war auf dem richtigen Weg, auch wenn Gerit gerade sagte: »Sind Sie sicher, dass es ›L'abbaye Saint-Michel de Frigolet‹ heißt?«

Sie strich mit dem Finger über ihr Smartphone. »›Abbaye‹ bedeutet Abtei. Laut ›Wikipedia‹ ist es ein ehemaliges Benediktinerkloster im Hügelgebiet der Montagnette, gut tausend Jahre alt, heute Abtei der Prämonstratenser. Wie kommen Sie überhaupt auf diesen Ort?«

»Haben Sie nie den Wunsch, mal dort zu sein, wo man sonst nie ist?«, wich Sonja aus.

»Auf jeden Fall wollte ich nie ins Kloster. Aber wenn wir schon mal da sind, sollten wir dort übernachten«, sagte Gerit. »Es ist knapp zwanzig Kilometer entfernt von Avignon. Und im Kloster gibt es ein Hotel.«

Sonja knurrte der Magen. Ihr Hunger war unendlich. Sie waren seit sieben Stunden unterwegs. Es war ein wirklich schöner warmer Tag gewesen, das Land sonnendurchtränkt, aber jetzt kam der Abend. Nach einer guten Stunde hatten sie ihr Ziel erreicht. Auf kleinsten Straßen fuhren sie auf ein großes Gebäude zu, nicht unähnlich einer Festung, dessen Mauern und Zinnen und Türme schon von weitem Eindruck auf Sonja machten. »Wie im Mittelalter.«

Die tief stehende Sonne drang durch Laubbäume und

Kiefernwälder, malte Muster auf die moosbewachsenen hellroten Ziegel der Dächer und warf flamingorosa Schatten an die sandfarbenen Mauern.

Sie waren da. Inmitten von Pinien, Olivenhainen, Zypressen, Thymian, Lavendel und Rosmarin, Mandel- und Aprikosenbäumen, Lorbeer und wildem Knoblauch. Hätten jetzt noch die Grillen gezirpt, wäre das der perfekte Soundtrack für ihre Ankunft in der Provence gewesen. Aber dazu war es zu früh, Anfang April. Sie parkten den Wagen, stiegen aus und verschwanden hinter dem großen schmiedeeisernen Tor.

Mönche huschten in ihren Kutten vorbei, und in den Innenhöfen plätscherten Brunnen. Und wenn es noch etwas gab, das auffiel außer diesem betörenden Duft, so war es die Stille. Sie war wie ein dicker Teppich, der über und unter allem lag.

Einer der Mönche zeigte ihnen ihr Zimmer. Da es gut achtzig Euro kostete und Sonja in einem Anfall von klösterlicher Panik Horrorszenarien heraufbeschwor, die an den »Namen der Rose« erinnerten, an Ertrunkene im Badezuber, an Giftmischerei, schwarze Zungen und kleinwüchsige bucklige Mönche mit Basedow'scher Glotzaugenkrankheit in nachtdunklen, steinernen Fluren, war auch Gerit schließlich dafür, ein gemeinsames Zimmer zu beziehen.

Das war weniger mittelalterlich als befürchtet, sondern hell und freundlich. Schlichte Holzmöbel. Ein Doppelbett, eine Konsole mit einem Blumenstrauß in einer getöpferten Vase, zwei Stühle, ein schmaler Schrank, lachsfarbene Vorhänge. Vom Fenster aus blickten sie auf die Basilika. Die anderen Zimmer gingen hinaus zum Garten des Restaurants, hatte der Mönch erzählt.

Der Ordensbruder lud sie ein, am Abendgebet teilzunehmen und am nächsten Morgen in aller Frühe in den Lobgesang der Mönche einzustimmen, aber Sonja hatte das Gefühl, dass sie auf der Stelle unterzuckern würde, wenn sie nicht bald etwas zu essen bekam.

Als sie auf dem Weg ins Restaurant über den Hof gingen, stand die Sonne als riesige Mandarine am Himmel über der Waldkuppe. Sonja hielt inne, um zu staunen und zu schweben. Immer noch trug sie ihr »Chanel«-Kostüm. Ja, der Genuss war französisch. In mancherlei Hinsicht. Sie spürte die pure Lust am Dasein, freute sich auf Olivenöl und weißen Nougat und einen kräftigen Landwein. So musste der Himmel auf Erden aussehen. Ein gedeckter Tisch, ein frisch bezogenes Bett mit gestärkter Wäsche, die sich kühl anfühlte, wenn man sich hineinlegte. Und das jeden Abend aufs Neue. Sie genoss dieses unverhoffte Comeback ihres alten Lebens. Unverdient war es auch, dachte sie. Das machte es umso besser. Sie hätte gerne Gerit mit ihrer Freude angesteckt, aber die war schon weitergeeilt, die schnelle kleine Generalin mit ihrem Gipsarm, ihrem Appetit auf Vegetarisches und ihrem Faible für die Vernunft.

Kurz darauf saßen sie unter Holzbalken und schmiedeeisernen Leuchtern an Tischen ohne Tischtuch, auf Stühlen, die Sonja an das Esszimmer ihrer Eltern auf dem Bauernhof erinnerten. Dunkelbraunes Holz, sieben Senkrechtstreben an der Rückenlehne, ungepolsterte Sitzfläche. Sonja lobte ihre Radieschenblättersuppe (»so was Cremiges aus Abfall! Da würden sich andere nur faul auf den Komposthaufen legen«), sie schabte das letzte Fitzelchen Fleisch vom Knochen ihrer Entenkeule (»hast ja ausgiebig in Rotwein gebadet«), schmeichelte ihrer Mousse au chocolat (»du Süße!«) und weigerte sich standhaft, irgendwas Nettes zu Gerits Auberginen zu sagen.

Als sie fertig waren, drängte Gerit auf einen Verdauungsspaziergang. Es war besser, nach dem Essen nicht gleich schlafen zu gehen, sondern sich noch ein wenig die Beine zu vertreten und die letzten Bilder dieses Tages in sich aufzunehmen.

Es begann dunkel zu werden, während sie über den Klosterhof gingen. Die Sonne warf einen letzten Strahl auf die in der Dämmerung versinkenden Kronen der Kiefern. Sonja sah einen Mann, der ihr bekannt vorkam. Er saß mit dem Rücken zu ihnen auf einer Steinmauer und hatte die Beine gekreuzt. Der Kopf war nach vorn geneigt. Sie konnte sein Gesicht nicht sehen, doch verrieten ihn seine Schultermuskeln in dem veilchenfarbenen Polohemd und die Art, wie er seine staubblonden, schulterlangen Haare nach hinten gekämmt trug. Er war der einzige Mann, der männlich aussah in einem Hemd in der Farbe einer Balkonpflanze.

Sie konnte ihre Augen nicht mehr von ihm lassen, trat näher an ihn heran und schlich um ihn herum wie eine Katze.

Sie studierte sein Profil. Das Kinn war leicht eingezogen, die geschlossenen Augen waren nach unten gerichtet, die Ellbogen abgespreizt und die Hände vor der Brust gefaltet.

Dann kam die Enttäuschung. Und die Erleichterung.

Der Mann, der vor ihr auf der Mauer saß, war *nicht* Simon Pinter. Plötzlich merkte sie, dass Gerit ihrem Blick gefolgt war, ein Ausdruck ungläubigen Staunens in ihren Augen.

»Ich habe zuerst auch gedacht, er wär's«, sagte Sonja

und lächelte linkisch. »Aber solche Zufälle gibt's ja gar nicht.«

»Sie verlogenes Biest!«, schleuderte Gerit Sonja entgegen und rannte davon, ihr über die Schulter zurufend: »Sie haben mich in die Falle gelockt!«

Gerit blieb mit dem Pfennigabsatz ihrer schwarzen Pumps zwischen zwei Pflastersteinen stecken und stolperte in die Arme eines Geistlichen in weißer Kutte, an dem vor allem dessen Igelschnitt auffiel, grau und störrisch wie Stahlwolle und spitz in die Stirn ragend. Seine runden Brillengläser glimmten ihr in der Dunkelheit entgegen.

»Kann ich Ihnen helfen, Tochter?«

Er war ihr dabei behilflich, wieder auf die Beine zu kommen und stellte sich vor als Père Clément, während sie Moosspuren von ihren Absätzen pulte. »Wenn Sie das Verlangen nach einem Zwiegespräch mit Gott überkommt, können Sie an einer unserer geistlichen Übungen teilnehmen. Ich habe die ›Gute-Nacht-Meditation‹ heute nach draußen verlegt.«

»Ich wüsste schon, mit wem ich gern ein Zwiegespräch führen würde«, lachte Gerit höhnisch auf.

»Die Meditation wird Ihnen guttun. Die Reise nach innen ist ein Atemholen, das den Strom des Alltags unterbricht. Nehmen Sie Abstand vom Kreislauf der Gedanken, Sehnsüchte, Sorgen, Wünsche und der niemals zu realisierenden Pläne.«

»Oh«, sagte Gerit gereizt. »Manche Pläne sind ganz einfach zu realisieren. Ein Grüner Knollenblätterpilz. Eine indochinesische Speikobra. Ein beherzter Kehlenschnitt mit dem Teppichmesser …«

»Sie versündigen sich!«, schimpfte Sonja aus sicherer Entfernung. »Sie verstoßen gegen das fünfte Gebot. Als Richterin! Ey, ich glaub's nicht! Ich kriege die Krise.«

Père Clément zuckte hilflos die Achseln und blickte sich auf dem inzwischen menschenleeren Innenhof um. »Leider hat unsere kleine Konversation schon einige unserer Brüder und Schwestern bei ihrer tiefen Suche nach Gott gestört.« Er streckte die Hand aus und legte sie auf Gerits Arm. »Beten und Schweigen. Tun wir's ihnen nach! Die Reise zu Gott müssen wir ohne Gepäck antreten, meine Tochter. Lassen Sie alles, was schwer ist, zurück.« Père Clément zog Gerit mit sich fort zu der Mauer, berührte sie an der Schulter und drückte sie behutsam auf die Steine. »Lassen Sie all Ihr Gewicht auf den Boden sinken.«

»Guter Diät-Tipp!«, sagte Sonja, die sich mit großem Abstand zu Gerit niederließ.

»Wir atmen ein – und aus«, sagte Père Clément. »Ein – und aus. Leben heißt Atmen. Nur auf diesem Weg der Stille kommen wir zu meditativer Ruhe und Gelassenheit, zu innerer Einkehr und zum Dialog mit Gott.«

»Ich würde jetzt lieber einen Monolog halten: den einer hinters Licht geführten Frau«, sagte Gerit und warf Sonja einen vernichtenden Blick zu.

»Sie sind das typische Opfer von Ärger, Stress, Termindruck, großer Verantwortung, seelischen Problemen und unterschwelligen Konflikten«, sagte Clément in mildem Tonfall zu Gerit. »Ihre Freundin dagegen …«

»Gott bewahre! Sie ist nicht meine Freundin.«

»… scheint ihren Lebensodem bereits von unserem Herrn zu empfangen.«

»Nur leider konnte er ihr auch nicht helfen bei Armut, Verschuldung, sozialer Isolation, Mangelernährung, Schlafentzug und Liebeskummer.«

»Petze!«, schnaufte Sonja.

»Wir atmen ein – und aus«, wiederholte Père Clément. »Ein – und aus.«

»Hören Sie auf! Das wirkt bei mir nicht.« Als Gerit sich erheben und davonstürmen wollte, bugsierte er sie wieder auf ihren Platz.

»Wenn sich ein Schaf von der Herde entfernt«, sagte der Pater seelenruhig, »dann nimmt ein guter Hirte es auf seine Schultern und trägt es zurück. Wie glücklich aber macht es den Hirten erst, wenn das Schaf von selbst zurückkehrt!«

»Wenn hier jemand ein Schaf ist, dann Sie«, rief Gerit Sonja zu. »Wie kann man so blöd sein, sich freiwillig dem Wolf zu nähern, damit er einen erneut verspeist, weil er glaubt, das Leben sei ein Supermarkt und man könne wahllos zugreifen. Gern auch mal bei den Sonderangeboten auf dem Grabbeltisch.«

Sonja sprang von der Mauer auf und stürzte sich auf Gerit. »Wenn Sie mit Sonderangebot auf dem Grabbeltisch *mich* meinen, dann ist das die mieseste Gemeinheit, die mir jemals jemand …«

»Aber, aber, meine Töchter!«, fiel Père Clément den Frauen ins Wort bei dem vergeblichen Versuch, sie zu besänftigen.

Doch die beiden kümmerten sich nicht um ihn.

»Sie sind eines dieser vorsintflutlichen Weibchen, die sich erst dann lebendig fühlen, wenn ein Mann sie begehrt«, tobte Gerit.

»Und Sie sind einfach nicht in der Lage, einem Mann das zu geben, was er braucht. Sie wissen doch gar nicht, was Gefühle sind, Sie Eis-Ente!«, sagte Sonja und keuchte vor Genugtuung darüber, dass sie es ihr heimgezahlt hatte. »Lassen Sie doch mal den Schleier fallen! Aber nein, immer die von Diskretion gehemmte Gouvernante.«

»Besser *gehemmt* als *enthemmt*.«

»Manchmal kann auch der Glaube ein emotionaler Rettungsanker sein«, warf Père Clément ein. »Gottes Barmherzigkeit ist groß.«

»Sie verlieben sich anscheinend bevorzugt in Männer, die nur Sex haben wollen«, wütete Gerit.

»Was ist an Sex so falsch?«

»Was ist an Sex so wichtig?«

»Meine Töchter, wir sind hier nicht auf dem Rummel.«

Gerit holte einmal tief Luft, bevor sie an Sonja gewandt fortfuhr: »Sie reden sich ein, dass es genau das ist, was auch Sie wollen, und beteuern dem Mann gegenüber, dass eine reine Bettgeschichte für Sie okay ist, obwohl Sie davon träumen, Heiligabend mit ihm im Licht der Kerzen einer Blautanne beim Käsefondue zu sitzen und den Kinderchen beim Spielen zuzusehen, die noch entzückender sind als die hübschesten Engel in der Schneewolke. Sie sind eine dieser Naiven, die felsenfest davon überzeugt sind, dass der Mann, den Sie wollen, obwohl er zu Ihnen passt wie der Igel zum Taschentuch, sich ändern wird. Sie belügen sich selbst. Werden Sie endlich erwachsen! Männer ändern sich nicht mehr, wenn sie die ›Pampers‹ abgelegt haben.«

»Mit dem Ausatmen lasse ich alles los, was mich auf meinem Weg zu Gott ablenkt«, sagte der Pater, in dessen Stimme jetzt zum ersten Mal ein Anflug von Ungeduld zu vernehmen war.

»Und Sie, Frau Richterin, sind ein Kontrollfreak«, bellte Sonja zurück, ohne dem Geistlichen Gehör zu schenken. »Sie hassen es, dass Sie die Gefühle eines anderen nicht kontrollieren können. Aber Gefühle hat man nicht unter Kontrolle. Noch nicht mal die eigenen. Deshalb haben Sie sich vorgenommen, sich am besten gar nicht mehr zu binden. Wird ohnehin scheitern, denken Sie.«

»Was es auch tut. Die Liebe geht nur auf eine kuriose, jahrtausendealte Geschichte zurück und ist nicht der Mühe wert, die man dafür aufwendet.«

»Was für eine Bankrotterklärung an das Leben!«

»Ganz im Gegenteil. Die beste Lebensversicherung, die Sie haben können«, sagte Gerit. »Darauf sollten Sie unbedingt eine Police abschließen. Das bewahrt einen vor einer Vita als ziellos umherirrendes Wrack.«

»Danke schön«, sagte Sonja mit einem zornigen Funkeln in ihren Augen.

»Vielleicht sind Sie noch nicht bereit, zu Gott zu gehen, meine Töchter«, sagte Père Clément, der die Hände rang. »Ich werde Sie beide in mein Nachtgebet einschließen.«

»Da haben Sie gut zu tun«, sagte Sonja und zeigte mit dem Finger auf Gerit. »Vor allem bei ihr. Sie hat zwar einen erlauchten Charakter, auf den sie sich echt was einbildet, aber kein Herz. Sie ist kalt und eckig wie ein Klotz Tiefkühlfisch.«

»Bonne nuit!«, sagte der Pater – und ging kopfschüttelnd davon, wobei er nicht wie sonst seinen Blick wohlgefällig über den Klosterhof und die abendliche Landschaft schweifen ließ, sondern das Haupt gesenkt hielt, was von einer gewissen Nachdenklichkeit zeugte.

In dieser Nacht lagen Sonja und Gerit in ihrem Doppelbett wie zwei streitsüchtige Kläffer, die ein heimtückisches Herrchen zusammen in ein Körbchen gepackt hatte. Rücken an Rücken und erschöpft wie nach einem langen Lauf. Eine braune Wolldecke, die Gerit auf der obersten Ablage im Schrank gefunden hatte, diente als Schutzwall in der Besucherritze zwischen ihnen. So versuchten sie zu schlafen. Aber der Schlaf wollte sich nicht einstellen. Wie ein unverdaulicher Klumpen lag ihnen beiden ihr Streit im Magen.

Es war Gerit, die als Erste zu reden begann.

»Wie kamen Sie überhaupt auf die Idee, dass er hier sein könnte? Und bitte lügen Sie mich jetzt nicht an und sagen, nur der Zufall hätte uns hinter diese Klostermauern gespült.«

Sonja hüstelte und krächzte.

»Lenken Sie nicht ab!«, sagte Gerit. »Sie hören sich an wie eine erkältete Hyäne.«

»Elsa Turin hat es mir gesagt. Das heißt, eigentlich hat sie's mir nicht gesagt, aber das, was sie getan hat, um es mir nicht zu sagen, reichte, um mir zu sagen, wo Simon steckt.«

»Ich konnte Elsa Turin noch nie ausstehen«, sagte Gerit kühl.

Sonja wälzte sich von der rechten Seite auf den Rücken und legte den linken Arm auf den Schutzwall in der Mitte. »Ich auch nicht.«

»Sie wissen, was man über sie sagt?«, hakte Gerit nach und wartete Sonjas Antwort nicht ab. »Dass sie ins Helle der geöffneten Kühlschranktür lächelt, weil sie es für Blitzlicht hält.«

»Muss aber weit genug weg sein«, sagte Sonja nach einem kleinen Lachanfall, »denn nichts ist wichtiger für einen Star als gutes Licht. Ich wette, wenn man sie im Labor in ihre Einzelteile zerlegen würde, läse sich das wie ein Auszug aus dem Chemiebuch: Farbstoffe und Konservierungsmittel ohne Ende.«

Gerit stand auf und ging zum Fenster. »Und wenn wir ehrlich sind, müssen wir festhalten, dass in letzter Zeit auf der Zutatenliste auch ein paar Verdickungsmittel hinzugekommen sind.«

Sonja klatschte vergnügt in die Hände. »Wenn wir nicht absolut fies, hinterhältig und widerlich sind!«

Als sich Gerit zu ihr umdrehte, war das Lächeln von eben wie weggewischt. Getilgt aus Gesicht und Stimme.

»Ich weiß wirklich nicht, wie es so weit kommen konnte, dass wir beide gemeinsam in *einem* Bett in einem französischen Kloster liegen«, sagte sie und wendete ihren Blick wieder dem nächtlichen Panorama draußen zu, durch das der Abendnebel waberte. »Ich mag es nicht, wenn andere in meinem Leben Regie führen. Ich fälle meine Entscheidungen, wann ich wo wen treffe, allein. Ich schlüpfe nicht gern in Jacken, die mir ein anderer hinhält. Haben Sie mich verstanden?«

»Kann man wohl sagen. Ist nicht so schwer. Dazu braucht man keinen Physik-Nobelpreis.«

»Dann ist ja gut. Schlafen Sie jetzt! Wir müssen morgen früh raus! Wir fahren zurück. Ich bin Ihren verrückten Einfällen nervlich nicht gewachsen.« Sie ließ sich wieder auf ihrer Seite des Bettes in der Nähe der Tür nieder, griff zu Ohropax und Schlafbrille, die sie wie eine dunkle Wolke vor die Augen zog, und legte sich auf den Bauch. Sie musste endlich zur Ruhe finden, sonst würde sie es am nächsten Morgen mit fortgesetztem Gähnen und Augenringen bezahlen.

Später im Tiefschlaf ragte ihr rechtes Bein über den Schutzwall hinaus weit auf Sonjas Matratze. Da war Sonja noch wach, lag in ihre Decke gekuschelt auf der Seite, die Beine angezogen, das Kinn leicht zur Brust geneigt. Der Mond füllte das Zimmer mit Helligkeit, sie hörte Gerits leise Atemzüge und fasste einen Entschluss.

Es war zwölf Minuten nach sieben, als die Sonne aufging. Sie färbte die Luft zartblau, die Wolken silbrig und die alten Mauern des Klosters rötlichviolett. Gerit wurde wach. Sie erhob sich aus dem Bett, fand Sonjas Seite leer vor, wähnte sie im Bad und stellte sich in stummer Bewunderung ans Fenster. Das Kloster lag eingebettet in ein Meer aus Wiesen und Wäldern. Im Morgenlicht schimmerte die Landschaft in mehreren Schattierungen von Grün. Nicht der Sommer mit seiner Hitze und Farbenpracht, sondern das Frühjahr und der Herbst waren die besten Jahreszeiten, um in die Provence zu kommen. Das hatte sie immer schon gewusst. Und bekam es erneut bestätigt.

Gerit war von dem Anblick so gefesselt, dass ihr gar nicht auffiel, wie lange Sonja für ihre Morgentoilette brauchte. Sie wurde erst misstrauisch, als aus dem Bad keinerlei Geräusche zu hören waren. Keine Toilettenspülung, nicht das Rauschen der Dusche oder der Strahl eines Wasserhahns.

Gerit klopfte. Anfangs zaudernd, dann lauter werdend. »Alles in Ordnung bei Ihnen?«

Als keine Antwort kam, begriff Gerit, dass nichts in Ordnung war, und riss die Tür auf. Das Bad war leer. Nur ihre vom gestrigen Duschen noch feuchten Handtücher hingen zum Trocknen am Haken, und in der Keramikschüssel des Waschbeckens klebte ein dicker eingetrockneter Klecks Zahnpasta. Es musste Sonjas sein, denn die hatte rote, grüne und blaue Streifen. Niemals hätte Gerit eine andere Zahncreme benutzt als solche in puristischem Weiß, und niemals hätte Sonja etwas anderes genommen als etwas, das aussah wie ein Kindergeburtstag mit Minzgeschmack.

Beim Blick in den Schrank registrierte sie, dass Sonjas Sachen noch da waren. Nur das »Chanel«-Kostüm war weg.

Gerit nahm eine rasche Dusche, putzte sich die Zähne, kämmte die Haare und steckte sie hoch, zog Jeans, ein kurzärmeliges weißes T-Shirt und darüber einen schwarz-weißen Strick-Cardigan im Norwegermuster an, der den Namen »Mette-Marit« trug. Ziemlich dämlich, hatte Gerit gefunden und die Jacke trotzdem gekauft. Dann schlüpfte sie in graue Wildlederslipper – und aus dem Zimmer.

Sie durchstreifte das gesamte Kloster. Ging durch lange Flure ohne Abzweigungen, wo nichts zu hören war außer ihren eigenen flinken Schritten, suchte im Restaurant, in dem sie gestern Abend gegessen hatten und in dem sich jetzt die ersten Frühstücksgäste des Hotels zu Milchkaffee und Croissants einfanden, betrat die Abteikirche und war geblendet von der Pracht. Am Deckengewölbe prangten goldene Sterne auf blauem Grund, die Säulen waren ebenfalls bemalt, leuchtendes Kornblumenblau, und Klatschmohnrot und Gold stachen ins Auge, orientalisch angehaucht. Sie setzte ihren Weg fort bis zur schlichten Kapelle, die in einem anderen Gebäude untergebracht war und in der sich vermutlich die Mönche zum Gebet versammelten. Jetzt war alles leer. Sie nahm sich den Klosterhof vor, die umliegenden Gärten. Sie sah die Ordensbrüder, die hier lebten, sie sah ein paar Touristen, eine weibliche Pilgergruppe mit Walking-Stöcken, die gerade im Begriff war aufzubrechen, ein paar Männer mit Mountainbikes. Wen sie nicht sah, war Sonja.

Es war, als sei sie vom Erdboden verschluckt worden.

In Gerit wuchs die Unruhe. Sie beschloss, den Radius ihrer Suche zu erweitern und das Klostergelände zu verlassen. Wieder einmal verfluchte sie den Tag, an dem diese Person in ihr Leben getreten war. Sie saugte das letzte bisschen an Kraft aus ihren Knochen. Sie lief weiter die engen, kurvenreichen Straßen entlang, die sich buckelten, ein Labyrinth aus dichten Wäldern, am Horizont die grünen Hügel. Blassgelbes Licht streichelte die Landschaft. Als sich die Straße gabelte, folgte sie intuitiv dem Weg, der geradeaus zu einer Lichtung führte und in deren Mitte eine alte riesige Kiefer mit ausladenden Ästen stand. Ihr Blick fiel auf eine kleine Wagenburg mit einigen Trucks, Wohnmobil, einem großen Zelt, in das Menschen mit Frühstückstabletts gingen, die sie von einem Cateringwagen entgegennahmen. Er fiel auf Stromkästen und Kabel, einen Helikopter und jede Menge Leute, die in quäkende Walky-Talkys sprachen oder in Eile telefonierten.

Und während sie so dastand, am Wald, in der Sonne, entdeckte sie etwas, das sie noch mehr erstaunte als dieser ganze Zirkus mitten im Grünen. Sie sah eine weiße Kutte über die Wiese kommen. Die Kutte über schwarzen Halbschuhen nahm direkten Kurs auf sie.

»Bonjour!«, sagte Père Clément.

»Bonjour, Pater!«, sagte Gerit.

Er schien nicht sonderlich erfreut, sie zu sehen. »Sie haben sich sehr weit vom Kloster entfernt.«

»Sie auch.«

»Das ist nicht gut«, sagte er, ohne auf ihren Einwand zu achten. Seine Augen hinter den Brillengläsern funkelten im Sonnenlicht.

»Seit wann ist Spazierengehen verboten? Ich dachte immer, der liebe Gott zeigt gerne vor, was er Schönes geschaffen hat.«

Er deutete auf die hin und her wuselnden Menschen. »Die fühlen sich gestört.«

Ihre Augen blieben ernst, während sie lachte. »Und das soll mich jetzt beeindrucken? Ich bin auf der Suche nach meiner Begleiterin.«

»Gestern hatte ich das Gefühl, dass Sie ganz froh wären, sie los zu sein.«

»Ich schätze es nicht, wenn man mich interpretiert.«

»Sie haben so viel unterdrückten Zorn in sich.«

»Unterdrückt?« Gerit zog die Brauen hoch. »Der blüht gerade wie Ihr Lavendel im Sommer. Haben Sie sie gesehen?«

»Seinem inneren Ruf zu folgen, ist das Ziel. Sie wird sich zur Meditation zurückgezogen haben.«

»Diese Frau nicht.« Sie bohrte die Fingernägel ihrer rechten Hand in die Handfläche der linken und schlug die Augen nieder, um zu verbergen, wie angespannt sie war.

»Meine Arbeit ruft«, sagte Père Clément.

»Sie verbergen etwas vor mir. Das ist eindeutig.«

»Alles hat einen Sinn, auch wenn man ihn nicht gleich erkennt«, sagte er und wanderte davon, mit forschen Schritten und weit ausholenden Armen. Während der eine nach vorn ging, schwang der andere zurück. Er wirkte auf Gerit wie ein großer, weißer, von Geheimnissen umwitterter Vogel. Sie schlug die Augen zum Himmel. Sie war ratloser denn je.

Als sie eine Holzhütte auf der Lichtung erblickte, marschierte sie darauf zu. Sie hatte schon längst kapiert, dass der ganze Trubel hier auf Dreharbeiten zurückzuführen war. Es ging vielleicht nur um zwei, drei Szenen, um eine kleine Schlacht fiktiver Wesen oder um eine Liebessequenz in freier Natur, aber alle Beteiligten waren von einer Wichtigkeit, als operierten sie lebensrettend am offenen Herzen oder hätten ein Mittel gefunden, den Mond bewohnbar zu machen. Gerit hatte immer liebend gern darauf verzichtet, etwas mit diesen Leuten zu tun zu haben, nachdem sie ein paar Mal Simon bei Dreharbeiten besucht hatte, was überdies langweiliger gewesen war als die Produktionsvorgabe für die Kommissionierung von verpackten Lebensmitteln.

In der Hütte befand sich das Büro der Aufnahmeleitung. Eine junge Frau ganz in Schwarz, deren flammend rote Haare halb von einem grünwollenen Turban verdeckt wurden, sprach hektisch in ihr Headset und wedelte Gerit aus dem Weg, den die durch ihr Auftauchen in der Tür versperrte. Dann schaute die Rothaarige kurz hinaus ins Freie, beendete das Gespräch und rief Gerit über die Schulter zu, während sie zum Schreibtisch zurückging, sich dahintersetzte und in ihr Notebook starrte: »Statistin? Ich hoffe, Sie haben an eine leichte Bluse und Shorts gedacht. Wir drehen heute die Picknickszene.«

»Ich weigere mich schon mein Leben lang, Shorts zu tragen, und glauben Sie mir, ich werde nicht jetzt noch damit anfangen.«

»Das war der Deal. Kann hier jemand Fahrrad fahren? Sucht mir jemanden, der im Hintergrund auf dem Rad durchs Bild strampelt!«, rief die Rothaarige in das Mikro ihres Kopfhörers. »Setwechsel nach der Mittagspause! Motiv eins abbauen, Motiv zwei aufbauen! Und für das Picknick brauchen wir eine zweite Kamera!« Sie wandte sich wieder an Gerit. »Wenn Sie die blauen Trauben essen, muss Ihnen der Saft übers Kinn laufen!«

»Ich werde Ihnen zuliebe auch keine unappetitlichen Dinge tun. Im Übrigen bin ich keine Statistin.«

»Wir brauchen blaue Trauben! Hat jemand dem Catering Bescheid gesagt, dass sie blaue Trauben besorgen?« Sie blickte von ihrem Display auf. »Was haben Sie gesagt?«

»Dass ich keine Statistin bin.«

»Was tun Sie dann hier? Der Hauptdarsteller gibt keine Autogramme, wenn Sie darauf spekulieren sollten, und er lässt sich auch nicht mit Fans am Set fotografieren.«

»Diese Art Götzenverehrung hat mir noch nie gelegen.«

Der Turban sah sie herausfordernd an. »Sind Sie von der Presse?«

»Nein.«

»Ihr Glück! Presse wäre der Alptraum.«

»Ich bin auf der Suche nach einer Frau in einem ›Chanel‹-Kostüm.«

»Und *ich* bin auf der Suche nach einem ›Chanel‹-Kostüm. Ha! Na, wie war der? War der gut?«

»Haben Sie die Frau gesehen?«, bohrte Gerit, die langsam die Geduld verlor.

»Ja«, sagte die Junge, »ich erinnere mich an das Kostüm. Ein tolles Graublau. Sie kam gestern am späten Abend hier an. Wir hatten Nachtdreh.«

»Am späten Abend? Und wo ist sie jetzt?«

»Sie wurde in einen Kofferraum verfrachtet.«

Für einen Augenblick versagte Gerit die Stimme. »Was?!«

»Mehr kann ich Ihnen nicht sagen! Schade ums Kostüm, habe ich gedacht.«

Die Rothaarige hatte sich erhoben, kam um den Schreibtisch herum und quetschte sich im Hinausgehen an Gerit vorbei, die immer noch im Türrahmen stand. Gerit fasste sie am Arm, etwas härter als beabsichtigt.

»Au! Sie haben spitze Nägel.«

»Wer produziert das hier? Simon Pinter?«

»Warum wollen Sie das wissen?«

»Raus mit der Sprache! Das kann doch nicht so schwer sein. Wir reden hier schließlich nicht von Quantentheorie.«

»Also doch Presse! Dachte ich's mir, so penetrant, wie Sie sind. Von mir erfahren Sie nichts! Lassen Sie mich los!« Sie schüttelte ihren Arm ab und stob davon, während sie wieder in ihr Headset blaffte: »Alle Technik-Trucks ein paar Meter wegfahren! Und wann übernimmt endlich jemand die Set-Wache, damit wir verschont bleiben von Reportern und anderen Verrückten? Kommando an die Security weitergeben und Straße blockieren!«

Gerit blieb nichts anderes übrig, als zum Kloster zurückzukehren, um dort auf Sonja zu warten. Sie war sich plötzlich sicher, dass Sonja richtig lag. Simon war hier. *Hier* im Süden Frankreichs produzierte er seinen neuen Film.

Inzwischen war es Mittag geworden. Bei ihrem Eintreffen begann eine Glocke zu bimmeln, und kurz darauf strömten aus allen Himmelsrichtungen die Mönche herbei, um sich zu versammeln.

Als Gerit unter ihnen Père Clément entdeckte, lief sie auf ihn zu, kam hinter seinem schmalen Rücken zum Stehen und zupfte an seinem Habit. Er drehte sich zu ihr um.

»Meine Tochter, Sie sind uns von Herzen willkommen, aber Sie stören im Augenblick unsere klösterliche Ordnung. Ich bin auf dem Weg zur Mittagshore.«

»Und danach haben Sie natürlich auch keine Zeit, weil Sie zum Essen müssen.«

»Nur den Kranken und Schwachen ist eine Labung um die Mittagsstunde gestattet. Die Übersättigung ist heutzutage manchmal ein größeres Problem als das Sattwerden. Wenn Sie wollen, warten Sie auf mich. Wir treffen uns hier auf dem Klosterhof, wenn ich aus dem Gebetsraum zurück bin!«

Gerit setzte sich auf eine der Steinbänke, hielt der Sonne mit geschlossenen Augen ihr Gesicht entgegen und nickte irgendwann ein, während der Wind über sie hinwegstrich.

Als jemand sie am Arm berührte, schrak sie hoch und blickte in die Augen des Paters. Wie viel Zeit vergangen war, vermochte sie nicht zu sagen. Eine Stunde? Nur ein Viertel davon?

Gerit ging in die Offensive. »Wenn ich nicht bald etwas über den Verbleib meiner Reisebegleiterin erfahre, habe ich wohl keine andere Wahl, als die Polizei einzuschalten.«

»Im Moment ticken hier die Uhren anders«, sagte Pére Clément und blickte sich nach allen Seiten um, während er sprach. »Nichts ist so, wie es scheint.«

Sie schlug die Beine übereinander, stützte den linken Ellbogen auf das rechte Knie, legte das Kinn in die Hand und schlug mit dem Zeigefinger einen erregten Trommelwirbel auf ihrer Unterlippe. »Jetzt bin ich aber mal gespannt, was Sie mir zu erzählen haben.«

»Gott möge mir meinen Vertragsbruch verzeihen, aber wir haben eine Verschwiegenheitsvereinbarung unterschrieben. Das ist ...«

»Ich weiß, was es ist. Ich bin Juristin. Man ist sich darüber einig, gewisse Informationen geheim zu halten.«

Der Pater nickte. »Hier finden gerade ziemlich spektakuläre Dreharbeiten statt. Ein Projekt mit einem gigantischen Volumen. Streng geheim. Alle Anwohner hüllen sich in Schweigen. Es sollen bekannte Schauspieler da sein und ...«

»Warum diese Heimlichtuerei?«, unterbrach sie den Pater.

»Man wollte eine paparazzifreie Zone. Keine Presse. Keine Fans.«

Gerit entknotete ihre übereinandergeschlagenen Beine und setzte sich aufrecht hin. »Und wo ist hierbei der Nutzen für Sie?«

»Wir alle haben was davon. Das Kloster. Der Tourismus. Hoteliers. Privatvermieter. Gastronomen. Jeder hier in der Gegend. Läuft so ein Film erst mal im Kino, zieht er die Besucher an, und die bringen Geld. Sie haben ja keine Ahnung, was so ein altes Gemäuer verschlingt.«

»Und der Produzent heißt Simon Pinter.«

»Das darf ich Ihnen wirklich nicht sagen.« Er erhob sich und wollte ihr die Hand entgegenstrecken, um ihr beim Aufstehen behilflich zu sein, da kam *sie* den Pfad zum Kloster hoch, besprenkelt von Sonnenflecken, eskortiert von Bäumen mit Zitronen und Orangen und Büschen mit knallgelben Mimosa, die in voller Blüte standen: Sonja. Sie war immer noch in »Chanel«, aber irgendetwas war passiert. Wie die Mimosen, an denen sie gerade vorbeiging, bei Erschütterung ihre Blätter einklappten, so ließ auch Sonja den Kopf hängen.

Sie blieb einen Moment stehen, erblickte Gerit und den Pater und kam langsam auf sie zu.

Père Clément sagte: »Ich lasse Sie jetzt wohl besser allein.«

Als Sonja sie erreicht hatte, ließ sie sich neben Gerit auf der Bank nieder und strich mit fahrigen Fingern über den Rock, an dem Dreck haftete.

»Und?«, ermunterte sie Gerit.

Es kam nichts.

»Was fällt Ihnen ein, einfach so abzuhauen mitten in der Nacht, verdammt?«

Sonja knirschte mit den Zähnen und blickte auf ihre splittrigen Nägel, unter denen ein paar Blütenflusen klebten.

»Ich habe mir Sorgen gemacht. Und das ist weiß Gott nicht meine Lieblingsbeschäftigung.«

»Um mich?«

»Um wen wohl sonst?«

»Mir geht's gut.«

»Ich habe Sie gesucht.«

»Ich sage doch: Mir geht's gut. Danke.«

»Wo haben Sie gesteckt? Nun seien Sie nicht so verstockt.«

»Warum befehlen Sie mir laufend, was ich zu tun habe?« Sonja wandte das Gesicht ab, guckte nach links über die Mauer ins Leere, dann zog sie die schmutzigen Finger an den Mund und schluchzte hinter vorgehaltener Hand.

»Was ist denn los?«, sagte Gerit.

Sie war Gefühlsausbrüche gewohnt. Überkochende Emotionen. Fluchen. Lamentieren. Weinen. Schreien. Ausbrüche von Hass und Verachtung, Panik und Reue. Von Verzweiflung, Wut, Ohnmacht und Angst. Von Schuld und Scham. Trauer und Traurigkeit und Enttäuschung. Auch Jubel kannte sie, Glück und Freude, Enthusiasmus, Dankbarkeit. Zufriedenheit. All das erlebte sie jeden Tag bei Gericht. Mit all dem konnte sie umgehen. Denn im Gerichtssaal trug sie ihre Robe, und in der fühlte sie sich wie in einer gut imprägnierten Regenjacke. Sie hatte den Abperleffekt. Der war nicht zu unterschätzen.

Sie hatte frei. Sie hatte Urlaub. Feierabend. Das Letzte, was sie jetzt sehen wollte, waren Tränen.

Sie konnte das nicht.

Musste sie aber, befahl sie sich selbst, wenn das Ganze hier nicht in einem hollywoodreifen Drama enden sollte, das man nicht einfach durch Druck auf die Fernbedienung stoppen konnte. Und so legte sie Sonja unbeholfen den Arm um die Schulter. Ganz aufrecht saß sie da, die Hand stocksteif am Körper der anderen, während die erneut einklappte wie die Blätter der Mimose.

»Was ist passiert?« Gerits Stimme klang jetzt weicher.

»Ich habe begriffen, dass nie mehr etwas Großes kommen wird«, sagte Sonja stockend und zog die Unterlippe zwischen die Zähne.

Sie sah schlimm aus. Ihr Gesicht wirkte fahl. Die Augen waren umschattet von Wimperntusche. Ihr Kostüm war übersät von Blütenfusseln und wacholderbeergroßen Minidisteln, die ihre klebrigen Haken in den teuren Stoff geschlagen hatten.

»Ich habe die ganze Zeit gespürt, dass er hier ist, und ich konnte nicht anders. Ich musste ihn sehen«, sagte sie.

»Nachts?«

»Er war doch nie der Typ, der um zehn Uhr abends seine Armbanduhr ablegt und ins Bett geht. Ich kriegte es schnell spitz, dass man hier in der Nähe einen Film dreht. Es war gegen zwölf, als im Hotel einige Crewmitglieder aufbrachen …«

»… zum Nachtdreh«, warf Gerit ein und zog ihren Arm wieder weg.

»Ich bin ihnen gefolgt. Ich hoffte, ihn am Set zu treffen.«

»Wozu?«

»Weiß nicht. Ich plane nicht immer alles durch bis ins Detail. Da bin ich ganz anders als Sie. Vielleicht hätte ich ihm gesagt, dass er ein Arschloch ist.« Ihre Augen schwammen in Tränen. »Dass er mich nicht behandeln kann, als wäre ich Luft. Als wäre ich lästig. Vielleicht hätte es mir gereicht, ihn zu sehen, und das Loch, das die ganze Zeit in meinem Herzen war, wäre gestopft gewesen. Vielleicht. Keine Ahnung.«

»Es ist vorbei. Akzeptieren Sie das endlich!«

Eine Zeitlang schwieg Sonja, bevor sie weitersprach.

»Ich bin also diesen Leuten nach. Und dort am Set hat mich so eine Rothaarige für eine Statistin gehalten. Lag bestimmt am Kostüm. Wer stiefelt schon nachts in ›Chanel‹ über eine Lichtung?« Sonja lachte verhalten. »Und haste nicht gesehen hatte ich eine Statistenrolle als Entführungsopfer im Kofferraum.«

»Hatten Sie nichts Besseres zu tun um die Uhrzeit?«

»Man hat mir hundert Euro bezahlt.« Sonja griff in die winzige Seitentasche ihrer Kostümjacke, zog einen Schein hervor und schwenkte ihn durch die Luft. »Ich werde reich. Lässt sich irgendwie nicht verhindern.«

»Weiter! Was geschah dann?«

»Ich wartete auf meinen Einsatz. Irgendwas stimmte nicht mit den Lichtverhältnissen. Ich wollte schon aufgeben, Scheiß auf die Mücken, dachte ich, ich war müde und habe gefroren und mich gelangweilt, aber dann habe ich jemanden kennengelernt.«

»Wen?«

»Die Kostümbildnerin. Total fertig mit den Nerven. Aber so was von! Die hatte Ringe unter den Augen wie Kohlenstaub. Sie arbeitet hier Tag und Nacht. Sie brauchten dringend noch ein paar T-Shirts in einem scheußlichen Lasergrün. Und die musste sie auf die Schnelle aus einem richtig üblen Stretchjersey nähen. Der dehnte sich schon, wenn man ihn nur schief ansah.«

Gerit zuckte mit den Achseln, um auszudrücken, dass sie davon nun wirklich keine Ahnung hatte.

»Jersey ist kompliziert«, erklärte Sonja. Sie saß einen Moment lang still da, seufzte, betrachtete ihre Hände und räusperte sich. »Ich bin also nach dieser Kofferraumszene in den Wohnwagen zu der Kostümbildnerin und habe ihr meine Hilfe angeboten. Ich hatte mich sogar darauf gefreut. Ich nähe alles gern außer Reißverschlüsse. Reißverschlüsse sind die Pest.« Sie grinste mit dem linken Mundwinkel.

»Und dann?«

Sonja antwortete nicht.

»Dann?«, trieb Gerit sie an.

»Ich sah ein von mir entworfenes Kleid an einer der Stangen hängen«, sagte Sonja und strich sich über den Bauch. »Pfauen auf blauem Grund. Ich kriegte Panik. Plötzlich hatte ich die Gewissheit, dass ich niemals mehr das werde erreichen können, was ich in der Vergangenheit geleistet habe.«

»Unsinn! So was müssen Sie als Motivation nehmen.«

Heftige Schluchzer durchbrachen die Stille, und als Sonja schließlich aufhörte zu weinen, ging ihr Atem stoßweise, und ihre Stimme klang heiser. »Ich bin abgehauen und habe die arme Frau ihrem Schicksal überlassen. Einfach weg. Hals über Kopf. Wie ein Feigling. Ein erbärmlicher Feigling. Wie kann man denn so leben?«

»Sie haben es versucht.«

»Gar nichts habe ich versucht.«

»Haben Ihr Bestes gegeben.«

»Wenn das mein Bestes war, wie sieht dann mein Schlechtestes aus? Was hatte ich auch erwartet? Dass mein brachliegendes Talent wieder magische Blüten treibt, nur weil ich ein paar Kilometer weg bin von zu Hause, weil hier die Sonne scheint und die Zitronen schon im April reif sind? Lächerlich.«

»Und wo sind Sie die ganze Zeit gewesen?«

»Bin durch die Gegend gelaufen. Habe mir ein paar Blasen geholt und einen Sonnenbrand und weiß jetzt, dass ich nie mehr nähen werde. Es ist vorbei. Aus. Ende. Finito. Lassen Sie uns fahren! War eine grandios dämliche Idee von mir.«

»Ich gehe schon mal voraus an die Rezeption und zahle«, stimmte Gerit zu.

Wenn sie ehrlich war, gab es ein paar Dinge, für die sie dem lieben Gott dankbar sein konnte. Dazu gehörten gute Gene, die für eine bestens durchblutete Haut sorgten. Eine rasche Auffassungsgabe, ein gesundes Immunsystem und eine geregelte Verdauung. Ihre Freunde lobten ihren Rucolasalat mit Pinienkernen (sie lobte den Salat ihrer Freunde schon dafür, wenn er gut gewaschen war), ihr Gedächtnis für Geburtstage und eine starke Vorhand im Tennis. Als Gerit an die Rezeption trat und den Namen »Monsieur Simon Pinter« hörte, empfand sie außerdem Dankbarkeit für sechs Jahre Schulfranzösisch, einen unerbittlichen Lehrer namens Hugo Michaud und einige Sprachreisen nach Frankreich während Schulzeit und Studium. Problemlos verstand sie, was der junge Ordensbruder gerade am Telefon sagte. Es ging um eine Blumenlieferung »pour la maison Pinter« und um eine Adresse, die der Mönch soeben durchgab. »24, Chemin de la Roquette, La Cadière d'Azur.«

»24, Chemin de la Roquette, La Cadière d'Azur …«, murmelte Gerit vor sich hin, nachdem sie bezahlt hatte und die Rezeption verließ. »24, Chemin de la Roquette, La Cadière d'Azur.«

Noch in derselben Stunde saßen sie im Auto.

»Wie konnte ich nur so belämmert sein zu glauben, dass es ein Zurück gibt?«, schimpfte Sonja vor sich hin, während sie den Wagen lenkte. »Das wahre Leben findet auf der Straße statt. Es ist besser, wenig nötig zu haben, als viel zu besitzen.«

Gerit konzentrierte sich auf ihr Smartphone, um Sonja

zu navigieren. »Da vorne am Kreisel die erste Ausfahrt nehmen auf die D570N.«

»Sind Sie sicher?«

»Und ob.« Gerit stöhnte auf.

»Was ist?«

»Es juckt. Der Gips macht mich wahnsinnig.«

»Nehmen Sie einen Stift, schieben Sie ihn unter den Gips und kratzen Sie. Falls es ein Filzstift ist, kratzen Sie nicht mit dem Ende, an dem die Kappe steckt. Ich habe mal von jemandem gehört, bei dem ist die Kappe unter dem Gips abgegangen, er hat sie nicht mehr rausgekriegt, und als das Ding Wochen später abkam, hatte er eine eitrige Entzündung – und eine Narbe in Form einer Filzstiftkappe.«

»Klingt wie die ›Spinne in der Yucca-Palme‹. Warum ist er nicht zum Arzt, um den Gips abnehmen zu lassen?«, sagte Gerit, kramte einen Kuli aus dem Handschuhfach, fädelte ihn unter den Gips und stieß einen wohligen Laut aus.

»Sie machen einem auch jede Pointe kaputt mit Ihrem Pragmatismus. Tut gut, wie?«

Auf einmal platzte Gerit los vor Lachen. »Simon Pinter im Kloster? Das ist wie Michael Schumacher als Fahrer bei ›Essen auf Rädern‹.«

Nach knapp zwanzig Kilometern forderte Gerit sie auf, im Kreisverkehr die dritte Ausfahrt zu nehmen und immer noch der D570N zu folgen. Nach weiteren vier Kilometern war es die vierte Ausfahrt eines weiteren Kreisels, die auf die N113 Richtung Nîmes, Arles-Fouchon und Saintes Maries de la Mer in der Carmargue führte.

»Wir sind hier nie und nimmer richtig.«

»Vertrauen Sie mir! Wollen wir ›Trivial Pursuit‹ spielen?«, schlug Gerit vor, lächelte Sonja unbefangen an und griff ins Handschuhfach. »Ich habe meine Reise-Edition dabei. Ein bisschen Abwechslung für die Fahrerin. Ich frage. Sie antworten.« Sie öffnete den Kasten, zog eine Karte hervor und legte los: »Die Hauptstadt von Brasilien?«

»Brasilia.«

»Das war leicht«, sagte Gerit.

»War es nicht. Die meisten hätten gesagt: Rio.«

»Auch wieder wahr. Unter welchem Namen kennt man den Renaissancekünstler Kyriakos Theotokopoulos?«, las Gerit das nächste Kärtchen vor und brach sich fast die Zunge.

»El Greco.«

»Chapeau! Da wäre ich nie drauf gekommen. Welchen Beinamen erhielt Zarin Katharina II. von Russland?«

»Lügnerin.«

»Mit welchem Bein kratzt sich ein Wildschwein an der Kehle? Was haben Sie gerade gesagt?«

»Lügnerin.«

»Die Große«, sagte Gerit vorwurfsvoll. »Ich dachte, das wüssten Sie. Jetzt weiter auf der E80 und dann immer den Schildern Richtung Aix-en-Provence, Nizza, Marseille folgen.«

»Ich meinte Sie.«

»Mich?«

»Sie verarschen mich doch! Wir sind schon achtzig Kilometer in die falsche Richtung gefahren. Wir waren nie weiter weg von Hamburg als jetzt.« Mit nervösen Fingern trommelte sie aufs Lenkrad. »Was haben Sie vor? Ich muss es wissen. Schließlich bin ich dabei.«

»Man nennt es Spontaneität. Sollten Sie auch mal probieren.« Gerit zwinkerte ihr zu.

»Da ist aber heute jemand aufgeräumt«, sagte Sonja. »Falsches Timing. Wenn die Musikbox aufgehört hat zu spielen, will niemand mehr tanzen.«

»Wie schade. Was ist denn unser Leben anderes als ein permanentes Versäumen der besten Augenblicke? Und wir beide haben nun wahrlich mehr Gestern als Morgen auf dem Konto.«

»Ich bin zehn Jahre jünger als Sie.«

»Übertreiben Sie nicht! Neun.«

»Neun. Meinetwegen. Warum sind Sie so gut drauf?«

»Weil ich einen Entschluss gefasst habe. Man kann vor den Dingen nicht davonlaufen.«

»Und wo fahren wir hin?«

»Nach La Cardière d'Azur an der französischen Riviera.«

Gerit guckte eine Weile schweigend aus dem Fenster und nickte schließlich ein. Nach rund dreißig weiteren Kilometern schreckte sie Sonjas Stimme aus ihrem Schlummer. »Wo lang?«

Gerit brauchte einen Augenblick, um sich zu sammeln. »Wir müssen auf die A52.«

»Was machen wir in dem Kaff?«

»Urlaub«, sagte Gerit.

Kapitel 14

Eine Dreiviertelstunde später waren sie am Ziel. Sonja stieß einen Pfiff aus. Eingebettet in Weinberge, lag der Ort an einem Hang. Es war einer dieser Anblicke, die einen atemlos machen und die man einfrieren möchte, um sie bei Bedarf wieder aufzutauen, wenn daheim der Winter gekommen ist. An den schmalen Straßen, die durch den Ort führten, lagen hinter knorrigen Platanen alte Häuser, die Fassaden von der Sonne ausgeblichen. Müdes Gelb und Ocker, blasses Beige, kraftloses Apricot, die Fensterläden in Meeresfarben gestrichen, blau, türkis, grün. Kleine Geschäfte lockten mit schmiedeeisernen Schildern über der Tür. Der Duft von frisch Gebackenem strömte aus der Boulangerie. Man offerierte Baguettes von genau jenem knusprigen Goldton, der auch den Teint einer umsichtigen Côte d'Azur-Urlauberin auszeichnete, die sich von Anfang an gegen Sonnenbrand geschützt hatte. Direkt an der Straße lagen Cafés und Bistros, die Stühle und Tische so dicht an den vorbeifahrenden Autos, dass die Gäste bei ihrem Pernod unter den Sonnenschirmen Gefahr liefen, von ihnen gestreift zu werden.

Sie stellten ihren Wagen etwas außerhalb des Ortes ab und gingen zu Fuß zurück.

Gerit blieb vor einem Laden mit Stoffen in typischem Provence-Dekor stehen. »Was für eine Pracht!«, schwärmte sie.

»Geben Sie sich keine Mühe«, sagte Sonja, die sich weigerte, auch nur einen Blick in das Schaufenster zu werfen. »Nur weil hier ein paar Stoffe liegen, heißt das nicht, dass ich ausraste.«

»Was für Farben!«, rief Gerit. »So leuchtend und intensiv. Diese Gewürztöne! Kurkuma. Ingwer. Safranrot. Zimt. Als hätte sich Indien mit Südfrankreich vermählt. Man kann sich nicht sattsehen. Schauen Sie doch nur!«

»Stoffe halt.« Sonja wirbelte auf dem Absatz herum, lehnte sich mit dem Rücken gegen die Scheibe und verschränkte die Arme vor der Brust.

Gerit redete auf Sonja ein. Wortkaskaden prasselten auf sie nieder. »Das Blau … wie ein Königsmantel … und dieser Stoff erst! Er funkelt wie ein grüner Edelstein. Aber am schönsten sind die Rottöne. Und dieses Orange! Wie das Fruchtfleisch einer überreifen Nektarine. Nun seien Sie doch gefälligst mal begeistert!«

Sonja drehte den Kopf weg und beobachtete das Treiben auf der Straße.

Besorgt hob Gerit die Augenbrauen. »Fühlen Sie sich nicht gut?«

»Ich würde mich besser fühlen, wenn wir endlich von hier weg könnten.«

Sie nahmen ein Zimmer in dem einen von zwei Hotels am Platze, in der »Hostellerie Berard«, einem malerischen Haus, gestrichen in einem verwaschenen Terracotta. Wilder Wein rankte über das Glasdach am Eingang und kletterte die Fassade mit den blauen Fensterläden empor.

»Ich denke, wir nehmen ein Doppelzimmer«, sagte Gerit, nachdem sie sich an der Rezeption kundig gemacht hatte. Sie senkte die Stimme: »Hier ist es nicht ganz billig.«

»Geben Sie doch zu, dass Sie nicht gern allein sind«, frotzelte Sonja und lachte kurz auf, dann aber entspannten sich ihre Züge, sie lächelte, und ihre Stimme klang warm wie ein Teller Suppe. »Ich weiß, was das für Sie bedeutet, weil Sie doch eigentlich Raum für sich brauchen.«

»Ich komme erstaunlicherweise ganz gut damit klar, etwas weniger Raum für mich zu haben. Ich buche das mal unter akuter Krisenreaktion ab.«

Kaum befanden sie sich auf ihrem Zimmer, öffnete Gerit das Fenster und blickte auf den Pool unter ihnen. Es war noch zu kalt zum Baden, aber die Nachmittagsluft, die durch das Fenster hereinströmte, erzählte schon vom Sommer und vom Strand, der nur sechs Kilometer entfernt lag. Plötzlich fühlte sie sich wie in den großen Ferien, in denen man das Meer sah und wieder zehn war. Es war alles da. Die Côte d'Azur. Die Provence. Das Blau. Das Licht. Der Duft. Die Farben. Die Gewürze. Die Wärme.

Als sie kurz darauf im Restaurant des Hotels saßen, beugte sich Sonja zu Gerit hinüber, die auf einem antiken Armlehnenstuhl thronte und die Speisekarte studierte.

»Haben Sie die Preise gesehen?«

Gerit nickte.

Mit beiden Händen fuhr sich Sonja durch die Haare und wurschtelte sie zu einer Schnecke am Hinterkopf zusammen, die sich mangels Spange gleich wieder auflösen würde. »Und da sitzen wir noch hier?«

»Es hat einen Stern.«

»Nudeln neununddreißig Euro. Dafür *kriegt* man einen Stern. Frisch von der Milchstraße. Nee, sorry, das bringe ich nicht! Wir gehen!« Sonja stand auf, nahm Gerit am Arm und zog sie hinter sich her.

Wollten sie nicht noch mehr Aufsehen erregen, blieb Gerit gar nichts anderes übrig, als Sonja zu folgen.

»Meiner Freundin geht es nicht gut«, sagte sie zu dem Kellner, während sie kurz darauf Sonja zuzischte: »Peinlich.«

Doch Sonja bediente sich ungerührt aus dem noch vollen Brotkorb an einem inzwischen so gut wie abgeräumten Tisch. Gerit klopfte ihr auf die Finger. »Das darf nicht wahr sein!«

»Sie haben zum ersten Mal ›Freundin‹ gesagt«, warf ihr Sonja beim Rausgehen zu, während sie ein Stück von ihrem Brot abbiss. Und als Gerit sie verständnislos ansah, erklärte sie: »›Meine Freundin‹ … zu dem Kellner.«

»Das darf nicht wahr sein!«, sagte Gerit noch einmal.

Kurz darauf nahmen sie Platz im Bistro, das ebenfalls zum Hotel gehörte. Von hier hatte man einen Blick auf die umwerfende Landschaft da draußen. Grüne Terrassen, angeordnet wie Treppen. Dazwischen rötlichbraune Dörfer. Es war gemütlicher als der Gourmettempel von eben, und angesichts der Preise musste man nicht befürchten, dass der Wahnsinn einen guten Lauf hatte und sich bevorzugt in der Provence austobte. Während Sonja auf Tagliatelle mit Pilzen wartete und Gerit auf Risotto mit Gartengemüse, wischte Sonja mit dem Ärmel über die graue Platte des Tisches. »Stein ist so kalt. Da wären Tischtücher netter.« Sie nahm eine Sprühflasche mit Olivenöl, schraubte den Verschluss auf, schnupperte daran, drehte ihn wieder zu, sprühte sich etwas davon auf ein Stück Brot und schob es sich in den Mund. »Sehr gut. Und was machen wir morgen?«

»Ich schlage vor: Nach dem Frühstück fahren wir ans Meer. Und nachmittags würde ich gern einen alten Bekannten besuchen. Er wohnt hier ganz in der Nähe.«

»Deshalb also wollten Sie hierher.«

»Er hat oft von ›La Cadière d'Azur‹ geschwärmt, und ich wollte es endlich mal mit eigenen Augen sehen.«

»Er hat nicht zu viel versprochen«, stimmte Sonja zu. »Hat er hier ein Haus?«

»So scheint es«, sagte Gerit und nippte am Wein.

Ihr Essen kam.

Sonja nahm die Gabel, piekste eine Nudel auf, betrachtete sie, sagte: »Du gefällst mir«, schob sie in den Mund, kaute und schluckte und schmeckte dem in Sahne und Weißwein getauchten Bissen nach, bevor sie das Gespräch wieder aufnahm. »Verheiratet?«

»Mein Bekannter?« Gerit lachte laut auf. »Bestimmt nicht. Seine Spezialität sind Beziehungen ohne Zukunft.«

»Klingt nach exzentrischem Arsch, der jedem, der ihm begegnet, nur Unglück bringt«, sagte Sonja.

Sie aßen, zahlten und gingen. Als sie das Restaurant verließen, folgte ihnen der junge Kellner in einigem Abstand, um sie schließlich an der Tür aufzuhalten. »Mesdames!«

Gleichzeitig drehten sie sich zu ihm um und guckten ihn an. »Was will er denn noch?«, grummelte Sonja. »Wir haben artig unsere Teller leer gegessen, und Trinkgeld hat er auch eingesackt.«

Gerit zuckte mit den Schultern.

»Kann es sein«, wand er sich, »dass die Damen – aus Versehen natürlich – die Flasche Olivenöl vom Tisch mitgenommen haben?« Seine Augen huschten verlegen zwischen ihnen hin und her.

Sonja guckte gespielt gelangweilt in die Luft. Trotzdem

entging ihr nicht Gerits Blick, der sich demonstrativ an ihre Augen heftete.

»Meine Freundin«, hörte sie Gerit sagen, »hat Schuppenflechte, und da soll Olivenöl wahre Wunder wirken.«

»Ich habe keine Schuppenflechte«, rief Sonja empört. »Wenn ich mir um etwas keine Gedanken machen muss, dann um die Gesundheit meiner Haut.«

»Na dann …«, raunte ihr Gerit zu. »Sehen Sie selbst, wie Sie aus der Nummer wieder rausfinden.«

»Wie kommen Sie überhaupt darauf, dass ich das Olivenöl habe?«

»Wer sonst? Ich neige nicht zu Kleptomanie. Es besteht für mich ganz klar der Verdacht, dass Sie das – wenn auch unbestritten geringwertige – Diebesgut am Körper mit sich führen. Ich tippe auf Ihren Rucksack als Aufbewahrungsort.«

»Ohne begründeten Verdacht sind Taschenkontrollen verboten«, sagte Sonja. »Aus dem Umstand, dass ein Kunde die Taschenkontrolle verweigert, darf nicht der Rückschluss gezogen werden, dass er Diebesgut in der Tasche verbirgt.«

»Sie kennen sich ja bestens aus«, sagte Gerit, während der Kellner mit den Füßen scharrte.

»Ich war Geschäftsfrau«, sagte Sonja schroff und warf den Kopf zurück. »Bei mir haben die Leute auch versucht zu klauen, weil sie scharf auf meine Klamotten waren.«

»Niemand hat von Taschenkontrolle gesprochen«, sagte Gerit. »Obwohl es ganz in Ihrem Sinne sein dürfte. Ich hatte das Gefühl, Sie haben die Flasche vorhin nicht richtig zugeschraubt, nachdem Sie an dem Öl gerochen haben, und nun wird der Inhalt vermutlich in Ihren Rucksack laufen und alles versauen. Ihr Pass wird ein fettfleckiges Häufchen Elend sein …«

»Schon gut!«, ächzte Sonja, zog die Flasche aus dem Rucksack und prüfte den Verschluss. »Die ist bombenfest verschraubt. Sie haben mich übers Ohr gehauen.«

»Eins zu eins«, sagte Gerit. »Denken Sie an Frigolet!«

»Man muss sehen, wo man bleibt und hamstern für schlechte Zeiten. Ich spreche aus Erfahrung.«

»Wenn das Ihr Plädoyer in eigener Sache sein soll, wären Sie ein grottenschlechter Verteidiger. Bei der jungen Dame hier ...«, wandte sich Gerit auf Französisch an den Kellner.

»Danke für das jung«, fiel ihr Sonja ins Wort. »Das ist eine nette Umschreibung für kaputt, illusionslos und mit einer angeknacksten Seele im Schlepptau.«

Gerit krauste die Stirn und fuhr an den Ober gerichtet fort: »... haben wir es mit einer bekannten Designerin zu tun ... einer Interieur-Designerin, um genau zu sein.«

Verständnislos blickte sie der Mann an.

»Unsere Künstlerin ist der Meinung, dass Ihr Restaurant durchaus noch einen Hingucker vertragen könnte.« Sie machte eine bedeutungsvolle Pause, ehe sie sagte: »Tischtücher. Und zwar mal was anderes als die üblichen touristischen Geschmacklosigkeiten in Form von Wachstuchdecken mit Oliven-Dekor.«

»Was hat das mit dem Öl zu tun?«, wollte er wissen.

»Würde mich jetzt auch interessieren«, sagte Sonja.

»Das Öl«, sagte Gerit gedehnt, »also, das Öl dient gewissermaßen als Farbvorlage. Denn unserer Künstlerin schwebt ein Stoff vor in genau diesem gelbgoldenen Bernsteinton. Sie haben so einen entzückenden Laden hier, das ›Tisseur de Rêves‹ in der rue Marx Dormoy, wo sie danach suchen möchte.«

»*Un moment, s'il vous plaît*«, sagte der Kellner und ging davon.

»Wo geht er hin?«, wunderte sich Gerit.

»Er ruft die Polizei«, sagte Sonja. »Mich erwartet das Schicksal des ›Grafen von Monte Christo‹. Kerker. Diese Räuberpistole glaubt Ihnen kein Mensch.«

Kurz darauf kam der Kellner zurück. In seiner Begleitung war ein gut aussehender Mittvierziger, der sich als Küchenchef und Sohn des Hauses Berard vorstellte.

Am Ende eines langen Abends hatte Sonja den Auftrag für ein Dutzend Tischdecken, Gerit prägte den Begriff von der »ästhetischen Souvenirisierung«, mit der man auch die Touristen für das neue Business begeistern würde, ähnlich der Lavendelduftsäckchenproduktion für heimische Wäschefächer mit Schlüpfer und Strümpfen, und beide hatten sie beim Zubettgehen mehr Rotwein und Calvados im Blut, als es dem chemischen Gleichgewicht einer weiblichen Leber guttut.

Die Bettdecke rutschte auf den Boden, aber Sonja war zu schlapp, um zu reagieren. Sie öffnete den Mund und machte ihn wieder zu, um erst Sekunden später einen erneuten Vorstoß zu wagen.

»Mir ist schlecht«, jammerte sie. Sie lag auf dem Bauch, ihr linker Arm war vergraben unter dem Kissen, der Kopf zeigte hinüber zu Gerit auf die rechte Seite des Bettes, die Augen hatte sie geschlossen. »Du warst nicht zu bremsen gestern Abend. Du hast den Schnaps gesoffen wie sie hier Oliven in Gläser füllen. Nonstop.«

»Sie haben Mundgeruch.«

Langsam schlug Sonja die Augen auf. »Nur ich?«

»Ich habe mir bereits die Zähne geputzt und geduscht«, sagte Gerit. Frisch wie nach Zitrone duftendes südfranzösisches Eisenkraut lag sie neben ihr auf dem Bett. Weiße

Leinenhose, weißes Blüschen, weiße Turnschuhe, weißer Gips, weiß der Teufel, wie sie das macht, dachte Sonja.

»Ich kann keinerlei Körperausdünstungen bieten. Tut mir leid. Ich verstehe auch nicht das Gegreine der Leute über Schweißflecken unter den Achseln. Alles eine Frage der ...«

»Disziplin«, schnaufte Sonja.

»Und der Hygiene.« Ungefragt reichte Gerit Sonja ein Kaugummi.

»Schweiß ist Schwäche, die den Körper verlässt«, nuschelte Sonja, während sie den Streifen aus dem Stanniolpapier wickelte und in den Mund schob. »Aber das kennst du nicht. Schwäche. Du bist der Typ Frau, gegen den man verliert, weil man schwitzt und sie nicht.« Sie drehte sich auf die andere Seite, hangelte nach der Bettdecke, zog sie über sich und wandte sich wieder Gerit zu, wobei sie die Hand um ihren Mund krümmte, während sie sprach. »Du bist die Schneekönigin im Eispalast, deine Farbe ist ein frostiges Pastell, und wenn du tot bist, wirst du konserviert hinter Museumsglas. Und übrigens wäre ich dir dankbar, wenn du mir eine Aspirin geben würdest.«

»Und ich wäre Ihnen dankbar, wenn Sie endlich aufhören würden, mich mit dieser Penetranz zu duzen.«

»Wir haben Brüderschaft getrunken letzte Nacht. Vergessen?«

»Sie spinnen!«

»Oder Schwesternschaft«, brummte Sonja in ihr Kissen. »Wie man's nimmt.«

»Und geküsst haben wir uns auch, oder wie?«, lachte Gerit mit schriller Stimme.

»Das gehört dazu. Aber ich kann dich beruhigen. Nicht mit Zunge. Keine heiße Lesben-Nummer.« Sonja kicherte. »Schade eigentlich.«

»Sie machen Witze!«

»Dazu bin ich gar nicht in der Lage. Ich freue mich, dass ich am Leben bin und dass ich nicht kotzen muss, weil ich einen Pferdemagen habe.«

»Was war noch?«, fragte Gerit, die mit leichtem Druck der Mittelfinger ihre Schläfen massierte.

»Erst die Aspirin!«

»Bitte.«

»Bitte«, stöhnte Sonja.

Als Gerit mit zwei Tabletten und einem Glas Wasser aus dem Bad zurückkam, fuhr Sonja fort: »Du hast gesagt, ich hätte einen Teil von dir kennengelernt, der anderen bisher verborgen war.«

Während Sonja die Tabletten schluckte, ließ sich Gerit auf ihrer Bettkante nieder und vermied Augenkontakt. »Welchen?«, fragte sie mit schwacher Stimme.

»Na, das mit dem Wet-T-Shirt-Contest zum Beispiel.«

Gerits Kopf schnellte so abrupt herum, dass sie sich danach vor Schmerzen aufstöhnend in den Nacken fasste.

»Ja, Miss Auster«, sagte Sonja, während ihre Mundwinkel nach oben wanderten und sie die Augen leicht zusammenkniff, bis sich Lachfältchen bildeten. »Davon hast du angeblich mal geträumt. Einen zu gewinnen, meine ich. Weil du sensationelle Nippel hast, wie du meintest.«

»*Mon dieu!* Waren wir da allein, als ich das von mir gab?«

»Fast.«

»Was heißt fast?«

»Es war nur dieser Berard dabei. Eigentlich schreibt der sich ja mit Accent aigu auf dem ›e‹ nach dem ›B‹, sagt er, aber im Hotelprospekt steht es versehentlich ohne, und jetzt lässt er es halt ganz weg und …«

»Hat das jetzt irgendeine Wichtigkeit? Wenigstens kann er kein Deutsch.«

»Und ob er kann! Er hat es genau verstanden, als du ihm gesagt hast, du suchst einen Kerl, der witzig ist, absolut heiß und der deinen Mixer repariert.«

»Ich schäme mich so«, wimmerte Gerit. »War's das?«

»Im Prinzip ja. Vielleicht ist es keine so gute Idee, dir jetzt noch zu erzählen, dass du verkündet hast, manchmal davon zu träumen, ohne Unterwäsche aus einer Limousine zu steigen.«

Mit einem Aufschrei ließ sich Gerit quer übers Bett fallen. »Ich will mein Gedächtnis verlieren! Ich will sterben!«

»Du hast vielleicht einen Krach gemacht gestern Abend, als wir aufs Zimmer sind. Der Nachtportier hat sich mächtig gewundert, mein lieber Mann!«

»Stilles Wasser wäre bekömmlicher gewesen«, sagte Gerit und zog ein bekümmertes Gesicht, während sie langsam wieder in die Senkrechte kam. »Sind die Peinlichkeiten ausgestanden?«

»So ziemlich«, sagte Sonja leichthin, während sie jetzt in der Lage war, sich aufzurichten und ihren Oberkörper ganz entspannt gegen die goldgerahmte Rückenstütze des Bettes zu lehnen. Sie zuppelte die Maske von der Filmpremiere in Hamburg aus der Seitentasche ihres Rucksacks und setzte sie auf. »So werde ich den ganzen Tag herumlaufen.«

»Setzen Sie bitte dieses scheußliche Ding ab!«

»Du sagtest nur noch, und das war's dann wirklich, du würdest gern wissen, wie manche Frauen es fertigbringen, so gewaltige Dinge mit ihren Vaginalmuskeln anzustellen.«

»Sie haben geträumt. Oder es war der Fernseher.« Gerit

stieß einen jammervollen Laut aus und schlug die Hände vors Gesicht. »Ich wäre so gern noch die Gerit Liebke von früher.«

»Bitte nicht«, sagte Sonja, beschwingt von der raschen Wirkung der Tabletten. Sie warf die Decke zurück, rollte sich aus dem Bett und schlurfte ins Bad. »Heute ist es weniger langweilig mit dir.« An der Tür machte sie noch einmal kehrt, schnalzte mit der Zunge, knatschte mit ihrem Kaugummi, nahm ihn aus dem Mund und klebte ihn an den Rand des Papierkorbs. »Und vergiss nicht: Wir sind beim ›Du‹.«

»Das muss ich mir erst noch mal überlegen«, sagte Gerit. »Sehr, sehr gut überlegen.«

Sonja dachte sich nichts dabei, als Gerit ihr nach dem Frühstück und einem kurzen Abstecher zum Strand in knappen Anweisungen den Weg diktierte, den ihr das Smartphone vorgab. »Und jetzt rechts abbiegen auf ›Chemin de la Roquette‹.«

»Was wollen wir dort?«

»Dort wohnt mein Bekannter.«

»Ach, Gott! Der! Den hatte ich schon ganz vergessen.«

»Da vorn wieder rechts. Und dann noch mal, und dann sind wir da. ›Roquette‹ heißt übrigens Rauke.«

»Musste ja irgendwas mit Grünzeug bei dir sein. Du erwartest hoffentlich nicht von mir, dass ich mit reingehe?«

»Du willst doch nicht die ganze Zeit im Auto sitzen bleiben!«

»Ich gehe so lange spazieren.« Sie warf Gerit einen neugierigen Blick zu. »Du wirkst etwas flatterig.«

Das war untertrieben. Gerit machte den Eindruck, als wären ihre Sinne zum Zerreißen gespannt.

»Du kommst mit!«, sagte sie. »Keine Ausreden!«

»Dein Spiel, deine Regeln, deine Gesetze, deine Vorschriften«, sagte Sonja und schaltete in einen niedrigeren Gang, da die kleine Straße, die sie hochfuhren, auf diesem Stück steil und kurvig wurde. »Sonst immer gern. Heute nicht. Lass mich da raus.«

»Da vorne auf dem Briefkasten steht eine Hausnummer. Halt mal!«

»Bitte«, knurrte Sonja.

»Bitte.«

Sonja ging vom Gas und stoppte den Wagen.

»Vierundzwanzig. Hier muss es sein«, sagte Gerit. »Ich bin ziemlich sicher, dass er ›vingt-quatre‹ gesagt hat.«

»Ich fand französische Zahlen immer sauschwer«, sagte Sonja. »Quatre-vingt-dix zum Beispiel sagen die für neunzig. Vier mal zwanzig plus zehn. Das ist höhere Mathematik.«

»Hattest du Französisch in der Schule?«, fragte Gerit.

»*Mais oui*. Meine Eltern wollten eigentlich nicht, dass ich Abi mache. Wir hatten den Hof, meine Schwester arbeitete als Sprechstundenhilfe, ich schlug also aus der Reihe.«

»Und dann auch noch ein Modedesign-Studium!«, sagte Gerit.

»Das war gleichbedeutend mit Hungertuch«, erzählte Sonja. »Mit Kunst hatten meine Eltern nichts am Hut. In der Küche hing der Kalender von der örtlichen Metzgerei mit Rezepten für Rindsrouladen. Im Wohnzimmer ein Bild mit einer Gondel auf dem Canal Grande in Öl. Das war's!«

»Mochten deine Eltern Venedig?«

»Machst du Witze? Sie waren niemals im Urlaub. Noch nicht mal im Harz.«

»Lass uns weiterfahren!«, drängte Gerit. »Du musst da

vorne links den kleinen Weg runter. Bitte.« So holperten sie einen unbefestigten Pfad entlang und kamen schließlich auf einem Schotterplatz vor einem lehmfarbenen Backsteinhaus zum Stehen, auf dem mehrere Autos standen. Da war kein Platz mehr für ihres, und so parkten sie etwas abseits am Rande einer Wiese.

»Er scheint Besuch zu haben«, sagte Gerit.

»Wobei wir nicht stören wollen«, sagte Sonja.

»Lass uns wenigstens aussteigen und einen Blick aufs Haus werfen.«

Sie kletterten aus dem Wagen und betraten den Garten.

Ein leichter Wind wehte und bewegte die Blätter der Feigenbäume. Zu ihrer Linken lag ein kleiner Laubwald, zur Rechten zogen sich Weinberge bis zum Horizont, in die sich ein Kirchlein gehockt hatte. Direkt vor ihnen schwamm die Sonne im azurblauen Wasser des Pools ihre Bahnen. An den Mauern ringsumher wucherten Bougainvillea, und dahinter, hinter Häusern und Gärten und Palmen, blitzte das Meer, auf dem sich ein paar Segel blähten. Bald würden sie wieder wachsen, dachte Sonja, die Erdbeeren auf dem Feld und die Kirschen an den Bäumen. Ein Seufzer kam über ihre Lippen. »Hier zu wohnen! Das wär's!«

Sie hatte es kaum ausgesprochen, da wurde die Glastür zur Veranda aufgeschoben, und heraus trat eine tiefdunkel gekleidete Gruppe von Menschen. Gut ein Dutzend Leute, wie Sonja im Geiste überschlug. Alle verschanzten ihre Mienen hinter blickdichten Sonnenbrillen und hatten es eilig, zu den Autos zu kommen. Keiner schaute zu den beiden Frauen hinüber, die weit genug entfernt im Schatten eines Baumes standen. Niemand beachtete sie.

»Wenn es das ist, wofür ich es halte«, sagte Sonja, »ist das hier eine todtraurige Sache.« Sie stieß einen kleinen

Schrei aus. »Das ist Mischa Pastor«, flüsterte sie Gerit zu, als sie einen der Männer erkannte. »Filmproduzent aus München. Ich habe ihn auf der Premierenparty kennengelernt.« Ja, er war es. Nur dass sein Bauch heute kein weißes Jackett ausfüllte, sondern ein schwarzes.

»Wer ist denn hier tot?«, fragte Sonja.

»Woher soll ich das wissen?«

»Kennst du jemanden von denen?«

»Ein paar. Vom Sehen. Sind alle aus der Branche. Ein paar der ganz Mächtigen. Reinstes Kinogold.«

»Fehlt nur noch Simon, wo er doch schon in Südfrankreich rumturnt.«

»Keine Ahnung, wo er ist.« Gerit holte tief Luft und sagte mit rauer Stimme: »Es ist sein Haus.«

»Oh, nein!«, jaulte Sonja auf, ging langsam einen Schritt zurück und schüttelte den Kopf. »So link kannst du gar nicht sein.«

»Ich hatte noch was gut bei dir.«

»Entweder wachse ich daran, oder ich werde gleich komplett irre.«

»Lass uns nicht länger hier herumstehen!«, kommandierte Gerit, und ehe sich Sonja versah, hatte sich schon der Zeigefinger von Gerits eingegipster Hand in ihren Rücken gebohrt und stieß sie nach vorn.

Kurz darauf saßen sie im Auto und folgten einem silbergrauen Peugeot, der das Schlusslicht der Kolonne bildete. Sonja konnte es immer noch nicht fassen. »Wie kann man nur so abgebrüht sein?«

»Sagt die Richtige«, erwiderte Gerit.

Als die kleine Schar, an die sie sich unbemerkt drangehängt hatten, zehn Minuten später auf dem Parkplatz vor der Kirche »Église Saint-André« in La Cadière d'Azur hielt, fing sich das Mittagslicht im Staub über dem Kopfsteinpflaster, eine leichte Brise wehte von Osten, und es roch nach frisch gebackenem Brot.

Sie blieben noch ein paar Sekunden im Auto sitzen und starrten auf die grauen Mauern und das rote Spitzdach über dem Glockenturm. Dann drängte Gerit zum Aufbruch.

»Ich weiß nicht, wieso ich mir das antue«, schimpfte Sonja. »Eine Trauerfeier an so einem schönen Tag kann einem echt die Laune vermiesen.«

Sie gingen auf die Kirche zu und traten ein. Es war dämmerig in dem hohen Raum und kühler als draußen. Die bunten Fenster leuchteten, es roch nach Stein und Holz, nach Blumen und Kerzen. Eine Orgel spielte Bach. Die Enden der Sitzbänke waren mit Olivenzweigsträußchen geschmückt. Vor dem Altar stand ein schwarzer Sarg, den ein Gesteck aus roten Rosen schmückte. Um ihn herum lagen Kränze aus weißen Calla und Lilien. Und während Sonja noch Gerit zuraunte, so wolle sie auch mal von dieser Erde gehen, rempelte sie eine Frau vor sich im Kirchenschiff an, die mit erbostem Blick zu ihr herumschnellte. Sonja hatte sie schon einmal gesehen. Sie hatte sie sogar schon einmal getragen.

Nicht die Frau.

Die Jacke.

Reine Seide, schwarz, »Chanel«. Große Knöpfe mit den typischen CC-Initialen, vier rechts an der Knopfleiste, jeweils vier an den Ärmeln. Als sie neben der Jacke Mischa Pastor erspähte, trat sie zur Seite, starrte auf die Erde, zupfte ein paar Haarsträhnen vors Gesicht und ließ den Pulk der Trauergäste an sich vorbeiflanieren. Gerit war bei ihr geblieben, und erst ganz zum Schluss gingen sie beide gemeinsam auf den Altar zu, mit weitem Abstand zu den anderen.

Gleichzeitig sahen sie die Schwarzweiß-Fotografie auf einer Staffelei. Es war ein Bild von einem Mann. Sonja hielt mitten in der Bewegung inne. Ein gepresster Schrei drang aus ihrer Kehle, den sie sofort unterdrückte, indem sie sich eine Hand wie einen Knebel in den Mund stopfte.

Der Mann auf dem Schwarzweißporträt sah älter aus, als Sonja ihn in Erinnerung hatte. Die Haare waren schütterer geworden, der Bart war ganz grau, die Falten hatten sich tiefer in seine Haut gegraben, und seine Augen wirkten, als würden sie tränen, wie das manchmal bei Männern der Fall zu sein schien, die in die Jahre gekommen waren.

Sonja spürte, wie Gerit neben ihr zu zittern begann.

»Ich hab's geahnt«, wisperte Gerit. »Als ich all diese Menschen an seinem Haus gesehen habe, habe ich es geahnt.« Sie weinte leise und presste ihre linke Hand vor die Augen. »Ich habe doch gesagt, er ist viel auf Reisen. Ich wusste nur nicht, dass er schon seine letzte angetreten hat. Er hatte es eben immer eiliger als andere.«

Sonjas Nacken versteifte sich, ihr Magen krampfte sich zusammen, und in ihrer Brust spürte sie ein Ziehen. Ihr Atem ging keuchend. Ihr war kalt. Sie suchte Gerits Nähe, die genau wie sie fröstelte und schwankte, und zog sie mit sich fort in die hinterste Kirchenbank, wo sie eng aneinandergekauert sitzen blieben. Eine der anderen Halt.

»Es gibt Zeiten, da bereitet einem die Liebe nur Schmerzen«, sagte kurz darauf der junge Priester zu Beginn der Trauerfeier, mit der Simon Pinter von dieser Welt verabschiedet werden sollte. »Sie haben im Angesicht Gottes versprochen, füreinander einzustehen, bis dass der Tod sie scheidet, und sie haben ihr Wort gehalten. Jetzt liegt es an uns, liebe Anverwandte, liebe Freunde, liebe Gemeinde, die wir heute hier zusammengekommen sind, vor allem für seine Witwe da zu sein, während unser geschätzter Verstorbener heimgekehrt ist in Gottes Reich.«

Ein Schluchzen drang aus einer Kehle in der ersten Reihe. Aus dem Schluchzen wurden einsame Tränen, die eine junge Frau mit einem Spitzentaschentuch zu trocknen versuchte.

»Ein Tod wie der seine«, fuhr der Priester fort, »unvorhergesehen, überfallartig, plötzlich, ausgelöst durch einen nicht zu begreifenden Unfall, vermutlich geblendet von der prallen Sonne an einem besonders glücklichen Tag, schlägt eine Schneise in das Leben eines jeden, der ihn geliebt hat.«

Gerit und Sonja blickten sich an.

»Er war verheiratet«, sagte Sonja, in deren Kopf die Worte des Geistlichen mit Zeitverschiebung sickerten. »Sie hat auf sein Herz gezielt und ins Schwarze getroffen, zack, während wir uns einreihen mussten in die Schar derer, die nur ein paar Punkte beim Wurf auf den äußeren Rand landen konnten.«

»Pst!«, flüsterte Gerit. »Die Leute gucken schon.«

»Ich werde nicht um ihn trauern«, rebellierte Sonja und musste sich zügeln, nicht zu laut zu reden. »Um *ihn* nicht. Nur um mich und um das, was er aus mir gemacht hat.«

»Lass uns verduften!«, sagte Sonja, als sie eine Stunde später vor der Kirche standen. »Ich bin bedient für heute. Echt! Mir reicht's!«

»Wir wissen, was sich gehört, und wir werden kondolieren«, sagte Gerit.

Als ihr alle anderen Trauergäste ihre Aufwartung gemacht hatten, gingen Sonja und Gerit auf die Witwe zu.

Man konnte sich über solche Frauen ärgern, weil sie so schön waren, vielleicht konnte man sie dafür sogar hassen, oder man konnte vor ihnen niederknien und sie bewundern. Sonja entschied sich für Letzteres. Das lag an ihrem ästhetischen Empfinden. Etwas an dieser Frau, so fand sie, erinnerte an die junge Grace Kelly. Ihre Haare waren blond wie warme Milch mit Honig, ihre Augen hellblau mit einem leichten Mondsteinschimmer. Unter dem Busen bauschte sich das schwarze Kleid, in das der Wind hineinfuhr. Die Kristalle ihrer Ohrringe fingen die Sonne ein.

»Ich erwarte von dir, dass du überzeugend lügst«, sagte Gerit. »Oder am besten alles mir überlässt.«

Da hatten sie die Grace Kelly mit den Mondsteinaugen schon erreicht und sprachen ihr das Beileid aus. Sie gab ihnen die Hand und stellte sich als Juliette Bockslaff vor. Man sah ihr an, dass sie in den letzten Tagen viel geweint und dass ihr ohnehin schon zierlicher Körper vermutlich jede Nahrung verschmäht hatte.

Sie faltete die Hände über ihrem Bauch und schaute sie aus tränenfeuchten Augen an. »Woher kannten Sie meinen Mann?«

»Ich war seine Juristin«, sagte Gerit und deutete auf Sonja, »und sie Kostümbildnerin bei einigen seiner Filme.«

»Ich brauche keine Pressesprecherin«, grummelte Sonja.

»Waren Sie bei den Dreharbeiten im Kloster?«, fragte Juliette.

»So ist es«, sagte Gerit.

»Dann hat man es also inzwischen doch einigen am Set gesagt?«

»Ja«, bestätigte Sonja.

»Du sollst dich da raushalten«, zischte ihr Gerit zu, während Juliette auf Französisch weiterredete: »Man wollte absolutes Stillschweigen beim Dreh bewahren, um keine Unruhe aufkommen zu lassen. Diese internationale Produktion war für meinen Mann eine Herzensangelegenheit. Die ganz große Chance. ›Damit werde ich die Tür nach Hollywood aufstoßen‹, hat er gesagt. Aber das werden Sie besser wissen als ich. Heute gibt seine Produktionsfirma die Nachricht von seinem Tod raus an die Agenturen.«

»Das wird ein Medien-Spektakel«, sagte Gerit. »Machen Sie sich auf was gefasst! In der Kirche war zu hören, Sie wollen Simon einäschern lassen?«

Zum ersten Mal lächelte Juliette, während sie zwei Finger zu der Drosselgrube an ihrem Hals führte und darüber strich. »Seine Asche soll an einem Ort sein, der ihm wichtig war.«

»Wo?«, fragte Sonja.

»Bei mir. Ich lasse sie zu einem Diamanten pressen und trage sie als Kettenanhänger. ›Dann hast du mich immer am Hals‹, hat er mal im Spaß zu mir gesagt.« Geistesabwesend streichelte sie ihren Bauch. »Und noch etwas von ihm wird bleiben.«

»Sie sind schwanger«, sagte Sonja tonlos.

Gerit beobachtete, wie sie vor lauter Anspannung die Fingernägel in den Nacken bohrte, mit dem Fuß wippte und Luft in ihre Lungen sog.

Juliette nickte. »Wir wollten Kinder. Und für ihn wurde es mit über fünfzig Zeit.«

Gerit konnte ihr Herz vor Anspannung pochen hören und hoffte, dass Sonja nichts Unüberlegtes sagen würde. Sie schenkte ihr ein besorgtes Lächeln und legte den Arm um sie.

»Mir ist übel«, sagte Sonja, während sie ungeschickt ein paar Tränen mit dem Handrücken wegwischte.

»Besuchen Sie mich doch mal! Ich wohne 24, ›Chemin de la Roquette‹«, sagte Juliette, und während Gerit so tat, als würde sie die Adresse in ihr Smartphone tippen, wandte sich Juliette an Sonja: »Gibt es Freunde von Simon, die ich persönlich benachrichtigen müsste? Dann würde ich mir die Namen notieren.«

»Haben Sie ein Post-it dabei?«, fragte Sonja, bevor Gerit sie in die Seite boxte, weil sie das Gefühl hatte, dass Sonja und sie viel beißender sein konnten als alle Schwarzen Witwen zusammen.

Nachdem sie sich verabschiedet hatten, gingen Gerit und Sonja davon. Gerit drehte sich noch einmal zu Juliette um: »Wissen Sie schon, was es wird?«

»Ein Mädchen«, sagte Juliette.

Kapitel 15

Eine schwache Sonne kämpfte sich durch den Himmel. Es war später Nachmittag geworden, und um diese Jahreszeit kühlte es zum Abend hin stark ab. Schon seit Stunden fuhren sie ziellos durch die Gegend, vorbei an Oleandersträuchern, die sich noch bis zum Sommer gedulden mussten, ehe sie blühen würden, vorbei an Giersch, Wolfsmilchgewächsen und Büscheln von wildem Thymian.

Sonjas Stimme klang, als würde sie mit aller Macht einen Tränenkloß daran hindern, ihre Kehle hochzusteigen. »Warum hast du mich hierhergebracht?«

»Jetzt gib nicht mir die Schuld nach dem Motto: Wem die Botschaft nicht gefällt, der tötet den Überbringer.«

»Hör auf mit Tod! Es war genug Tod für heute.«

»Warum waren wir im Kloster?« Gerit blickte aus dem Fenster und kreuzte die Arme vor der Brust, als würde sie frieren. »Die Frage kann ich dir genauso gut stellen.«

»Um ihn noch mal zu sehen?«, sagte Sonja. »Um ihn zu beschimpfen? Ihn endgültig zu hassen? Ihm zu verzeihen?« Eine Haarsträhne fiel ihr in die Stirn und stach ihr ins Auge. Sie scheuchte sie weg. »Ich habe keine Ahnung.«

»Um unsere Ruhe zu finden«, sagte Gerit. »War es das?«

»Ruhe vor ihm?«

»Ruhe vor uns selbst.«

»Weißt du was?«, sagte Sonja und bremste abrupt mitten auf der schmalen Straße. »Der Mann, den wir beide geliebt haben, ist tot. Und wir haben noch nicht eine Minute um ihn getrauert. Außer in der Kirche.«

»Du hast gesagt, du wirst nicht um ihn trauern.«

»Was interessiert mich mein Geschwätz von gestern?«

Hinter ihnen hupte ein Wagen, dem sie den Weg versperrten. Auf der anderen Seite fuhr ein Auto im Schritttempo an ihnen vorbei, aus dem heraus der Fahrer durch eine Geste andeutete, dass er es hier offenbar mit zwei Frauen zu tun hatte, deren Fontanelle noch geöffnet war.

»Fahr weiter!«, drängte Gerit.

»Ich kann nicht!«, schluchzte Sonja und brach über dem Lenkrad zusammen, auf das ihre Tränen tropften.

»Wir halten den ganzen Verkehr auf.« Gerit legte ihre Hand auf Sonjas.

Die zog ihre ruckartig zurück. »Mir scheißegal.«

Der Mann auf der Gegenfahrbahn hatte das Fenster runtergelassen und fluchte über »hysterische Frauen« und deutsche Touristen, die er verächtlich *»Neckermann allemand«* nannte.

»Was wissen Sie schon?«, brüllte Sonja ihn an. »Wir haben einen schweren Verlust zu beklagen.«

»Den von Hirnmasse«, sagte der Mann.

»*Mon dieu*, sind Sie unfreundlich! Ich weiß wirklich nicht, wer behauptet hat, dass die französischen Männer charmant sind. Ihnen fehlt jegliches Einfühlungsvermögen. Sie haben Ihr Herz in der Abstellkammer gelassen.«

»Reg dich doch nicht so auf!«, sagte Gerit. »Und lass uns endlich weiterfahren!«

Sonja rieb sich mit der Hand über die Augen, verschmierte die Schminke auf ihren Wimpern, ihre Wangen glänzten feucht, ihre Haare lösten sich auf zu kleinen krausen Strähnen. Sie warf einen Blick in den Innenspiegel. »Ich sehe beschissen aus«, sagte sie und fuhr los.

Genau in dem Moment klingelte Gerits Telefon.

»Hallo, Katja«, sagte Gerit nach einem Blick aufs Display.

»Hast du schon gehört?«

»Falls du von Simon sprichst: ja. Ich bin gerade hier in der Nähe.«

»Eine Tragödie. Zweiundfünfzig Jahre. Das ist doch kein Alter. Wie unfair ist das! Wie ungerecht. Wie grausam. Der Tod nimmt sich jemanden, der mitten im Leben steht. Und wer stand mehr mitten im Leben als Simon? Löscht ihn aus von jetzt auf gleich.« Sie schwieg einen Moment, ergriffen von ihren eigenen Worten. »Mir ist ganz schwindlig. Wie geht's dir?«

»Okay.«

»Ich muss einen Nachruf schreiben«, stöhnte Katja. »Weil ich ausgerechnet die Frau zur Freundin habe, die über anderthalb Jahrzehnte mit ihm zusammen war. Sag mir ein paar Dinge, die typisch für ihn waren.«

»Du kanntest ihn doch auch.«

»Kannte ich ihn? Nein. Nicht wirklich. Niemand kannte ihn wirklich. Er lebte mitten in einer großen Stadt und war doch der einsame Leuchtturmwärter.«

»Klingt gut für einen Nachruf«, sagte Gerit.

»Ich habe Talent«, stimmte Katja ihr zu.

»Man könnte auch sagen: der Mann vom Berg«, sagte Gerit, »was durchaus wörtlich zu nehmen ist. Er hatte ein Haus hier mitten in den Weinbergen, am ›Chemin de la Roquette‹, und dort lebte er mit seiner jungen schönen Frau, die ein Kind von ihm erwartet, und wenn sie nicht gestorben sind ...« Jetzt war es Gerit, die in Tränen ausbrach.

Es war nicht einfach, damit klarzukommen. Aber was war schon einfach, dachte sie.

Sie versuchte, sich sein Gesicht vorzustellen. Die ewigen Bartstoppeln. Die hellen Augen. Das leicht überhebliche Grinsen. Sie hatte mit ihm die Liebe geübt, hatte versagt, genau wie er. Sechs! Setzen! Es war ja auch nur ein Viertel, Fünftel Leben gewesen, dachte sie mit einem Anflug von Sarkasmus, was war das schon? Und schließlich hatte er eine gefunden, die besser zu ihm passte, und bald würde da ein kleines Mädchen durch den Garten hüpfen, vor dieser Fototapetenkulisse aus Meer und Palmen, mit großen blassen Augen und Haaren in der Farbe von Honigmilch.

»Er war verheiratet, und sie kriegt ein Kind?«, wiederholte Katja fassungslos. »Der war ja der reinste Sektenführer. Die haben auch jede Menge Frauen und immerzu Sex.«

»Diese Dinge passieren«, sagte Gerit lahm.

»Wie edelmütig.«

»Wir haben uns damals keine bösen Worte um die Ohren gehauen, und das tue ich auch heute nicht. Wir waren seit drei Jahren getrennt. Ich hatte keine Aktien mehr in diesem Geschäft.«

»Es muss dir trotzdem das Herz brechen.«

»Ich möchte nicht darüber reden.«

»Warum willst du nicht darüber reden?«

»Ich will noch nicht mal darüber reden, wieso ich nicht darüber reden will.«

»Wenn ich mir vorstelle, Fred würde sich von mir trennen und kurz darauf eine andere schwängern, dann käme aber so was von die Rotzgöre in mir zum Vorschein.

Solche Machos gehören ins Museum, gleich neben die Dinosaurierskelette. Es macht vielleicht Spaß, ihnen eine Zeitlang beim Aussterben zuzusehen, nur dauert es mir persönlich zu lang. Genau wie die Dinos sind sie behäbig, starrsinnig und renitent.«

»Was regst du dich auf? Ich wollte nie ein Kind. Er wusste das. Und bei dir hatte ich auch nie das Gefühl, dass die Hormone Salto mortale schlagen, wenn du an einem Kinderwagen vorbeikommst, und dass du nichts lieber tun würdest, als bei ›Ikea‹ Gitterbettchen zu kaufen. Also, mach bitte kein Drama daraus.«

»Es geht ums Prinzip«, beharrte Katja.

»Siehst du!«, schnappte Gerit. »Nun sind wir schon wieder mittendrin. Ihr Presseleute akzeptiert einfach kein Nein. Immer weiter in den Wunden bohren, und wenn sich der erste Schorf gebildet hat, den fein säuberlich wieder abkratzen.«

»Lass dir was einfallen! Ich bin angewiesen auf ein paar Infos für den Nachruf. Mein Beileid übrigens. Ich habe eine Deadline. Mein Chef vom Dienst braucht den Text.«

»Er war besessen von seiner Arbeit«, sagte Gerit schließlich. »Ohne seine Filme wäre die Welt langweiliger. Er war ein Visionär von großer Geschmackssicherheit. Gierig nach Stoffen – und neugierig aufs Leben. Er hatte Humor und Ironie. Blablabla. Was willst du hören?«

»Ich gähne. Schnarch.«

»Herrgott noch mal!«, brauste Gerit auf. »Mehr kann ich dir nicht bieten. Ich stehe unter Schock, und ich bin nicht auf Totenreden spezialisiert.«

»Es muss menscheln. Verstehst du? MENSCHELN. Das kann man dir gar nicht oft genug einbläuen.«

»Er hat sein Steak am liebsten blutig gegessen, wenn

er erkältet war, hat es in seinen Bronchien geprasselt, als würde man eine Sambarassel schütteln, er hat als kleiner Junge gern Papierflieger gebastelt und Laubsägearbeiten gemacht, und er mopste immer die Gästeseifen in Hotels, die er in einem Glashafen in unserem Bad hortete.«

»Das bringt's ja jetzt richtig! Die Leute werden das lesen, Rotz und Wasser heulen und es zutiefst bedauern, dieses Gottesgeschenk an die Menschheit nicht kennengelernt zu haben. Blutiges Steak, rasselnde Bronchien. Das Einzige, was mich gerade toucht, sind die Gästeseifen und die Laubsägearbeiten als kleiner Junge. Also her mit den hübschen Anekdoten! Das Übliche halt. Pack den Weichzeichner aus! In einem Nachruf geht es nie um die Wahrheit.«

»Du bist so ein Aasgeier«, grollte Gerit.

»Ich weiß«, schnurrte Katja, die jetzt den Weichzeichner über ihre Stimme gezogen hatte. »Aber ich bin aufgeschmissen ohne dich, Schatz.«

»Okay«, sagte Gerit, »ich rufe dich in einer Stunde wieder an. So lange muss dein Chef vom Dienst eben warten.«

»Ich war erstaunt, dass du doch in den Urlaub gefahren bist.«

»Von wem weißt du das überhaupt?«

»Von eurer adligen Gerichtspräsidentin, die jetzt übrigens als neue Justizsenatorin im Gespräch ist und in deren Gegenwart sich jeder Salatkopf an den Rändern braun färbt, weil er glaubt, dass Nachtfrost herrscht. Hast du ein gutes Hotel?«

»Sie haben einen köstlichen Calvados und einen netten Koch.«

»Das ist mehr, als die meisten zu bieten haben. Wie heißt es?«

»›Hostellerie Berard‹. In La Cadière d'Azur. Fünfunddreißig Kilometer entfernt von Marseille. Zufrieden?«

»Sehr. *Au revoir*«, sagte Katja König.

Gerit schaltete ihr Handy ab und atmete erschöpft aus. »Diese Frau ist einer der Nägel zu *meinem* Sarg. Wir fahren an den Strand! Nach Saint-Cyr sur Mer.« Sie verdrehte die Augen und legte Sonja die Hand auf die Schulter. »Bitte.«

Der Himmel war wie eine schmutzige Bleistiftzeichnung, und das Meer lag wie ein schlammbraunes Monstrum vor ihnen, als sie am Strand entlangliefen.

Sonja blieb stehen, knipste die Augen zu und ließ ihre Haare im Wind flattern. »Also, gut. Juliette wird die Wahrheit nie erfahren. Wir sind zwei brave Mädchen, und wenn's sein muss, tackern wir unsere Wangen fest und zwingen uns zum Dauerlächeln.« Wie in Zeitlupe öffnete sie die Augen wieder und sagte: »Ich hab's! Nimm doch für den Nachruf, was der Priester gesagt hat: ›Von der Sonne geblendet.‹ Oder besser noch: ›Simon Pinter ist der Sonne zu nah gekommen‹.«

»Geht's noch? Der Sonne zu nah gekommen«, ahmte Gerit sie nach. »Haben wir es nicht noch etwas dramatischer?« Sie grunzte vor sich hin und wühlte die Kappen ihrer Leinenschuhe in den Sand, den sie wie kleine Fontänen mit der Schuhspitze in die zwickendfeuchte Luft kickte. »Hör auf, wie ein rosaroter Luftballon durch Zuckerwattewolken zu schweben!«

»Jetzt weiß ich auch, wieso zwischen dir und Simon Welten klafften. Du hast keine Phantasie.« Sie stieß Gerit den Zeigefinger vor die Brust. »Das ist genau der Punkt.«

»So weit können die Welten nicht voneinander entfernt sein, wenn ein Paar sechzehn Jahre zusammen ist.«

»Waren sie aber.«

»Er hat sich also über mich beklagt.«

»Ich wusste ja noch nicht mal, dass es dich gibt. Ich weiß nur eins: Jemand, der der Sonne zu nah kommt, ist mir lieber als ein Weichei im Solarium. Er war nun mal ein richtiger Mann. Reif. Angstfrei. Erfahren. Nicht so ein Jungochsenbraten und Mamas ewiger Hotelgast.«

»Was ist denn ein richtiger Mann?«, fragte Gerit und war selbst verwundert über das gehässige Lachen aus ihrem Mund. »Einer, der nie eine Kopfschmerztablette nimmt und mit einer eiergroßen Brandblase an der Hand nicht zum Arzt geht, sondern lieber das edle Damasttischtuch versaut? Der bissig genug ist, seine Geschäftspartner in die Knie zu zwingen? Der es unmännlich findet zu kochen und Frauen mit seinen Blicken im Vorbeigehen entkleidet?«

»Hast du jemals versucht, dich in ihn hineinzufühlen?«, blitzte Sonja sie an. »Hast du dich gefragt, was er alles aufgeben musste, als er damals mit Sack und Pack bei dir auf der Fußmatte stand?«

»Nö. Warum sollte ich? Was musste er denn aufgeben?«

»Seine Freiheit. Die anderen Frauen. Die dreckigen Socken auf der Erde. Die ›Bayern München‹-Bettwäsche. Den Staub auf seinen Schuhen. Den überquellenden Mülleimer. Das ausgefranste Handtuch. Die Abende mit seinen Jungs. Den ganzen Testosteron-Scheiß halt.«

»Seine Freiheiten hat er immer gehabt. Seine Affären sowieso, wie wir beide wissen. Männerrunden hat er gehasst, ›die Typen haben entweder hässliche Wohnungen oder hässliche Frauen‹, hat er gesagt, und außerdem war er HSV-Fan.«

»Du willst mich nicht verstehen«, sagte Sonja, bückte sich und ließ den Sand durch ihre Finger rieseln, der so feucht war, dass er klumpte. »Du hast keine Ahnung von Männern, weil du keine Ahnung von Liebe hast, weil du keine Ahnung von dir hast.« Sonja fuhr sich mit den Händen durchs Gesicht, bis der nasse Sand Spuren auf ihren Wangen hinterließ. »Für mich war er der Größte. Ich habe ihn bewundert und vergöttert wie ein kleines Mädchen.«

»Mit jedem Zug kommen ein paar dumme Gänse nach Hamburg«, sagte Gerit ungerührt.

»Du mich auch.« Sonja warf ihr eine spöttische Kusshand zu, bevor sie sagte: »Er kam und hat ein paar Sterntaler vom Himmel rieseln lassen. Hat verrückte Sachen gemacht, ein großer Junge, der nicht erwachsen werden wollte. War für Augenblicke der freie Vogel, der auf Ecstasy durch die Wüste reitet. Im nächsten Moment schon wieder der abgebrühte Geschäftsmann, bei dem man das Gefühl hatte, man kriegt eine kalte Faust in den Magen gerammt. Das war eine absolut erotische Mischung.«

»Wach auf, kleines Mädchen! Du dröhnst dich zu mit Romantik.« Wieder war da dieser bittere Ton in ihrer Stimme, fiel Gerit auf. Auch wenn der Wind die Worte kaum aus ihrem Mund herauslassen wollte und dann, als das doch geschehen war, in der Luft zerfetzte. Gerit starrte auf die Wellen. »Vielleicht habe ich Schiss zu lieben. Man kann so viel dabei verlieren. Vielleicht Angst, mich darauf einzulassen, mich *wirklich* darauf einzulassen, mit Haut und Haaren, weil ich nicht weiß, wie man eine Beziehung führt und wohin sie mich führt. Ich entspreche nun mal nicht dem Ideal von Ehetauglichkeit, Weiblichkeit, Liebreiz und Mutterschaft. Ich wollte nie im Leben etwas haben, dessen Verlust ich nicht ertragen kann. Für Juliette ist es dafür zu spät. Sie kriegt ein Kind. Da hat das Schicksal noch ein Pfand in der Hand.«

Sie atmete tief ein und hielt zwei, drei Sekunden lang die Luft an, bevor sie sie wieder ausstieß.

»Liebe ist nun mal gefährlich«, sagte Sonja.

»Und sie hat ein Verfallsdatum. Wie alles andere auch. Vielleicht wäre in einem Jahr schon alles vorbei gewesen zwischen Simon und Juliette«, sagte Gerit, ging in die Knie und stocherte mit einem Stöckchen im Sand. »Und zwar dann, wenn er zum Pinkeln nicht mehr die Badezimmertür hinter sich geschlossen und sie in Jogginghose abends auf der Couch gegammelt hätte. Sein Tod ist ihnen zuvorgekommen. Dadurch wird diese Liebe unsterblich, denn niemals wird sie entweiht, weil er für sie die Tampons kauft und sie ihn ›Vati‹ nennt.«

Plötzlich hüpfte sie aus dem Stand hoch und fing an zu lachen. »So, nun geht's mir besser, und nun werden wir uns endlich ein paar galante Dinge zu Simon Pinter einfallen lassen. ›Er war verwirrend vielschichtig‹, wie wäre das als erster Satz für den Nachruf?«

»Wie wäre es mit: ›Einige Schlüssel öffnen Türen. Manche Blicke öffnen Herzen‹?«, schlug Sonja vor und breitete ihre Arme aus wie ein Wanderprediger.

»Um Gottes willen!«, rief Gerit. »Das ist so ekelhaft romantisch. So widerlich kitschig. So unglaublich pathetisch. So erschreckend sentimental. Das ist … wie in einem schlechten Liebesfilm. Er war doch nur …«, sie überlegte einen Augenblick und zuckte die Schultern, »… ein Mann.«

»Rest in Peace, Simon!«, sagte Sonja.

Sie stellten sich nebeneinander und blickten aufs Meer. Der Wind zerrte an ihren Haaren und peitschte sie wie Stroh um ihre Köpfe. Kein Zweifel, dieser Spaziergang hatte keine würdige Totenrede hervorgebracht. Noch nicht mal das.

Kapitel 16

»Sie haben Besuch«, sagte Monsieur Berard junior zu Gerit, als er in seiner Kochjacke auf die Terrasse trat. Der Himmel war blau, und Monsieur Berard hatte blendende Laune, weil die Doraden, die ihm ein Fischer heute Morgen gebracht hatte, ausgesprochen ansehnlich waren, mit roten Kiemen und klaren Augen.

Gerit und Sonja saßen beim Frühstück mit Café au lait, Croissants und Brioches, Konfitüre, Camembert und luftgetrocknetem Schinken. Sie hatten heute Morgen noch kein Wort über Simon und dessen Tod gesprochen. *Er* hatte die Tür hinter sich zugeschlagen; und *sie* hatten den Schlüssel umgedreht.

»Besuch?«, sagte Gerit, während sie ein Stückchen Brennnesselkäse in den Mund schob und mit Orangensaft nachspülte. »Ausgeschlossen. Wer sollte mich besuchen? Wer weiß schon, dass ich hier bin?«

»Ich schicke Ihnen Ihren Gast vorbei, wenn Sie einverstanden sind«, sagte Monsieur Berard, wünschte den Damen einen »Guten Tag« und ging davon.

»Hast du gesehen, wie anzüglich der gegrinst hat?«, sagte Gerit.

»Er hat ja auch Dinge über dich erfahren, die ein Mann normalerweise nicht erfährt«, sagte Sonja und tauchte ein Stück Brioche in ihren Milchkaffee. »Was für eine Sauerei!«

»Darüber lass uns bitte den Mantel des Schweigens breiten.«

»Ein feuchter Traum.«

»Bitte!«

»Du kleines verführerisches Ding.«

»Sonja, nun mal im Ernst! Nur weil wir uns etwas nähergekommen sind in den letzten Tagen, heißt das nicht, dass du mit mir reden kannst wie mit einem deiner Trippelbrüder.«

»Ich weiß doch, wie ich dich kriege«, sagte Sonja, gab den Versuch auf, das eingeweichte Stück Brioche mit einem Schluck Kaffee hinunterzuschlucken, fischte es mit einem Löffel heraus und verspeiste es. »Sei ganz entspannt! Ich sprach mit meinem Frühstück«, sagte Sonja und lächelte Gerit an. »Was dachtest du denn? Meine Oma hatte die Angewohnheit, ihr Johannisbeergeleebrot in den Morgenkaffee zu tunken. Meine Mutter wiederum schmierte sich Erdbeermarmelade auf ihr Schmelzkäsebrötchen, und meine Schwester stippte ihr Gelbwurstbrot in Limo, bevor sie sich für einen Zahnarzt und die Spießigkeit entschied. Kennst du so was nicht?«

»Ich finde es unappetitlich.«

»Ich habe früher meine Brötchen ausgehöhlt und entweder Fleischsalat reingestopft, so viel wie nur reinpasste, oder einen Negerkuss. Allein das geile Geräusch, wenn die Schokokruste im Brötchen zusammenknackte … sssswusch-krack. Super.«

»Man sagt ›Schaumkuss‹. Negerkuss hat wie Mohrenkopf einen rassistischen Beigeschmack.«

»Das weiß ich«, sagte Sonja gedehnt, »ich sage trotzdem Negerkuss, weil die Dinger immer schon so hießen. Ich bin da altbacken. Hast du nie dein Eis so lange matschig gerührt, bis man es trinken konnte?«

»Meine Eltern hätten mir was erzählt. »

»Irgendwas wirst du doch gemacht haben! Eine Scheibe Weißbrot zerbröselt und die Krümel wieder zusammengesetzt und zwischen den Händen platt gewalzt.«

»Mit Lebensmitteln spielt man nicht. Das war bei uns daheim die Devise.«

»Du zu sein war sicherlich nicht immer einfach. Komm schon!«

»Ich habe ›Smarties‹ nach Farben sortiert«, sagte Gerit schließlich nach einigem Zögern.

»Mein Favorit«, sagte plötzlich eine tiefe Stimme, die sich ihrem Tisch näherte, »waren Butterbrote mit Bananenscheiben und Zuckerstreuseln drauf, darüber Kakaopulver und Zimt.«

Während Gerit und Sonja aufblickten, stellte sich ein Mann an ihren Tisch. Die Beine gegrätscht, die Hände in den Hüften. Jeans, Gürtel mit indiskreter Silberschnalle, Cordjacke, Bernsteinaugen, breites Grinsen.

Gerit blickte ihn entgeistert an. »Na, auf Sie haben wir gerade noch gewartet!«

»Ich dachte, ich fahre heute mal zum Frühstück ins Grüne.«

André Anson zog sich einen Stuhl vom Nebentisch heran und ließ sich darauf nieder.

»Seien Sie uns herzlich willkommen!«, sagte Gerit mit hohntriefender Stimme. »Was wird das hier?«

»Ihre Freundin, Frau König, hat mal wieder einen Job für mich.«

»Gibt es in Hamburg so wenig Berichtenswertes?«

»Was sollte das sein, da Sie doch auf Reisen sind? Frau König möchte, dass ich die Frau von Simon Pinter fotografiere …«

»Die Witwe«, korrigierte ihn Sonja.

»Die Witwe. Schön. Jung. Einsam. Schwanger.«

»Was für eine degoutante Herz-Schmerz-Geschichte«, rief Gerit erbost. »Sie haben keinerlei Moral, wie?«

»Vielleicht wollen manche Menschen ihren Schmerz mitteilen – und dadurch *teilen*, weil sie ihn dann besser ertragen können. Schon mal daran gedacht? So funktioniert das Prinzip Presse. Geben und Nehmen. Für die meisten Menschen ist es nun mal eine interessante Geschichte, wenn einer der erfolgreichsten deutschen Filmproduzenten völlig überraschend stirbt und dazu noch in Frankreich eine Frau zurücklässt, *seine* Frau, von der niemand wusste.« Ungefragt nahm er sich ein Croissant aus dem Brotkorb und biss hinein.

»Manieren haben Sie wie ein Grottenolm«, sagte Gerit.

»Manieren werden überschätzt. Verschwendung von Lebenszeit«, sagte er. »Leute, die sich darüber Gedanken machen, ob das Wasserglas links oder rechts vom Weinglas zu stehen hat, haben nicht wirklich Probleme.« Er erhob sich und stopfte sich den letzten Zipfel des Croissants in den Mund. »Ich fahre jetzt zu ihr. Meine Kollegin ist schon dort. Ich wollte nur kurz ›hallo‹ sagen. Fand den Empfang aber nicht besonders herzlich. Ich hatte mir mehr davon versprochen.« Er lächelte und strich sich das Haar zurück. »Ich hatte gehofft, Sie freuen sich, mich zu sehen.«

»Was für eine Kollegin?«, fragte Gerit.

»Auch in Zeiten drastischer Sparmaßnahmen sind wir als Team unterwegs. Zu einem Fotografen gehört immer ein Schreiber.«

»Woher wollen Sie wissen, wo Juliette wohnt?«, mischte sich Sonja ein.

»›Chemin de la Roquette‹. Das hat Frau Liebke Frau König selbst gesagt. Dann fragt man ein bisschen herum und erkundigt sich bei den Nachbarn nach einem Todesfall in der Straße. Journalisten-Alltag. Dem Rechercheur ist nichts zu schwer.«

»Wir kommen mit!«, sagte Gerit, trank den letzten Schluck Milchkaffee und erhob sich.

»Da überlässt jemand aber auch gar nichts dem Zufall«, sagte André, lachte ungeniert und rieb sich die Hände an der Hose ab.

Verblüfft blickte Sonja Gerit an. »Was? Wozu? Wieso das denn?«

»Wir müssen die arme Frau beschützen«, sagte Gerit leise. »Wir sind der Wischmopp, wenn die anderen Dreck machen.«

»Ich habe ihn aus diversen Gründen geheiratet, aber ganz gewiss nicht wegen seiner Kochkünste«, antwortete Juliette auf eine Frage der Redakteurin und blickte in die Runde. Sie saßen auf ihrer Terrasse mit Blick auf den Garten und das Meer in der Ferne. Sie tranken Espresso und Wasser, und Juliette hatte glänzende Augen und rote Bäckchen, die einem die Aufregung malt, wenn den eigenen Erinnerungen die Aufmerksamkeit mehrerer Menschen zuteilwird. Sie war kaum verwundert gewesen, dass Sonja und Gerit mit dem Fotografen gekommen waren. Die Erklärung, man kenne sich aus Hamburg und habe ohnehin ihre Einladung annehmen wollen, hatte ihr genügt.

Die Journalistin war eine sehr schlanke Frau um die dreißig mit taillenlangen Haaren, die auf den Namen Swantje Schneider hörte und wenig Skrupel zu haben schien. Weder was ihre Neugier noch was ihr Styling betraf, wovon eine Bluse mit Kuhfleckenmuster zum schwarzen Lederrock und grüner Lidstrich zeugten.

»Aber er war kein schlechter Koch«, nahm Juliette den

Faden wieder auf. »Sein thailändischer Hühnersalat war *formidable*.«

»Ich hatte immer den Eindruck, er kann gar *nicht* kochen«, wisperte Sonja in Gerits Ohr, die neben ihr auf der Holzbank an der sonnenwarmen Hausmauer saß.

»Er tauchte höchstens mal eine Gurke in Mayonnaise«, fispelte Gerit.

Ihnen gegenüber hatte sich Juliette niedergelassen, die ihren Gästen den Platz mit der besten Aussicht überließ. Links und rechts von ihnen hockten die beiden von der Zeitung. Andrés Kamera verweilte auf Juliettes Gesicht. Hin und wieder griff er zu den Macarons, kleinen Mandelbaisers mit Buttercreme, die typisch waren für Frankreich. Auch Sonja langte zu. Oft kam sie nicht in den Genuss solcher Köstlichkeiten.

»Und es war in der Tat das Essen«, sagte Juliette, »das uns zusammengeführt hat. Wir haben uns vor nicht ganz drei Jahren kennengelernt, als Simon an der Côte d'Azur einen Film drehte. Ich hatte damals einen kleinen Partyservice in Marseille – und mich auf Catering bei Dreharbeiten spezialisiert.« Sie schmunzelte. »Filmleute haben ständig Hunger. Und die Deutschen wollten zum Frühstück immer belegte Brötchen. Er aber hat gesagt: ›Ihnen fresse ich aus der Hand. Egal, was drin ist.‹ Wir haben uns Hals über Kopf ineinander verliebt und ein paar Monate später geheiratet.« Die Stimme gehorchte ihr nicht mehr, und mit unruhigen Händen zerrupfte sie eine Papierserviette in tausend Schnipsel, die wie Konfettiregen auf die Erde fielen.

Unbemerkt von den anderen knuffte Sonja Gerit in die Rippen und säuselte in ihr Ohr: »Jetzt wissen wir's. *Sie platzte* in sein Leben. Und deshalb hat er das mit *uns platzen* lassen.«

»Oh, ich spreche zu schnell, *n'est-ce pas*?«, erkundigte sich Juliette.

»Alles bestens«, beruhigte sie Gerit. Stiekum stupste sie Sonja mit dem Fuß an. »Reiß dich zusammen und rede nicht dauernd dazwischen!«

»Hatten Sie einen Kosenamen für ihn?«, wollte die Redakteurin wissen.

»Mon petit chou«, sagte Juliette, und ihre Lippen umspielte ein Lächeln, das aus weiter Ferne zu kommen schien. »Mein kleiner Kohlkopf.«

»Das wäre mir jetzt nicht unbedingt zu ihm eingefallen«, murmelte Sonja. »Wie hast du ihn genannt?«

»Er hat sich einen Kosenamen verbeten.«

Sonja nickte. »Von mir auch.«

»Mon petit chou«, wiederholte André, der links von ihnen saß und sich den Ausdruck auf der Zunge zergehen ließ wie das Toffee-Macaron, das er gerade naschte, während er seine Kamera herumschwenkte und mit dem Objektiv auf Gerits Profil zielte.

Prompt nahm sie die Sonnenbrille aus ihrem Haar und setzte sie auf die Nase, dann zog sie ihr Gesicht weg und schaute mit steifem Kopf nach rechts in die Weinberge.

»War er ein zärtlicher Mann?«, forschte Swantje Schneider.

»Darauf müssen Sie nicht antworten«, sagte Gerit, den Kopf immer noch abgewandt.

Swantje klimperte mit ihren grün gestrichelten Lidern. »Sind Sie Ihre Anwältin, oder was?«

»Das ist Privatsphäre«, erwiderte Gerit und fuhr herum. »Um nicht zu sagen: Intimsphäre. Das geht weder Sie noch die Öffentlichkeit etwas an.«

»Ach, lassen Sie nur!«, beschwichtigte sie Juliette. »Ich mag es, darüber zu reden. Es bringt mir Simon ein Stück zurück.« Sie nahm sich ein Macaron und knabberte mit spitzen Zähnen am Baiser, bis ein feiner Eischneeregen ihre Lippen bestäubte. Sie leckte ihn mit der Zungenspitze ab und sagte: »Er war unglaublich zärtlich. Es ging uns beiden nicht nur um Sex. Es ging uns ums Kuscheln, ums Zusammensein, die Wärme des anderen, das Lachen, unsere albernen Kissenschlachten, um das gemeinsame Einschlafen, sein Arm unter meinem Kopf oder sein Kopf auf meinem weichen Bauch.«

»Meinen weichen Bauch fand er immer zu fett«, raunte Sonja Gerit zu.

»Allein das Wort ›Kuscheln‹ hat er gehasst«, sagte Gerit für die anderen unhörbar.

Wieder lenkte Simon sein Objektiv auf ihr Gesicht und streichelte es in immer neuen Nahaufnahmen.

Wäre er ein Gentleman, fand sie, würde er sie diesem Moment der Peinlichkeit nicht aussetzen, nicht den roten Ohren und dem mulmigen Gefühl im Magen, nicht den fast körperlich spürbaren Impulsen, die seine Blicke durch die Kamera in ihr auslösten. Juristen nannten so etwas schuldhaftes Handeln, schoss es ihr durch Kopf.

»Er war ein Mann der schönen Dinge«, geriet Juliette immer mehr ins Schwärmen. »Wie er das geliebt hat: edle Kissen. Weiße Blumen in schlanken Vasen. Vorhangstoffe, die sich im Wind bauschen. Seinen Lieblingsraumduft mit dem Aroma kandierter Früchte.«

»Ich konnte ihn gerade noch daran hindern«, zischte Gerit Sonja zu, »in unserem Bad einen durchsichtigen Klodeckel mit Stacheldraht zu installieren.«

»Sie reden von ihm, als wäre er der wundervollste Mann auf Erden gewesen«, sagte Swantje Schneider zu Juliette. »Da geht einem das Herz auf. Das klingt nach ganz großem Gefühlskino.«

»Oui«, sagte Juliette und biss anmutig in ihren Keks, während sie ihren Bauch liebkoste. »Er hat immer zu mir gesagt: ›Ich musste fast fünfzig werden, *ma chérie*, um endlich die Liebe zu finden.‹«

Es lag vermutlich nur an dem Pistazien-Macaron, dass Sonja einen Hustenanfall bekam, woraufhin Gerit ihr auf den Rücken klopfte.

»Ich habe ihm mein Herz und meine Seele gegeben, und er hat Hackfleisch daraus gemacht«, keuchte Sonja, als sie wieder Luft kriegte.

»Sein Ruf als Womanizer war legendär«, sagte Swantje Schneider. »Hat Sie das nie gestört?«

»*Mais non!* Wenn ich ehrlich sein soll, haben mich alle, die vor mir waren, nie interessiert. Das Schlimme ist doch nur, wenn man einen Mann nicht für sich alleine hat, sondern ihn mit einer anderen teilen muss.«

Wieder unterbrach Sonjas geräuschvolles Husten die provenzalische Ruhe.

»Noch Wasser?«, fragte Juliette.

»Manchmal ist das Schwere leichter zu ertragen mit einem Glas Wein«, röchelte Sonja.

»Wasser ist gut«, sagte Gerit.

Juliette nahm die Karaffe vom Tisch und schenkte nach. »Ist etwas nicht in Ordnung mit Madame?«, fragte sie voller Mitgefühl.

»Sie hat sich nur verschluckt«, sagte Gerit und trat Sonja unter dem Tisch mit einem leichten Schlenkern ihres Fußes gegen das Schienbein. »Haltung!« Um von ihnen beiden abzulenken, widmete sie sich der Betrachtung der Landschaft. »Man kann sich gar nicht sattsehen an all der Schönheit«, seufzte sie.

»Da haben Sie völlig recht«, sagte André, der wieder mit der Kamera ihr Gesicht küsste.

»Was für Linien und Farben!«, begeisterte sie sich.

»Diese Konturen«, sagte er. »Weich und spröde zugleich. Das reizt manchmal viel mehr als das Liebliche.«

»So ausdrucksstark«, sagte sie.

»Und dabei sehr sinnlich«, sagte er.

»All die Geräusche. Die Gerüche«, sagte sie.

»Dafür ist die Provence bekannt«, sagte er.

»Ach, wirklich?«, sagte Gerit.

»Oh ja, das ist sie«, sagte er.

Und während sie beide einen Blick tauschten, sie gut versteckt hinter ihrer dunklen Brille, er im Schutz seiner Kamera, hörten sie ein leises Schluchzen. Es kam aus Juliettes Mund.

»Das Schwerste kommt noch«, sagte sie. »Wenn sich niemand mehr bei einem meldet. Wenn man irgendwann ganz schnell und hektisch spricht, weil man lange keinen mehr zum Reden hatte. Wenn man jeden Tag einsam mit seinem Baby im Kinderwagen spazieren geht, und da ist kein stolzer Papa, der sich mit dem Fotoapparat über das Kind beugt. Wenn es Blähungen hat, und man es die ganze Nacht allein durchs Haus trägt. Wenn unsere Tochter in die Schule kommt, stolz mit ihrer Schultüte und dem Ranzen, wenn sie Konfirmation hat, Abschlussball in der Tanzstunde, das erste Abendkleid, der erste Freund, die Hochzeit. Immer werde ich allein sein mit ihr. Nie wird es einen Vater für sie geben, der sie auf dem Spielplatz in die Luft wirft und später zum Altar führt.« Sie begann bitterlich zu weinen. »Nie.«

Mit einer Kopfbewegung forderte Swantje Schneider André Anson auf, seine Kamera auf das weinende Gesicht zu halten. Aber genau das tat er nicht. Mehr noch. Mit einem energischen Tippen seines Mittelfingers stellte er das Aufnahmegerät seiner Kollegin aus.

»Hey! Was soll das, André?«, fuhr sie ihn an. »Hast du sie noch alle?«

»Lass es gut sein«, sagte er, und es klang nicht so, als würde er Widerspruch dulden.

Rückblickend lässt sich sagen: Es war der Moment, in dem Gerit noch etwas weiter von ihm abrückte. Sie vermied es, ihn anzusehen. Sie wurde noch eine Spur kratzbürstiger. Mochten sie beim Film noch so viel von »Magic Moments« reden, von euphorischen Zuständen, oft hatte sie diese Begriffe von Simon gehört, wenn es um Drehbücher ging, in ihr löste Andrés Anwesenheit etwas Widerborstiges aus, so als müsse sie sich gegen ihn wehren.

Was nichts damit zu tun hatte, dass er ihr zuwider war. Im Gegenteil. Sie begann ihn zu mögen. Das passte ihr gar nicht. Es machte sie ein bisschen aggressiv. Um auf andere Gedanken zu kommen und ihm in dem kleinen Ort aus dem Weg zu gehen, lud Gerit Sonja und Juliette für den Abend zum Essen ein.

Es schien, als würden die Kerzen Gerits Gesicht zum Glühen bringen. Die Dinge, dachte sie, fühlten sich richtig und gut an. *Sie* fühlte sich gut. Zu dritt saßen sie im Restaurant »Le Marrakech« in der Nähe eines kleinen Yachthafens am Strand, das man aufgrund einer hohen Mauer von der Straße aus nicht einsehen konnte. Nur die Funkellichter in den Palmen wiesen darauf hin, dass sich hinter den Steinen etwas Besonderes verbergen musste. Es war ein Geheimtipp, hatte Juliette gesagt, und so winzig, dass es beinahe weniger Plätze gab als in einem Wohnzimmer. Aber man kannte sie, und so war es kein Problem gewesen, einen Tisch zu bekommen. In die Nase kroch der Duft von Zimt, Anis, Kardamom, Rosen und

Muskat, man saß auf ledernen Poufs an Mosaiktischen, unter den Füßen farbenfrohe Kelims. Sie waren gerade bei der ersten Vorspeise, einer Kichererbsensuppe mit Ras el-Hanout, einem scharfen marokkanischen Gewürz, auf das Juliette als Schwangere verzichtet hatte, da merkte Gerit, dass das Gespräch an ihr vorbeirauschte wie das Plätschern des Meeres vor der Tür.

Sie war nicht bei der Sache.

»Ich läge jetzt lieber am Strand und würde Wein trinken. Mit Ihnen.« Das hatte André zu ihr gesagt, als sie sich verabschiedet hatten vor Juliettes Haus, bevor sie sie am frühen Abend wiedergetroffen hatten. Er und seine Kollegin hatten ihre Arbeit beendet und verkündet, gleich am nächsten Morgen abzureisen.

Als zur zweiten Vorspeise ihre Auberginen mit Mandeln und der Orangensalat kamen, beschloss Gerit, die törichten Gedanken zu verscheuchen. Sie würde seinen harmlosen Flirtversuch abhaken und keinem Schatten mehr hinterherjagen. Nach ungefähr zwanzig Minuten wären sie mit ihren Gesprächsthemen ohnehin am Ende. Man konnte es also genauso gut lassen.

»Ich hätte nie gedacht, dass Simon und mir so wenig Zeit vergönnt sein würde«, sagte Juliette gerade, während sie eine Mandel zwischen ihren Lippen verschwinden ließ und einen Schluck Pfefferminztee nahm. Wirklich eine schöne Frau, dachte Gerit, blühend wie das Leben, mit einem Teint wie frische Sahne.

Juliette stockte und schluchzte in ihre Hände, bevor es aus ihr herausbrach: »An seinem letzten Tag hatte er es eilig, nach Hause zu kommen, denn wir wollten unser Baby feiern. Sonst hat er während der Dreharbeiten immer im Kloster übernachtet, aber an diesem Tag fuhr er schon mittags heim. An diesem Morgen hatte ich ihm am

Telefon erzählt, dass ich schwanger bin. Ich stand in der Küche, kochte und backte wie eine Wilde. Ragout und Kuchen und Mousse au chocolat. Ich schob gerade Knoblauchzehen unter eine Hühnerhaut, als es an der Tür klingelte. Zwei Männer von der örtlichen Gendarmerie standen da. Sie sagten mir, dass Simon einen Autounfall hatte. Im grellen Sonnenschein hatte er vermutlich den Traktor übersehen, der aus einem Feldweg kam. Auch war er viel zu schnell gewesen.« Die Farbe war aus Juliettes Wangen gewichen. »Er war schon tot, als ich im Krankenhaus von Toulon ankam. Niemals werde ich diesen Klinikgeruch vergessen. Diesen Geruch nach Desinfektionsmitteln, nach Wäschebleiche, nach Medikamenten, Kaffee und Essen.« Sie schlug die Hände vor ihrem Gesicht zusammen, legte ihre Zeigefinger links und rechts an die Nasenspitze und holte tief Luft. »Anfangs habe ich gedacht, er hält nur einen tiefen Schlaf. Wie Dornröschen. Und wie im Märchen wird er irgendwann auch wieder aufwachen. Männer wie er sterben doch nicht.« Ihre Stimme wurde leiser, kippte und verstummte ganz.

»Jetzt muss ich lernen, wie das Leben geht. Ohne ihn«, fuhr sie nach einer Weile fort. »Das Haus ist viel zu groß für mich allein. Selbst mit Kind. Bis vor einigen Jahren lebte im Souterrain noch meine Großmutter. Meine Eltern sind beide gestorben, als ich ein junges Mädchen war, und sie hat sich um mich gekümmert. Kurz bevor ich Simon kennenlernte, starb sie. Sie war schon lange Witwe. Mein Großvater hatte ein gut gehendes Klaviergeschäft in Toulon. Das hat er ihr hinterlassen. Davon kaufte sie das Haus, das jetzt in meinem Besitz ist.«

Ihr Hauptgericht kam. Sie hatten alle das Gleiche bestellt. Huhn in Tajine. Sogar Gerit. Ausnahmsweise. Der Kellner hob den kegelförmigen Deckel von dem Schmortopf aus gebranntem Lehm. Es duftete nach Oliven und Zitronen, nach Safran und Koriander.

»Lasst uns anfangen!«, sagte Gerit.

»Und Ihre Großmutter war mit im Geschäft?«, fragte Sonja, ohne Gerit zu beachten.

»Er wollte immer, dass sie vor den Kunden im Duett mit ihm spielt, aber sie hat gelacht und gesagt: ›Du spinnst, alter Mann! Ich bin vollkommen unmusikalisch.‹ Ihr Talent war ein ganz anderes. Sie konnte nähen.«

»Nähen?« Sonjas Stimme klang wie ein heiseres Echo auf Juliette. Auf der Stelle schien sie das Interesse zu verlieren und widmete sich einer Olive.

»Nähen?«, wiederholte Gerit. »Was hat sie denn genäht?«

»Alles«, sagte Juliette und knabberte an einem Hühnerbein. »Sie hatte sogar bis zu ihrem Tod in unserem Haus noch eine kleine Schneiderwerkstatt. Sie hat für die Leute im Dorf gearbeitet.«

»Was ist denn aus der Werkstatt geworden?«, fragte Gerit betont beiläufig.

»Ich habe alles so gelassen, wie es war«, sagte Juliette, »und mich darauf konzentriert, ein Nest zu bauen für Simon und das Kind, das wir uns wünschten, und für mich. Nur leider …«, sie würgte den Rest des Satzes gemeinsam mit dem Hähnchenfleisch hinunter, »ist einer schon vorzeitig herausgefallen.« Sie musste schlucken und zerbrach ein Stück Baguette in ihrer Hand. »Manchmal zerbröseln Illusionen wie trockenes Brot.« Sie hörte auf zu essen und wischte sich die Hände an der Serviette ab.

»Hast du das gehört?«, sagte Gerit auf Deutsch zu Sonja.

»Das von dem Brot?«

»Das von der Schneiderwerkstatt der Oma.«

»Was habe ich damit zu tun?« Sonja begutachtete ihr Essen, als gäbe es nichts Wichtigeres auf der Welt. »Sie als Catering-Expertin … Wie macht man Salzzitronen?«

»Man ritzt die Früchte ein und lässt sie drei Wochen lang in einem Sud aus Salz und Wasser ziehen.«

»Wovor hast du Angst?«, fragte Gerit.

»Erzählen Sie weiter!«, forderte Sonja Juliette auf. »Man isst sie zu allen orientalischen Gerichten. Der Sud ist dickflüssig wie Honig und eignet sich prima als Essig.« Juliette verstummte wieder.

»Hier wartet etwas Neues auf dich«, sagte Gerit zu Sonja, unbeeindruckt von deren Ablenkungsmanöver.

»Ich werde gleich sauer«, sagte die.

»Das kommt von den Zitronen.«

»Sehr witzig.«

»Was haben Sie mit der Wohnung Ihrer Großmutter vor?«, wandte sich Gerit an Juliette.

»Ich weiß nicht.« Juliette zuckte mit den Schultern und lüftete mit gespreizten Fingern beider Hände ihre langen blonden Haare, die sie an diesem Abend offen trug. »Vermieten vielleicht. Später ein Kindermädchen bei mir wohnen lassen oder ein Au-pair, damit ich wieder arbeiten kann. Ich will nicht allein in dem Haus leben. Ich will aber auch nicht ohne es leben. Ich werde mir was einfallen lassen müssen.«

Gerit lächelte in sich hinein.

»Was grinst du so?«, fragte Sonja sie.

»Weil mir gerade ein Sprichwort *meiner* Großmutter einfällt, die übrigens hervorragend Klavier spielen konnte.«

»Ist klar! Willkommen bei der Bourgeoisie!«

»Wenn es Linsen regnet, muss man den Löffel raushalten.« Sie stupste Sonja in die Seite. »Für dich regnet es gerade Linsen. Aber jetzt kommt erst mal unser Dessert.« Sie strahlte den Kellner an. »Joghurteis mit Granatapfel. *Voilà, Mesdames!* Davon lassen wir nicht einen Löffel zurückgehen. Wäre doch idiotisch.«

Nachdem sie sich vor dem Restaurant von Juliette verabschiedet hatten, schlug Gerit einen Spaziergang am Strand vor. Sie zog ihre Strickjacke fester um sich, denn es war kalt. Die Farben am Himmel waren erloschen, das Meer war groß und schwarz und unheimlich. Klein und dunkel duckten sich die Häuser auf der anderen Seite der Promenade. Der Wind fiel die beiden Frauen an wie ein Ungeheuer, riss an ihren Haaren, ihren Kleidern.

»Du willst mich loswerden«, sagte Sonja, die barfuß neben Gerit durch den Sand stapfte. »Du weißt doch gar nicht, ob sie das will.«

»Das kann man klären. Ihr könntet euch ergänzen. Sie ist einsam. Du bist einsam.«

»Frau Richterin bei ihrem Lieblingsspiel: Lebensentwürfe basteln für andere Menschen. Vielleicht gefällt mir ja alles, so wie es ist.«

»Macht ja auch mehr Spaß, sich den Hintern abzufrieren in Hauseingängen und seine Habe in einem Einkaufswagen durch die Gegend zu schieben.«

»Mit jedem Mal Aufwärmen wird dieses Thema giftiger«, ätzte Sonja. »Das hat es mit Pilzen gemeinsam.«

»Kapier doch!« Erregt tippte sich Gerit gegen die Schläfe, bevor sie gegen den Wind anschrie: »Solch eine Gelegenheit klopft nie zweimal an. Und wenn man die Dinge auf den nächsten Tag verschiebt, kann es zu spät sein.«

»Schon wieder so ein Spruch! Himmelarsch, was nervt mich das! Was nervst *du* mich! Du mit deinen Ansprüchen, deinen Grundsätzen, deinen Prinzipien, deiner

Moral! Kannst du dir nicht mal abgewöhnen zu glauben, dass dir die Menschen für deine guten Ratschläge dankbar zu sein haben? In der Regel legen die meisten keinen Wert darauf zu hören, dass sie in verknoteter Haltung am Schreibtisch sitzen, dass sie die falschen Schuhe tragen, das falsche Essen essen, den falschen Partner haben, das falsche Leben führen.«

»Ich will nur, dass du das alles hinter dir *lässt*, deine Vergangenheit, deine …«

»Du willst, dass ich dich *verlasse*«, fiel ihr Sonja ins Wort.

»Es ist ja nicht für immer. Du könntest nähen und bei ihr eine Art Au-pair machen. Nicht für lange …«

»Nur für sechs, sieben Jahre …«, unterbrach Sonja sie erneut und lachte spöttisch. »Oder für zwölf, achtzehn. Du hast mich anscheinend als Nanny verplant, bis dieses Mädchen Abitur hat. Die Tochter des Mannes, der mit dir gelebt und mich gevögelt hat. Ich mache hier nicht das Kindermädchen.«

Gerit verzog die Lippen, als hätte sie auf eine Salzzitrone gebissen. »Wenn schon jemand versucht, mit dir auf Augenhöhe zu verkehren, benimm dich gefälligst. Sei wenigstens höflich zu *mir*.«

Gerit blieb stehen und sah hinüber zu den Häusern, deren Lichter in die Dunkelheit blinzelten. Der Wind fuhr in ihre Leinenhose und blähte sie wie ein Segel. Sie band den Gürtel ihrer Strickjacke fester, wühlte ihren Kopf in den Schalkragen und musste sich zwingen, ruhiger zu atmen.

Mit einer übertriebenen Verbeugung verneigte sich Sonja vor ihr und fegte dabei mit ihren Haaren den Sand. »Danke, Mutter Teresa!«

Gerit spürte, wie ihre Gesichtsmuskeln verkrampften.

»Du willst gar nicht umziehen von der Parkbank zur Parkallee.«

»Du hast keine Ahnung, wie es in mir aussieht.«

»Oh, doch, aber es ist mir egal. Du bist so was von unreif. Geh nach Hause und lebe dein Leben weiter.«

»Ich habe immer hart gearbeitet. Also, erzähle mir nicht, dass ich Arbeit scheue. Was ihr alle immer denkt, ihr Stempelkarten-Spießer!« Ihre Stimme überschlug sich fast. »Ihr wollt doch gar nicht arbeiten. Ein Großteil von euch ist doch selbst schuld an der Misere.«

»Das habe *ich* nicht gesagt.«

»Ich habe mir die Finger blutig genäht. Ich habe so viel Nudeln mit Ketchup gegessen, um die Materialrechnungen bezahlen zu können, dass es mir heute noch zu den Ohren rauskommt. Ich habe ... Ach, scheiß drauf! Ich glaube, ich habe Lust, mal wieder auf Achse zu sein. *Salut!*«, sagte Sonja und ging davon.

»Bleib stehen!«

Doch Sonja tat ihr nicht den Gefallen. Sie lief weiter und weiter hinein in die Nacht mit ihren vereinzelten Lichtpünktchen, und Gerit dachte nicht im Traum daran, ihr zu folgen.

Mit einer schneidenden Bewegung ihres Fingers fuhr sich Gerit über die Kehle. »Mir steht's bis hier. Du kannst mich mal, du ...«, sie suchte nach dem richtigen Wort und merkte, wie ihre Stimme vor Erregung bebte, »... du asoziale Primadonna.«

Es blieb ihr nichts anderes übrig, als im »Le Marrakech« ein Taxi zu ordern, das sie zurückbringen würde in ihr Hotel nach La Cadière d'Azur.

Kapitel 17

Als sie ausstieg, wütend und schläfrig und durchgefroren vom Wind, sah sie eine Zigarette in der Dunkelheit aufglimmen. Im Ort war es still geworden. Die Einheimischen waren in ihren Häusern, die Tagesausflügler verschwunden, die paar Touristen, die sich um diese Jahreszeit in den Hotels und den Ferienwohnungen eingenistet hatten, saßen im Warmen bei Tee oder Wein.

Es hatte zu regnen begonnen. Das Haar klebte ihr am Kopf. Sie blieb kurz stehen und machte die Augen zu, um sich zu sammeln, bevor sie das Hotel betrat.

»In welchem Traum erreiche ich Sie gerade?«, sagte André Anson, während er den Zigarettenstummel mit der Spitze seines Stiefels auf dem Pflaster austrat.

Sie guckte vorwurfsvoll auf die Kippe.

»Ich wette«, foppte er sie, »Sie haben immer ein Hundetütchen dabei, ohne einen Hund zu besitzen. Jetzt mal hypothetisch«, sagte er. »Wenn ich brav meine Kippe aufhebe und entsorge …«

»… was mir schnuppe ist. Warum halten mich eigentlich immer alle für eine fleischgewordene Sonntagsschule? Meinetwegen können Sie Zobel tragen.«

»Das glaube ich Ihnen nicht. Sie lieben Tiere.«

»Seitdem ich nicht mehr reite, nur noch als Schmetterlinge auf meiner Bettwäsche.«

»Hätte nicht gedacht, dass Sie solche Bettwäsche haben.«

»Sie werden sie niemals zu sehen bekommen.«

»Würden Sie mitgehen, wenn ich Sie auf einen Wein einlade?« Er bückte sich, hob die Kippe auf und warf sie in eine Blumenrabatte.

»Die haben hier doch schon die Bürgersteige hochgeklappt«, sagte sie.

»Es gibt eine Bar am Ortsende, die noch geöffnet hat.«

»Ich wäre keine gute Gesellschafterin. Ich hatte einen Disput mit meiner Begleiterin.«

»Na, und? Kümmern Sie sich einfach mal um sich.«

»Warum sollte ich mit Ihnen gehen? Sie sind eingebildet.«

»Ich bevorzuge geheimnisvoll«, sagte er und lüpfte die schwarze Wollmütze, die er heute Abend gegen die Kälte trug. Seine ganze Aufmachung war nicht ihr Fall. Er hatte keinen Stil. Und keinen Geschmack. Aber aus irgendeinem unerfindlichen Grund schien es ihn in ihre Nähe zu drängen, und das kam nicht oft vor, verdammt. Die Männer standen bei ihr nicht gerade Schlange.

»Mir ist eher nach einem Bier«, sagte sie nach kurzem Zögern.

Sie bestellten »Guinness« aus der Flasche, er goss ihnen beiden ein, sie betrachtete die Cremehaube, bevor sie in hastigen Zügen trank. Sie fühlte den Schaum auf ihrer Nase, es prickelte, sie wischte ihn mit der Handkante weg – und musste lachen.

Ihr gefiel, mit welcher Selbstverständlichkeit er sich neben sie gesetzt hatte. Sie mochte es nicht, wenn sich Mann und Frau gegenübersaßen und sich der eine verpflichtet fühlte, den anderen anzusehen. Sie beide blickten gemeinsam auf die Gäste, schwiegen, lachten, beobachteten, redeten über Kitzelattacken als Kinder und

Karaoke-Peinlichkeiten auf Weihnachtsfeiern und unbekannte Länder, und als er sich eine »Tarte Tatin« mit goldenen Äpfeln und Creme fraiche bestellte, kostete sie von seinem Teller. Sie wirkten wie Freunde, die einander nicht viel erklären mussten.

Sie mochte es, wie er sie ansah.

Wie er den Kopf schief legte, wenn er lächelte.

Wie er sich mit beiden Händen durch die Haare fuhr.

Es war nach Mitternacht, als sie die Bar verließen. Seite an Seite schlenderten sie zurück zum Hotel.

»Hätte nie gedacht«, sagte sie, »dass ich ausgerechnet mit Ihnen nachts durch ein Dorf in Südfrankreich spaziere.«

»Manchmal begegnet man seinem Schicksal auf den Wegen, die man einschlägt, um ihm zu entgehen. Ich heiße übrigens André.«

»Von mir aus. André. Ich habe mich früher nie so ruckzuck mit jemandem geduzt«, sagte sie.

»Du bist eben mutig geworden.«

»Zwischen mutig und dämlich ist manchmal kein Unterschied«, sagte sie.

Er lehnte sich gegen einen Wagen, der vor dem Hotel parkte, und betrachtete sie.

»Wovor hast du Angst?«

Sie runzelte die Stirn. »Eigenartig. Genau diese Frage habe ich heute Abend auch jemandem gestellt. Und sie war der Auslöser für eine Kontroverse.«

»Und was hat der Jemand geantwortet?«

»Ich habe keine Antwort bekommen.«

»Bekomme ich eine?«

»Nein.«

»Doch nicht mutig genug?«, feixte er.

»Okay, du wirst vermutlich doch keine Ruhe geben. Du bist von der Presse.« Sie holte tief Luft. »Die Frau, mit der ich hier bin und die ich eigenartigerweise ein wenig in mein Herz geschlossen habe, obwohl sie eine verfluchte Nervensäge ist, hatte eine Affäre mit dem Mann, mit dem ich sechzehn Jahre zusammen war. Wahrscheinlich war ich ihm zu langweilig. Ich war nie die Schönste aller Schönen und in der Liebe immer nur Mittelmaß. Ich finde, dass die Menschen um Sex viel zu viel Theater machen. Ich habe mich nie für die Geheimnisse eines perfekten Blowjobs interessiert und nie verstanden, wie man Spaß haben kann an komischen Körperverrenkungen, für die man beim Olympischen Bodenturnen zu den Medaillenanwärtern gehören würde. Wenn wir ehrlich sind, ist Sex in der Regel ein uncharmantes, lustloses, humorloses Herumgeeiere.« Sie holte kurz Luft, fuchtelte mit den Händen und redete atemlos weiter. »Man zwingt sich, dabei an nichts zu denken, aber das geht nicht, an nichts zu denken. Man denkt immer an was. An die Steuer, den Zustand der Raufaser, daran, dass die Butter auf dem Brot zum Abendessen nun wirklich nicht hätte sein müssen, man überlegt, was in der Kindheit schiefgelaufen ist ...«

»Ich glaube, bei dir eine ganze Menge«, sagte er. »Willst du meine Meinung hören?«

Sie nahm einen Atemzug von der kalten Luft und schwieg.

»Es gibt keine langweiligen Frauen«, sagte er. »Es gibt nur langweilige Männer.«

Gerits Mundwinkel zuckten, aber sie verkniff sich ein Lächeln. »Das sagst du so.«

»Das meine ich so. Das gilt vor allem für Sex.«

»Ich bin selbstkritisch genug, um zuzugeben: Ich bin nicht leidenschaftlich, und ich bin nicht sinnlich.«

»Du bist leidenschaftlich genug, fremde Männer auf der Straße zu verprügeln, und du bist so sinnlich, dass du völlig irritiert warst, weil dich mein Saxophon angemacht hat.«

Gerit stemmte die linke Hand in die Hüfte. »Eingebildet. Ich sag's doch.«

»Du hast mir immerhin deine Mütze überlassen.«

»Was ist schon eine Mütze?«

»Du brauchst sie.«

»Ich brauche nichts«, sagte sie, und ihre Stimme klang wacklig und heiser.

»Du brauchst alles, was dich beschützt. Und wenn es nur vor Kälte ist. Denn bei deiner ganzen zur Schau getragenen Selbstsicherheit bist du im Inneren unsicher und verletzlich.«

»Sagt der Mann, zu dessen Berufsethos nicht gerade Sensibilität gehört.«

»Du hast aber auch gar nichts Nettes über mich zu sagen.«

Sie seufzte. »Wenn's denn sein muss. Dein Verhalten gegenüber Juliette war anständig.«

»Anständig.« Der Ausdruck schien ihn zu amüsieren.

»Sehr anständig. Mir liegt das alles nicht so«, sagte sie. »Romantisches Wortgeklingel. Gesäusel. Komplimente. Etcetera.«

»Etcetera ist gut«, sagte er an ihrem Ohr und streifte es mit seinen Lippen. »Ich bin zufälligerweise Fachmann, was Romantik angeht. Und wer sagt, dass ich dir ein Kompliment machen will?«

»Das tun Fachmänner für Romantik«, murmelte sie und lachte verlegen. »Aber ist schon klar. Ich bin fünfundvierzig. Da kriegt man selbstgemachtes Apfelmus zum Geburtstag. Und eine Aufbaukur für den Zellstoffwechsel zu Weihnachten. Ich würde dir also ohnehin nicht glauben, wenn du mir schmeichelst. Ich würde glauben, dass du lügst. Außerdem bin ich alles andere als nett.«

Er fasste sie an der Hüfte und zog sie an sich. »Ich stehe nicht auf nett«, sagte er. »Aber ich fand's klasse, dass wir heute mit der gleichen Gabel Apfelkuchen gegessen haben.«

»Derselben«, sagte sie. »Es war dieselbe. Nicht die gleiche. Wir hatten ja nur eine.«

»Das wird anstrengend mit dir werden«, sagte er.

Sie wurde unruhig. Wollte sie das wirklich? Den Männern gefallen und das Leben auf die leichte Schulter nehmen? Sie konnte sein Herz schlagen hören. Ihr wurde schwindlig.

»Ich hatte seit Jahren nichts mehr mit einem Mann. Ich bin eingerostet.«

»Klingt nach Übertreibung.«

»Mein letztes Mal war in der Steinzeit.«

»Riecht wie Koketterie.« Er fuhr mit dem Finger die Linie ihrer Lippen nach. »Ich bin doch bei dir.«

»Eben.«

Plötzlich kicherte sie hysterisch. »Wenn es sich beim Druck mit dem Finger weich anfühlt wie eine volle Lippe, dann ist es für Kenner perfekt.« Sie legte eine Fingerspitze auf seinen Mund. »Ein Tipp für Steaks. Aber ich bin Vegetarierin. Nicht, dass du denkst, ich mag Dinge, die aus Skelettmuskulatur, Knochen, Fett, Bindegewebe und eingelagerten tierischen Bestandteilen bestehen.«

»Du magst keine Männer?«

»Ich habe von Fleisch geredet.«

»Sehr, sehr anstrengend«, stöhnte er. Er hob ihr Kinn zu sich hoch und nahm ihr Gesicht zwischen seine Hände. »Nun zappele nicht so rum. Bleib doch einmal stehen! Ich werde dich jetzt küssen.«

»Ich habe dich gewarnt.« Sie schloss die Augen. »Küss mich trotzdem!«

Ihre Umarmung dauerte fünf Minuten, und sie hätte noch länger gedauert, wenn nicht plötzlich Sonja lautlos aus der Dunkelheit aufgetaucht wäre, um sich an ihnen vorbeizuschleichen und im Hotel zu verschwinden.

»Stehen geblieben!«, rief Gerit. »Ich muss los«, sagte sie zu André und jagte davon. Dann schien sie es sich anders zu überlegen, kam noch mal zurück und drückte ihm einen Abschiedskuss auf den Mund. »Danke, dass du mich daran erinnert hast, wie es ist, wenn man jung ist.«

»Du hast dich selbst daran erinnert.«

»Das war eine Ausnahme«, sagte Gerit, als sie kurz nach Sonja ihr Zimmer betrat. »Eine absolute Ausnahme.«

»Kommt nicht wieder vor«, sagte Sonja.

»Ganz genau so ist es.«

»Reine Gewohnheit. Ich bin schrecklich unbeherrscht.«

»Ich sprach von mir und der Sache, die du eben gesehen hast. Ich weiß gar nicht, ob du es gesehen hast, aber falls du es gesehen hast, wirst du natürlich so tun, als habest du es nicht gesehen. So verhält man sich in der Regel als zivilisierter Mensch.«

Sonja schüttelte den Kopf und lächelte. »Zivilisiert? Du redest mit der Frau, die es geschafft hat, ihr Leben zu ruinieren, und die gerade dabei ist, ihre einzige Freundin auch noch zu verlieren. Es ist wohl so: Manchmal entdeckt man neue Wege, wenn man die Richtung wechselt. Nichts anderes machst du ja auch im Moment.« Sie trat auf Gerit zu und nahm sie in den Arm: »Genieß die Sache mit dem Typen! Man wird von der Liebe getroffen. Wie vom Blitz. Aus dem Nichts. Das hat sie mit einem Schicksalsschlag gemeinsam.«

Gerit fühlte sich unbeschwert wie lange nicht mehr. »Wer redet denn von Liebe?«

»Was ich eben gesehen habe, war eine Operation am offenen Herzen.«

Gerit wurde rot, hielt sich die Hand vor den Mund und versuchte, ihr Kichern zu unterdrücken.

»Dagegen ist ein Tornado ein provenzalisches Frühlingslüftchen. Und dabei sind wir über achthundert Kilometer von der Stadt der Liebe entfernt.« Sonja hauchte ihr einen Kuss auf die Wange. »Deine Idee ist gut. Ich werde mit Juliette reden. Warum nicht in der Provence neu anfangen? Es lässt sich nicht viel sagen gegen Sonne, Wein und Lavendelfelder.«

»Klingt gut. Gefällt mir.« Gerit löste sich von ihr. »Habe ich das neulich wirklich alles gesagt? Das von den Vaginalmuskeln und so?«

»Was glaubst du? Natürlich nicht.«

»Du hast mich angeschwindelt?«

»Es hat dir geholfen, lockerer zu werden. Es war eine rein therapeutische Maßnahme. Wollen wir ›Trivial Pursuit‹ spielen? Das magst du doch so gerne.«

»Ja, das mag ich so gerne«, sagte Gerit, bewunderte ihre pfirsichfarbene Haut im Spiegel und den Schimmer in ihren Augen. »Aber heute bin ich zu müde.«

Lüge.

Diesmal war sie es, die so tat, als müsse sie ein Gähnen unterdrücken, bevor sie verschämt eine Hand vor den Mund hielt. Sie wollte ins Bett, das Licht löschen und in der Dunkelheit davon träumen, was sie erlebt hatte. Und vielleicht noch erleben würde. Das war nur ein schwacher Ersatz, aber was blieb einem übrig, wenn man mit seinen Träumen allein war?

»Na gut. Muss ja nicht. Diesmal nicht.« Eine Weile war nichts zu hören außer Sonjas ruhigen Atemzügen. »Gerit?«, kam es schließlich von der anderen Seite des Bettes.

»Ja?«

»Ich weiß immer noch nicht, mit welchem Bein sich ein Wildschwein an der Kehle kratzt.«

»Mit dem Hinterbein. Gute Nacht.«

»Gute Nacht.«

Kurz darauf hörte Gerit die leise schnorchelnden Töne aus Sonjas Mund. Sie schlief wie ein Lamm. Getaucht in das bläulich kalte Licht des Mondes, das durchs Fenster schien.

Gerit fasste einen Entschluss. Leise stand sie auf. Sie zog einen schwarzen Rock an und eine weiße Bluse. Ihr Körper vibrierte, und ihre Finger zitterten so, dass sie es kaum schaffte, den letzten Knopf zu schließen. Sie benetzte die Haut hinter ihren Ohren mit Parfüm, kämmte ihr Haar, ließ es offen, spritzte es unter dem Wasserhahn nass, drehte sich nicht mehr um und verschwand in der Dunkelheit.

Als sie an einer Tür ein Stockwerk über ihrem Zimmer stoppte, schlug ihr Herz so laut, dass sie es kaum bändigen konnte. Es machte sein eigenes Ding, dummes Herz, und hatte sich ihrer Kontrolle entzogen. Sie zauderte.

Sollte sie?

Durfte sie?

Sie würde.

Weil sie musste, entschied sie.

Sie glaubte, dass es die Sache wert war. Dass *er* es wert war.

Nervös schob sie sich eine Strähne hinters Ohr und pochte mit den Fingerknöcheln gegen das Holz.

Er öffnete.

Sie strich sich mit den Händen über ihr feuchtes Haar. »Hast du mal einen Föhn?«

Es war nicht der intelligenteste Satz, um herauszufinden, ob es stimmte, was man so sagte. Dass der Sex über vierzig der beste sein sollte.

Er hatte keinen Föhn. Natürlich nicht. Männer wie er trockneten sich nicht die Haare. Sie hielten auch sonst nichts von heißer Luft.

»Ich wusste, dass du kommen würdest«, sagte er.

»Wie denn? Ich wusste es ja selbst nicht.«

»Doch. Du wusstest es.« Er machte ein paar Schritte rückwärts und zog sie ins Zimmer, stieß die Tür mit dem Fuß zu. Er drückte sie an sich, seine Hände glitten über ihren Körper, sie ließ ihren Kopf an seine Schulter sinken, er wühlte sein Gesicht in ihr nasses Haar und begann, ihre Bluse aufzuknöpfen. Er hatte es nicht eilig. Kurz darauf spürte sie seine Hand auf ihren Brüsten. Ihr weißer Spitzen-BH fiel achtlos auf den Teppich. Sie fuhr mit ihrer Hand unter seinen abgeschabten Pullover, atmete seinen Geruch ein, der in dem weichen, alten Garn steckte. Er zog ihren Rock hoch, sie spürte seine Finger auf ihrer Haut.

Es wunderte sie selbst, wie gering ihre Zweifel waren. Wie gierig sie sein konnte. Mit welcher Selbstverständlichkeit alles geschah. Ihre Lust. Ihre Atemlosigkeit. Das Knistern zwischen ihnen. Wie sie ihm Liebkosungen zuteilwerden ließ, um die sie nicht gebeten worden war. Wie er sie an die Hemmschwelle schob – und darüber hob. Oder war sie es, die die Furcht vor der Gefahr abgelegt hatte, weil *sie* die Gefahr war?

Sie steuerten auf das Bett zu. Ließen sich fallen. Tief, ganz tief. Immer weiter. Liebten sich. Er über ihr. In ihr. Sie warf den Kopf in den Nacken, krallte die Finger in sein Haar, ihr Puls beschleunigte sich, die Muskeln in ihrem Unterleib zogen sich zusammen. Ihr Gesicht glühte. Ihre Augen wurden dunkler. Sie schlug die Hand vor den Mund, schnappte Sekunden später mit ihren Zähnen nach seiner Schulter. Als er vor Schmerz aufschrie, wusste sie nicht, ob sie ihn gebissen hatte oder ob es wegen ihres Gipses war, den sie ihm, als die Lust sich zu ihr gelegt hatte, gegen den Schädel knallte. Er lachte. Sie lachte und verbuchte es als Kollateralschaden im Liebesrausch, von dem sie immer neue Kostproben nahm.

Irgendwann ploppte etwas in ihrem Körper an die Oberfläche wie ein zu lange unter Wasser gedrückter Ball.

Sie weinte, weil es zu viel war.

Zu viel Nähe. Zu viel Haut. Zu viel Hitze.

Und immer noch nicht genug.

Als sie im Morgengrauen zurück in ihr Zimmer ging und ihr Bild im Spiegel sah, war der Zauber der Verliebtheit, den sie im Gesicht trug, unverständlicherweise ihr eigener. In ihren Augen funkelte neues Leben. Sie vergrub ihr Gesicht in seinem hellblauen Pulli, den sie hatte mitgehen lassen, bevor sie ihn im hintersten Winkel ihres Koffers vergraben würde. Die Liebe war nicht für die Ewigkeit gemacht. War flüchtig wie ein Parfüm, das der Wind vertreibt. Das glaubte sie nach wie vor. Also brauchte man manchmal ein Souvenir, das einem etwas Derartiges vorgaukelte. Und ein paar Zauberworte, die gefallen waren und die man ab jetzt im Herzen wohnen ließ.

Das Bett neben ihrem war leer, als Gerit erwachte. Während sie duschte, betrat Sonja das Zimmer. Sie hatte die Haare zu zwei Zöpfen geflochten, trug roten Lippenstift, die dunkle Hose aus Gerits Fundus, ein schlichtes weißes T-Shirt und zwei Becher Kaffee.

»Zum Munterwerden«, sagte sie, reichte einen davon Gerit, als die aus dem Bad kam, setzte sich auf die Bettkante und schaute zu ihr hoch, derweil Gerit Mühe hatte, darauf zu achten, dass nichts verrutschte: nicht das Handtuch um ihren Körper, nicht der Turban auf ihrem Kopf, nicht der bewusst neutrale Ausdruck ihres Gesichts, der kurz davor war, sich in einem Glücksgrinsen aufzulösen.

»Ich bin heute Morgen aufgestanden und war plötzlich froh, weil ich auf einmal wieder einen Masterplan für mein Leben habe«, sagte Sonja.

Gerit nickte ihr zu und trank einen Schluck Kaffee, der so heiß war, dass er ihr fast die Zunge verbrannte. »Das ist gut. Das ist sogar sehr gut.«

»Ich war bei Juliette. Ich habe ihr angeboten, bei ihr einzuziehen und ihr zu helfen mit dem Baby. Es wird bestimmt entsetzlich, und ich bin bald wieder zurück.« Sie stieß ein Lachen aus und ließ sich rücklings aufs Bett fallen. »Du weißt schon: vollgekackte Windeln und Guten-Abend-Grießbrei mit biodynamischen Früchten. Malen nach Zahlen und Elternabende mit hysterischen Kindergartenmüttern, die glauben, dass jeder Junge, der mit einer Wasserpistole in der Gegend herumballert, ein potentieller Kandidat für ein Ausbildungslager von al-Quaida in Pakistan ist. Selbstgebackene Muffins mit Prinzessin-Lillifee-Zuckerstreuseln zum Geburtstag und kleine gemeine Pubertätszicken mit Lolita-Schmollmündchen und Glitzernagellack.«

»Du übertreibst!«

»Das ist die Wahrheit.«

»Woher willst du das wissen? *Ich* bin doch die Desillusionierte, die nicht mehr an die Zahnfee glaubt.«

»Ich denke, seit letzter Nacht glaubst du noch an ganz andere Dinge«, sagte Sonja.

Gerit zuckte zusammen und konnte es gerade noch verhindern, dass der Kaffee auf ihre nackten Füße und den Teppich schwappte.

»Wie meinst du das?«

»Ich kann Gesichter lesen. Darin bin ich Expertin. Und in deinem steht, dass du gar nicht von mir zurückgefahren werden willst.«

»Ich habe mit André …«, Gerit hielt inne und räusperte sich, »… mit Herrn Anson besprochen, dass er den Wagen fährt, da er ja auch nach Hamburg zurück muss. Seine Kollegin ist heute Morgen schon abgereist.« Sie stockte einen Moment. »Wir müssen Stoff kaufen gehen«, sagte sie dann, weil es leichter war, über Gewebe zu reden als über Gefühle. »Stoff für deine ersten Tischdecken. Da ist dein Casinogewinn gut angelegt. Aber vorher frühstücken wir. Wir werden ganz viele Eier essen, und du darfst deine auch köpfen.«

»Ich weiß nicht, ob ich es noch kann.«

»Ein Ei köpfen?«

»Nähen. Du weißt schon, dass ich bei dem Gedanken daran eine Angststörung kriege.«

»Du bist Modeschöpferin. Du schafft das! Ganz ruhig. Eine Naht nach der anderen. Du hast Träume aus Seide gemacht, während ich mich nur um die zerbrochenen kümmere. Hast Brokat und Samt zwischen deinen Fingern gehabt und nicht staubige Akten.«

»Nun mach dich mal nicht kleiner als du bist«, sagte Sonja.

»Ich liebe ja meinen Beruf, aber ich denke, ab jetzt werde ich ein paar Dinge anders handhaben.«

»Werde bloß nicht freakig!«

Gerit stellte ihren Becher auf der Fensterbank ab, nahm Sonjas Hand in die ihre, und gemeinsam blickten sie hinaus in den Morgen. An einem blassroten Himmel standen kupferfarbene Wolken. Es hatte aufgehört zu regnen, und Gerit war sich auf einmal ziemlich sicher, dass weibliche Glühwürmchen doch fliegen können.

Vermutlich war es eine Mischung aus Tunnelblick, rosa Brille und Eiweißschock, dass Gerit nicht genug kriegen konnte von all den Stoffen, als sie später das »Tisseur de Rêves« in der rue Marx Dormoy aufsuchten. Dass der Ladenbesitzer das Geschäft seines Lebens machte und Sonja verzweifelt rief, was denn um Himmels willen mit all den Rottönen geschehen solle und dass eine dunkle Farbe der Abwechslung halber nicht schlecht wäre. Aber es war zu befürchten gewesen, denn Gerit trug an diesem Tag zum ersten Mal den pinkfarbenen Lippenstift. Obwohl sie ein schlechtes Gewissen bekam, wenn sie die Hülle mit den Swarovski-Steinen anfasste. Ansonsten sang sie auffallend oft und auffallend falsch »Baker Street«, und Sonja befürchtete, dass dieser klebrig romantische Energieschub sie am Ende noch zum Kauf der gesamten »Kuschelrock«-Edition verleiten würde und zu einer Wohnungsumdekorierung, die Alpenveilchen auf der Fensterbank zur Folge haben würde und eine Skulptur schnäbelnder Tauben auf dem Balkon.

Und dann war es an der Zeit. Es war so weit. Sie mussten Abschied nehmen. Gerit legte ihre Hände auf Sonjas Schultern. Sie wünschten sich Glück. Sie wünschten sich Ruhe und Frieden und die Gelassenheit, das Leben zu nehmen, wie es kommt. Vor allem wünschten sie sich, einander bald wiederzusehen.

»Pass auf dich auf!«, sagte Gerit, und dann ging sie schnell davon, nachdem sie Sonja in ihrem neuen Leben bei Juliette abgesetzt hatte. Ehe sie melancholisch werden konnte, fuhr André mit ihr davon, während die Reifen aufjaulten, die Sonne über dem dunstigen Meer stand und sie Pink auf ihren Lippen nachlegte.

Kapitel 18

Der Frühling ließ auf sich warten an diesem Tag Ende April. Die Sonne stieg hoch an einem kalten Himmel. Die Nächte waren würzig und schmeckten manchmal noch nach Winter. Gerit legte die Robe ab, zog ihren Staubmantel an und verließ ihr Büro. Ihr Teint war noch leicht gebräunt von der Provence-Sonne. Der Gips war ab.

Am Kaffeeautomaten stand Konstanze von Cramm. Grauer Hosenanzug, perlmuttfarbene Schluppenbluse, auf den Lippen einen matten Rosenholzton. »Schon Feierabend?«

»Schön wär's. Ich habe jetzt eine Anhörung im Sorgerechtsfall Ruppert gegen Ruppert. Es geht um den gemeinsamen zehnjährigen Sohn Joey.«

»Und wieso gehst du dann weg?«, sagte Konstanze und drückte auf den Espresso-Knopf.

»Wer sagt, dass das immer in einem unpersönlichen Raum bei Gericht zu passieren hat? Ich gehe mit ihm spazieren. Oder Eis essen. Oder Enten füttern. Oder ...« Sie warf ihre geheilte rechte Hand in die Luft, lachte mit weit geöffnetem Mund und malte ein Fragezeichen in die Luft. »Irgendwas wird mir schon einfallen.«

»Du neigst plötzlich zu sehr unkonventionellen Methoden«, sagte Konstanze und nestelte an der Schleife ihrer Bluse, während sie auf den Espresso wartete.

Gerit wollte gerade davongehen, da sagte Konstanze zu

ihr: »Es tut mir leid, was mit Simon passiert ist. Er war ein toller Mann.«

»Er war ein Idiot«, sagte Gerit. »Und ein Lügner. Aber jede, die in seine blauen Augen sah, brauchte ein strapazierfähiges Herz.«

»Sie waren nicht richtig blau«, sagte Konstanze. »Sie waren eher grün, mit ein paar goldenen Sprenkeln.« Sie lächelte süffisant, ging jetzt ihrerseits davon und rief ihr über die Schulter zu, untermalt vom Stakkato ihrer Pumps: »Ich konnte mich erst vor drei Monaten davon überzeugen, als er ein Casting in Hamburg hatte.«

Sieben Monate später:

Gerit und André hatten immer noch guten Sex. Besseren als jemals zuvor. Er bedeutete ihr viel. Sie frühstückten sonntags im Bett und vermieden Samstagabend-Shows im Fernsehen. Selbst bei Regen. Sie trug jetzt gern ein adrettes Jäckchen zu Jeans, deren ausgefranster Saum auf schwarze, spitze Stiefel fiel. In eine gemeinsame Wohnung gezogen waren sie nicht. Sie wusste nicht, wie es alleine gehen würde. Aber wie es zu zweit gehen sollte, wusste sie auch nicht. Er hatte einige gute Argumente ins Spiel gebracht, um sie vom Gegenteil zu überzeugen. »Mein Wok ist besser«, hatte er gesagt und versprochen, sein ästhetisches Empfinden dahingehend zu schulen, dass er eine nackte Glühbirne an der Decke nicht mehr sexy finden und sich mit ihren Designerlampen anfreunden würde. Sie war der Meinung, dass sie durch ihre langjährige Beziehung zu einem untreuen Narzissten eigentlich perfekt auf alles eingestellt war. Besser konnte man sich nicht auf eine neue Liebe vorbereiten.

Aber noch war es nicht so weit. *Sie* war noch nicht so weit. Ein jeder an seinem Platz, sagte sie gern, wenn André hibbelig zu werden drohte.

War ihr Herz manchmal zu voll aus lauter Liebe zu ihm, hoffte sie, endlich etwas an ihm zu entdecken, dass ihr nicht behagte. Einen Makel. Macken. Haare auf seinem Rücken. Flaum aus seiner Nase. Den Ohren. Paradentose. Irgendwas. Sie fand nichts. Mist! Immerhin hatte sie den Verdacht, dass er neulich bei ihr im Stehen gepinkelt hatte.

Sonja Wirsching nannte sich wieder Flora Paradies und redete immer noch mit ihrem Entrecôte und ihrem Ei. Sie hatte die »Hostellerie Berard« inzwischen mit Dutzenden von Tischtüchern beliefert und eine Kollektion davon auf den Markt gebracht. Als Nächstes plante sie Kissen und Vorhänge für den verwöhnten Stadtmenschen. Über kurz oder lang würde sie ein paar Näherinnen brauchen.

Sie war nun in der Lage, Juliette Miete zu zahlen. Das Baby war da. Es hieß Flora. Am meisten hatte sich Sonja darüber gefreut, es auf diese Weise Simon Pinter heimzuzahlen. Zurückzukehren in sein Leben, ohne dass er etwas dagegen hätte tun können. Gerit war einen Moment lang beleidigt gewesen, weil man die Kleine nicht nach ihr benannt hatte. Schließlich aber hatte sie eingesehen, dass ihr Name nicht der ganz große Knaller war. Sie würde die drei im nächsten Frühjahr besuchen, zog es aber vor, Quartier in der »Hostellerie Berard« zu nehmen, da sie keine Lust hatte, als potentielle Babysitterin in Betracht gezogen zu werden und nachts ein schreiendes Bündel auf dem Arm spazieren zu tragen. Man konnte alles auch übertreiben. Sie trug die Haare jetzt meistens offen und wartete darauf, dass es endlich eine grellere Farbe als Pink gab.